关东花匠

曹保明 ◎ 著

长春出版社
全国百佳图书出版单位

图书在版编目（CIP）数据

关东花匠 / 曹保明著. -- 长春 : 长春出版社,
2025. 1. -- ISBN 978-7-5445-7630-7

Ⅰ. I247.5

中国国家版本馆CIP数据核字第20249D9P83号

关东花匠

著　　者　曹保明
责任编辑　闫　伟
封面设计　宁荣刚

出版发行　长春出版社
总 编 室　0431-88563443
市场营销　0431-88561180
网络营销　0431-88587345
地　　址　吉林省长春市南关区长春大街309号
邮　　编　130041
网　　址　www.cccbs.net

制　　版　长春出版社美术设计制作中心
印　　刷　长春天行健印刷有限公司

开　　本　880mm×1230mm　1/32
字　　数　250千字
印　　张　11.25
版　　次　2025年1月第1版
印　　次　2025年1月第1次印刷
定　　价　59.80元

目　录

关东花匠

一

　　伊通河穿过马鞍山匆匆向宽城子淌来，在经过今乐山镇一带的有一个叫王家哨的地方，却出了一个人物，这就是曾经在长春伪满洲国皇宫里给溥仪养过花的花匠于显元。于花匠老家山东济南莱州府围子县付家庄，大约是清嘉庆四年（1799），莱州一带时逢大旱，庄稼颗粒无收，眼瞅着人一屯子一屯子的饿死，官府就让人去关外东北谋生。可是人生下来就有故土观念，谁也不走。于是县太爷就想了个办法。那时，围子县的各村屯场院上都有一棵大树，于是县官就命令各庄的人分两伙站在大树的东西，然后命人"倒树"，就是砍倒大树。在此之前定下树的东侧留下，树的西侧离开。

　　这"倒树"分离法本也是县太爷不是办法的办法，而偏巧于家的老太爷领着家人站在了倒树的西侧。全家人嚎啕大哭。

老爷子大骂："哭什么？哪里黄土不埋人？"

于是，于氏家族一百多号人便踏上了关东的土路。

在中原人以为荒凉的北方，其实有无尽的富沃的土地，抓把土攥出油是假，可撒上种子不上粪就打籽那是真。老太爷领着族人走了一年，来到了伊通河东岸一个叫洛家店的地方落了脚，属于开荒占草的大户。

洛家店又叫洛家哨，在乐山镇西南，离王家哨三十二里。这一带都叫什么"哨"。哨，就是哨口，指江河走势危难，行船走排不易。

从前的东北，江河上的哨口又称恶河，而在这一带就指伊通河了。伊通河是一条古河，辽金时称益退河，明时称一秃河，又有什么"依屯""依敦"等称呼。其实皆为满语，译为"山雉"。足见从前此河发源地的山里山鸡野雀极多。古伊通河之源距宽城子（长春）仅200里之遥，此河流经伊通，经宽城子，在黄龙府（农安）进入松花江，是从前重要的黄金水道。

那时，作为伊通河通往宽城子的重要水陆通道的乐山镇已经发达起来了。于家经过几代人的定居，到了于显元父亲于魁义这辈已在古镇乐山买下街基过起了较富裕的地户的日子，乐山镇的半条街都是于家的，特别出名的是于家开的"万合增杂货铺"那是南来北往出名的店铺，专门经营麻布，黄烟，土碱，毛皮，山货加上农耕日用品；前边是一溜五间门市，大门进去是院套。南来北往的大车，拴牲口喂马是管吃管住……

夏秋之季，来往于盛京（今沈阳）太子河（辽阳）和宁古塔（今黑龙江宁安）一带的粮客把伊通平原粮户的大豆，谷子定下，囤集在万和增的院子里；秋水一上来。各类粮贩子云集在伊通河和乐山镇，他们讲买讲卖，然后大批的蒙古骆驼队、马队把粮食装上"驮子"（马帮）运往开鲁，乌兰卡拉（今乌兰浩特），再就是一到王家哨和洛家哨，装上大船，运往船厂（今吉林）或宁古塔。

于显元从八岁起，就和爹照管万和增。

东北的地户许多家也是一代一辈勤俭积攒起来的，于显元的父亲于魁义排行老三，老爷子让他管理店铺万和增，自己却起早贪黑奔波于王家哨，洛家哨，乐山镇之间，腰上扎个麻绳，肩上背个粪箕子，像种地的一样。由此还闹出一个笑话。

有一年，大约是于显元10岁那年。

一天，他和爹起大早到渡口去接船客，老爷子却一个人来到了乐山镇上。

他来到万和增，正赶上铺子刚刚开板，而且店铺把门的是个新来的小伙计，一见来了一个背粪箕子的老头，站在门口，也不说话，就问："你有事吗？"

于老爷子说："也没啥事。就是看看。"

小伙计说："看看就到屋吧！"

进了屋，老爷子还站那。小伙计说："坐下吧。"从前讲究，就是不买货，也往屋里让。老爷子说："站一会吧！总站着！"

小伙计心想，这老头儿怪，不买东西光站着，也没再搭理他。

到晌午头儿，掌柜于魁义回来了，一看老老爷子在那儿站着，上去给小伙计一个脖拐，大骂："你个没眼力见的，这是咱家的老老爷子呀！"

小伙计委屈地说："他哪像个老老爷子！背个粪箕子！"

这个故事在乐山镇街上，人人皆知。

二

于显元从小就学得了勤俭善良。

一年秋冬之季，于显元领着车队去箭亭子渡口取货……

箭亭子是古伊通河的大渡口。

这儿，既是船舶的渡口，又是通往京城的驿站，又是南北的陆路要道。天天集市，时时交易，万和增的货都从这儿进。

而且，满族又是一个尚武的民族，箭亭子前是一片宽阔的地场，每天有人在这儿比武射箭玩，因此，伙计们也是急着奔往那里。

当时，他领着十多个人推的是挎车子。

每次出门，他都选一个伙计在前，他推着车子压后，今个也不例外。谁知刚刚进了箭亭子街边，就听前边尘土飞扬地有人吵嚷起来。于显元急忙走上去一看，原来是领头的伙计郭顺光急着赶路，把一个在路边坐着要饭的老乞丐给撞到壕沟里去了。

老乞丐坐在壕沟里。喊疼，不动地方。

郭顺说："喊啥呀！不就是没看着把你挤下去了吗？"

可是老乞丐不依不饶，也不肯爬上壕沟，只是问："你们谁是管事的？"

郭顺说："你问这干啥？问也没用。"

于显元摆摆手，说："老爷子，俺是！"

"你是掌包？"

"俺是。"

老乞丐这下可乐了。

他这才起身，抓着沟里的荒草往上爬。嘴里叨咕着："好了……好了……我上车！"

郭顺说："你想干什么？"

这时，老乞丐已爬上壕沟，用一只枯瘦的老手抓住挎车子的货箱板，乐呵呵地说："养老哇，去你家养老！"

"老东西！你少耍赖！"郭顺说着，用手一掰老乞丐的枯手，老人一个不稳，又滑进壕沟里，倒在荒草棵子里。

谁知，老乞丐不气不恼，反而笑嘻嘻地说："关你什么事，你搡我？你问问你们掌包的，是不是养我？"

这时，赶集的，走路的人越来越多。

郭顺还想动手，于显元早已喝住了他。

郭顺说："东家，这祸是俺惹下的，要管也该由俺来管！让他上俺这车！"

于显元说："快别说了！祸是你闯下的，可谁让我是领头的了。再说，谁没个老人？让他上来吧，俺家的稀饭够他吃一辈子的！"

老乞丐说:"这就对了。"

他在壕沟里傻乐着。刚要往上爬,忽又想到什么说:"呦,差点让我的宝贝丢了!"说完,便弯腰在壕沟的荒草里翻找起来,不一会,人们见他从地上摸出两个像土豆一样的东西,小心翼翼地揣进他的破夹袄怀里,这才哆哆嗦嗦地在于显元的搀扶下爬上壕沟,躺在于显元的挎车子里,显得很舒服得意。

于显元把老乞丐领回家,父亲于魁义不但没说什么,反而夸儿子做得对。于家房子有的是,哪儿还不够个老头住的。好在这老头也并不烦人,他每天除了吃睡外,就是精心地照料他的两个"宝贝"。

他的两个宝贝十分娇惯,不许别人动。他在他睡觉的炕头上铺上一层豆子,把他的两个宝贝埋在里面,每天浇水,隔三差五地翻出来摆弄一下,连睡觉都搂着啊。

有一天,他把于显元喊过来。

说:"小元子,看看吧!"

于显元说:"不就是土豆吗?"

老头说:"看看再说。"

于显元从炕上的豆子堆里扒出来一看,这东西不是土豆,比圆土豆稍长,而且长着一双眼睛一个鼻子一张嘴;细看,一个男相,一个女相,是一对儿。

"这是何首乌……"老乞丐说:"这是一种珍贵的草……"

于显元说:"这是草?"

老头说:"无论是草,还是花,都不能只观其形。形碍人眼。世人难得其宗。"老人说的什么，于显元不全懂，但他从此也有些喜爱上这种植物了。

于家万和增的左院开的是于家染坊。

染坊在东北平原那是一种不可缺的作坊，民间又称染大布。于家染坊和别的染坊一样，先是收购农民种的靛。靛是一种植物，又叫"水公子"。这种植物有点像北方平原上的荞麦，结小黑籽，秋天割下来，然后沤。就像沤麻一样，把沤完的靛舀进大缸里，然后打靛。接着，农村开始染布了。

三

每到染大布，老乞丐就用头茬靛水。

这染大布，往往是老秋。

天空晴晴朗朗的，万里无云，于家染坊开始染布了。妇女和孩子们在万和增和染坊的院子里跑来跑去。小孩们是听绞晒布机吱吱响，看大布从染料池子里挂起来的热闹，女人们则是三一伙俩一串地在一起议论布的成色。

染大布的日子就像农村的盛大节日。看看布一出池，在没有投放第二次靛时，老乞丐往往怀揣着一个葫芦瓢来了。

他站在染坊的池子头上，大喊：

"小元子！"他始终对于显元这样称呼"来呀……"

"干啥？"

"给我舀几瓢靛水。"

于显元知道，他是用靛水浇地的何首乌。

原来在那时，老头在万和增后院的窗台上种了许多奇怪的花草，特别奇怪的是老乞丐从原野上挖来许多马莲花，马尿臊，榆铁叶什么的野花草，也都栽活。而奇怪的是他用头茬靛浇。有时显元说："等一下，二茬布下靛后再说吧！"

老头急了，说："小元子，这你就不懂了不是！秋天大季头子，它们都说话了！气都喘不来。这头茬靛发凉，正要喝呢……"

于显元听他说的，忍不住发笑。

老头说："笑什么笑！它们听得真真切切的，清清楚楚！心眼儿一点也不比你少哇！"

于是，于显元一瓢瓢的端过去，看着他一瓢瓢地浇，听着他一遍遍地对那些不会说话的说着话。

冬天，北方十分寒冷。可老乞丐往往把水在太阳底下晒温或在炕头上炕热，浇在他的宝贝上……

也许是于显元命里注定和当"花匠"有缘，老头在他家后屋的炕上一住住了五年，这期间他对侍弄花草有了诸多兴趣，并知道使用何首乌能治"偏脸子"病，以及各类花花草草的有什么说道。他从心里喜爱上这活啦。

古语说天有不测风云，人有旦夕祸福，这话一点也不假，正在于家地号买卖都在兴旺之时，日俄战争爆发了。这个战争本来是两个帝国主义国家在中国的土地上打仗，可是祸事却不断波及到中国人身上，先是俄国人强修中东铁路，又抓人，又毁地，使好端端的伊通州一带人迁地荒，于家的买卖也跟着倒闭了。

接着，哥几个便分了家。

分家之后，日子一天不如一天，特别是日俄战争之后，关东大地更是连年战乱，接着是日本人霸占了中东铁路南段，并迅速发动了事变，等乡下的老百姓明白了咋回事时，伪满洲国已在东北建立，长春已成为了"新京特别市"，而且溥仪当上了"皇帝"。

可老百姓心里有数，天下再变也得种地呀！这时的于显元刚刚二十六岁，已经娶了于家沟老阮家的姑娘为妻。可是日本人不让中国人消停。下令抓国兵。

爹说："你快跑吧，不然抓去，去十个死八个……"

娘说："如果能开个证明，也能顶兵税！"

这一句话，提醒了于显元。

原来当时，于显元的二叔于魁永在长春溥仪内官府里当"院心"（专门管理庭院事务），在此之前于显元的哥哥于显文也被二叔叫到宫里扫院子，估计这个证明能开上。于是当天夜里，于显元就爬上屯邻一个送粮的大车进了长春。

当年的长春，已经分了三片地界。从火车站往南往西，都是日本人的租借地；火车站以北，是俄国人花大价钱从日本人手里买下的地皮，人称头道沟二道沟；只有火车站以东的大马路东大桥一带，是中国人的老商埠街。于显元怕日本人抓住，贪黑越过伊通河上的永安桥（永安门），从三道街往东经过"老爷庙"（朝阳寺），直奔东大桥再沿着伊通河西岸的沟子，连夜进了宫院。

这皇宫庭院，从前叫"老盐仓"，是吉黑道台府所在地，

人称吉黑 运局所在地，只因溥仪临时"登基"先作为"皇宫"，其它府院，正在建设。当时，厅内府的人都住在院外南墙下的一排便房里。一见弟弟来了，哥哥大吃一惊。

于显元说："你这三更半夜干啥来啦？"

听哥哥一问，于显元就哭了。

哥哥说："有事？你快说呀！"

于显元把事情的经过一五一十地说了一遍，又加了一句，"如果能在征兵的税单上盖个戳，我就不上本溪卖苦力去了！"

哥哥一听，说："这事，我也拿不定主意！还是找二叔来商量一下吧。"

四

当下，哥俩敲开了二叔的门。

二叔还是老姜。经的多，见的广。

二叔分析说，求人的事，一回也是求，二回也是求；不如求一回就彻底解决。如果找宫里人给开个免征兵税的证明，回乡下还得托人上项；不如在宫里给你谋个职。这样，既躲过了"国兵"，又有了活干，岂不一举两得。

哥一听，说："二叔，这主意好是好，可得找谁能说上话呢？而且，他能干啥呢？"

"是呀，你适合干点啥呢……"二叔也愁。

这一问，倒提醒了于显元。

他说："二叔，别的我不行，从小长得个又小；可宫里有没有养花种草的事？我一准行……"

他这一说，也提醒了哥哥。于显文也说："对了二叔，显元他从小就爱鼓捣这些玩意。而且，那个乞丐好心老头还教了他多少招说不定！"

二叔说："你还别说，前两天宫里正吵吵着要建一个东花池子，八成要进人。但这事，得赵时敏大人管哪！"

哥哥说："二叔，那你快去求求他呗！"

叔侄几个商量了一宿，第二天天一亮，二叔于魁永就去拜见当时宫内府总管赵时敏大人。

由于于魁永多少也算伪满皇宫的老人，所以对赵时敏一提，说有个亲戚想在宫内找点活干，并且精通养花种草之道，赵大人也就答应下来，不过，他又提出一个告诫。

"魁永啊！"赵大人说，"实话对你说吧，这事我是同意了，可石老三那里，你得自个去处哇！"

二叔连连说："是是！多谢赵大人提醒！"

赵时敏大人提到的石老三本名叫石连江，此人是溥仪从天津张园带来的老花匠，由于是宫廷老人，加上他从小娴熟江浙各种庭院盆景花草的栽培技术，所以一般人他是从不放在眼里的，赵大人所说的让于显元自个去处就是这个道理。

当下，叔侄三个经过细心安排，先去"鼎丰真"糕点铺买了个头等果匣，又在老皇宫对个的"大灯笼"馆子叫了一桌酒席，这才把花把式石连江请了来。

花把式石连江那年已过花甲，但体魄健壮，剃着光头，眉毛又粗又长。坐下吃酒吃菜，脸上不见一丝笑容。二叔这时提起于显元要来跟他学徒的事。他说："既然内宫府赵大人有话，就来呗！"脸上还是没有表情。

二叔赶紧给于显元使眼色，于显元立刻站起来，双手抱拳施礼说："谢师傅！"

石把式擦擦油嘴，站起来往外便走。并说："从明个起，洗盆子吧。"

于是，这就算收徒结束。

当天下午，于显元就搬到花匠舍住去了。

当时，这个花匠舍房一共住了七八个人，有两个早来的花匠，一个姓罗，叫罗林；一个姓李，叫李庆发。现在于显元挨着他俩睡在一处，还有几个是管院子的杂役。而老花把式石连江是单独睡在一头的一间小房里……

按着年龄时序，罗林那年36岁，是当然的师哥；李庆发比于显元小三岁，算师弟。农民出身的于显元生来就勤快，一大早起来，他先打来一盆热洗脸水，端到罗林那儿，"师哥，洗脸吧！"

罗林"嗯"了一声，穿鞋下地。

他又给师弟李庆发端了一盆。师弟庆发非常感谢，他连忙接过盒子。又嘱咐显元说："师哥，你别管俺啦！师傅不是让你洗盆子吗？你得抓紧吃饭，麻溜干活……"

显元说："不就是洗花盆子吗？"

师弟庆发说："师哥，这可不像你家那几个锅碗瓢盆，随便洗洗就得了！"

于显元这才仿佛懂了事情的严重性，他连连答应着，"嗯！嗯！"

这时，在一旁洗完脸的罗林对李庆发说："小发子，你细心指点指点他！"

"嗯！"

罗林又对于显元说："显元那，此事可马虎不得呀，一处不对，就会遭到师傅的责骂！轻了，骂你打你；重了，罚你赔不说，还会让你立马走人！"

"是是！俺记住了……"他心中有些惊慌。

说着，于显元端起师哥的洗脸水，泼在院子里，然后师弟领着他吃饭去了。

五

皇宫杂役们的饭堂在房舍东南，高粱米渗粳米干饭或苞米面渗白面的馍馍，白菜豆腐汤。于显元三下五除二吃完饭，在师弟李庆发的带领下来到后花园的花窖。只见那里花盆堆积如山，大小不一，色泽不一。真不知如何下手。

李庆发可能是看出了他的心思。

说："师哥，也别愁。俗话说，眼睛是懒蛋，手是好汉。干吧！"

于是师弟开始告诉他洗法。

经师弟一介绍，于显元才知道，当个宫廷花匠真不易呀。

原来，那一个个花盆都要有不同的"洗法"。

这里堆积的花盆有五种；分别是素陶盆，釉陶盆，瓦盆，瓷盆和泥盆；而这各类花盆又分新旧。新的用草绳子捆着堆放；旧的是换盆递替下来的，散放；这些盆子都要洗。

可洗的说道可就多了。

如新进的花盆，得先在清水中浸泡数日；而素陶盆、釉陶盆和瓷盆，泡的时日相近，但又各不相同；瓦盆和泥盆单泡，泡的时日相近；但又各不相同。泡盆的时间要牢牢记清，不得弄混。接着是洗盆。

洗盆主要是用过的替换下来的旧盆，而重新洗前必须先刷。刷，十分讲究……

师弟告诉他，不同的盆子得选用不同的刷子。皇家花窖用的刷子都是老宽城子"王家杂货铺"和"振兴合"老字号特制的各类蚁毛刷子。刷洗之前，先"干刷"。

干刷用的蚁毛刷子，蚁毛发黄，毛细软，在盆子不沾水前使用刷去盆边和盆底根部缝里的泥土，虫卵，以防止病虫害。干刷后是坐水刷。这时选用蚁毛发黑发红的粗根刷子；用力得当，还不能在盆边和底部留有痕迹。刷完后，自然控水风干，然后用鹅毛刷子"清盆"。清盆要讲究"手劲"和"腕功"。

特别是对那种釉陶盆，瓷盆和素陶盆，一律选用鹅毛刷……

而这鹅毛，又必须是哈拉海的。

据说这儿的鹅，吃的是苇塘底的小鱼和水虫，毛长得白而挺实，正适合。

这说道多啦。要一条一条去用心记。

三天下来，于显元累得就上不去炕啦。

头脑里已记不清哪种盆子刷过几遍，什么时候换刷子。等等杂七杂八的过程。这时他又有点后悔，不如在家种地。甚至他想，不如去当兵，死了也算啦！谁知当花匠这么难。

特别让他伤心的是，他听到了一段话。

那天晌午前，他刷完盆子，想回屋去换副手套，就信步回到了花舍。刚要进屋，就听师哥罗林在和师弟李庆发说话。

"刷坏了几个盆子，你记了吗？"是师哥的声音。"要不然，到月下这都是咱们的伙份！"

"四个！是四个……"

是师弟的声音。他又说："不过师哥，显元也是初来乍到，干这么多活也够难为他的。我看就算自然损失得了！"

显元这才记起，他在刷盆时，有两个是他一不小心碰坏的；而有两个本来就有缝。刷子一上去，自然就两半了。

又听师哥说："自然损失？说的轻巧！"

师弟说："那天师傅来过，我说是大皇娘养的大猫给蹬碎的……"

"你还挺会说呢！"师哥讽刺师弟。

"不然师傅一发火，咱俩也玩完！嘻嘻！"

"你还笑？就你会当好人。"

"唉，谁不是从不会过过。我刚来，一刷盆子打了六个！你呢？当年你初刷盆子，一下子打了十二个……"师弟揭师哥短。

"有你说的？住嘴！"

在门外，于显元再也忍不住心酸。他听着屋里师哥和师弟的对话，大颗的泪花从他劳累的双眼中流了下来。他手套也不取了，快步走回了花池子。他发誓，一定要当一个出色的花匠。

人，不能白来这个世上；人来到世上就是要干点啥；干啥就应该像啥样，这才是一个人，不然，连个"物"都不如，还得让人家操心或背后指点……

可是，自从这件事后，他也知道了谁好谁坏，心底里对师弟怀着深深的感激之情。

六

当年，长春伪满皇宫养花出名，1931 年建的东花窖，两年后又建了西花窖，两窖共有各类花草两千多样。

花的主要用途是装饰庭院，上贡祭祖，摆放室内和供奶奶娘娘们欣赏……这样一来，花匠们的压力很大。他们要根据户外和室内的气温和主子们的性格爱好来进行栽培。

特别是各个厅室摆什么样的，哪个奶奶娘娘有什么兴趣爱好。必须掌握好，而且要随时准备好，要时必须开花，不开不行。

比如溥仪的浴池和卧室，一般要摆放一品红，五色草，扶桑，热带兰，珊瑚花，芭蕉，黄夹竹桃和球根海棠什么的；这是根据他的爱好和室内的温度来决定的。这些花草，必须三天换一次。特殊情况，如有重要的贵客来，就一天一次，要让室内散发着花香。

宫中的会客室，会议厅，接见厅等处，要摆放着四季海棠，瓜叶菊，香石竹，蒲包兰，白玉兰，茶花和杜鹃。

这些花，雅静，色泽艳丽，给人以新鲜和欢快。

在老皇宫，就连各厅过道之间的花也十分的讲究。靠近厅室的过道，往往摆黄杨、蜡梅、桂花、梅花、棕桐、贴梗海棠和迎春花；靠近门口或户外的过道则摆放月季、石榴、紫薇、梅花、碧桃、松柏。所以一走进老皇宫府，这种"花"的文化是十分讲究的。这一切摆放的位置和花种是内务府赵时敏大人安排和规划的，而负责养育栽培则是石花把式说了算；往宫中送花全是抬。这叫"上花"。

上花，往往是宫中通知。

要什么什么花，送到什么什么殿。

上花两人抬。往往是有专门的抬杆，底下一个平板木托，四角拴绳，把花盆摆放在托板上，绳上穿进一根杠子，两人抬。抬时往往是师傅在前徒弟在后；这一是师傅领路，知道往哪儿走；二是在后边的人往往危险大。从前就曾有个小花匠上花，他抬后杠，花盆滑下来，当时就把腿砍折把脚面子砸碎了。你想啊，那大的花盆往往半米多高，装满了沙土，又载着花，足有二百多斤重！

抬花进宫，连杂役和卫兵都让道。

因花匠当年的穿戴也是宫中的内务府发的黄制服，一律黑皮鞋，再抬着花，一看就是花匠，也就不用戒备了。倒是奶奶娘娘们总缠着他们问这问那。

花匠上花进宫，不能随便问这问那，放下花就走，可有时于显元他们往往被老妈子们叫住。

有一回，于显元和师弟庆发抬着寿桃翠去同德殿。摆完花刚要走，一个老妈子叫住了他："小花匠！慢走！"

"有事？"

"皇娘叫你回来！"

师弟庆发说："你不叫我们不敢说话。"

于显元也说："是啊。"

老妈子说："别怕。皇娘让我问问你们，她那盆紫茉莉一天浇几遍水？"

于显元和庆发互相瞅瞅，说："你说！你说！"

于是于显元告诉老妈子："不是一天浇几遍，这类花二天浇一遍，不能浇'涝'了。"

老妈子说："谢谢小花匠……"

显元说："告诉皇娘，不行俺们给她换一盆。"一来二去，他们和各屋的老妈子们处得挺好。一回送完花他们刚要走，显元一下子看见桌子底下有一双靴子，又高又大。显元说："师弟你等一下，我试试！"

还没等师弟发话，于显元就放下杠子走过去，拿起靴子就往脚上穿。可是那鞋又大又宽，于显元根本穿不了。师弟说："快走吧，这是皇帝的靴子呀！"

于显元一听，吓得扔下靴子就走。

师弟说："不行，你给摆好了！"

因为师傅有话，进宫不许乱说乱动，他这样不是惹了大祸了吗？于显元吓得，赶紧爬到桌子底下去摆靴子。谁知这时，他发现桌子下边有一片花叶。

于显元抓在手里，说："一片花叶！"

师弟说："快拿来，我看看！"

因为内务府对花匠有严格的要求，上花不许掉一片叶。可如今是哪盆花掉的呢……

因当时所有上的花，花和叶都是有数的，掉一片少一朵就违规。师弟庆发上来再一看，原来是师哥罗林方才上的一盆花紫罗兰，恰恰是少了一片中叶。

就在这时，师傅石把式来巡查，见二人在这儿发愣，就问："你们干啥呢送完花不走？"

师弟说："没啥！就走就走！"

他拉了一把于显元，于显元赶紧把那片落叶藏进衣袖子里下去了。

七

谁知，石花把式不是容易骗过的人。

他一见李庆发和于显元在那儿鬼鬼祟祟地嘀咕什么，就知道准有事。等他俩下去了，他走到那摆放的花前细看，终于发现是少了一片叶子。

因那花叶是对称的，少一片特明显。

再说于显元和李庆发，他们俩边走边议论。庆发说："那片花叶呢？"

于显元说："在这儿呢。"

"还不快扔它，你想给师哥当罪证啊……"

于显元想，是啊，我一来你就挤兑我，洗花盆打几个你都记着，该报复你的时候到了呀。可又一想，师哥也不易；可能是最近他屋里的生病，他一天忙三火四地招人扎古，就没细心上花，堂上的花掉了叶子也没发现。唉，人生在世，谁没个为难遭灾的时候呢，越是这时候越不能落井下石。于是他对师弟说了心里话："庆发，我不是想整师哥，我是想怎么救他……"

"救他？"

"对呀。"

"怎么个救法？"

于显元说："你想想，师傅和宫中那些人都是些个细心人呢；就是师傅不发现，内务府的人是吃干饭的吗？还不如咱们赶快换一盘给补上！"

"中啊！这样行。"

谁知就在这时，师傅石连江从后边赶上来。他大喊一声："站——住——！"

师傅气呼呼地赶上来，质问：

"那盆花谁上的？"

李庆发说："是……"

于显元赶紧接过去，说："是我。"

石连江说："那个班次不是罗林和小武子吗？"小武子是

新近又增的一名花匠。

于显元铁了心啦。他说："不是。是我。他去给他屋里的抓药啦……"

石连江说："我告诉你，你这个月的饷钱扣下啦……"

师弟庆发说："师傅！他……"

于显元赶紧拉一把师弟，说："师傅，您看着办吧。我这就去把花补上！"

石连江说："那还不快去！"

古语说，人有脸，树有皮；人没有脸不叫人；树没有皮不存活。就是这件事，让做师哥的罗林万分感谢。

有一天，师哥罗林让庆发把于显元找来，带上小武子，他们四个人上街。于显元问："这是干啥去？"

庆发神秘地说："看戏去。今个师哥请客。"四个人溜溜达达地出了皇宫，一上坎就是六国饭店和新民戏园子。这是中国人的长春老商埠最繁华热闹的地方。每当放假或节日，老长春的人都到这来。今个这戏园子是来了名角，据说有梅兰芳的段子，还有侯景轩的戏法名家张耀庭和郑汉邦的飘手巾把……

师哥罗林特意要了一个包厢。大家吃着看着，罗林可就发了话啦。

"于兄弟，师哥对不住你！那一次要不是你给我挡着，师傅非治死我不可。"

于显元知道师哥指的是那次掉叶补花的事，于是赶紧说："师哥快别说了。都早已过去的事啦！再说，徒弟到关键时刻，就得给师傅救驾！"

说得几个人都乐了。

师哥说："好吧兄弟！有你这句话，我也不把你当外人啦，咱们哥四个团结着干，往好了图吧……"

师哥喝了一口酒，有点掉眼泪啦。

原来，罗林哥三个，他是老三，家在辽阳黄瓜架；前不久家里来信，大哥二哥都被日本人抓去当劳工，说不定啥时候他就得回家养爹娘，"我一走！这一肚子养花的经，可就传不下去啦！"师哥有些伤感。大伙就劝。戏一直看到半夜，大伙才出了园子。

出了戏园子，就听南边传来叮叮当当的响声，原来是日本人"新京"交通株式会社买下了从七马路到东大桥的这段线路，正在铺设有轨电车。他们走到跟前看了看，只见铁路旁停着几台破旧的电车，车头上刻着"川崎"或"芝蒲"等字样，几个日本人监工正逼着工人们在干活。

花匠几个人默默地站在那儿看了一会儿，大家谁也没说什么，转身走了。因为他们心里有数，城市再发展和他们也没任何关系呀。

八

有了上次的"交情"，师哥罗林对显元明显的不一样了。

这天，罗林让于显元去给他打酒。

所说打酒，就是上积德泉去装酒。

皇宫的西北是积德泉老烧锅,这儿一天二班倒,日夜开烧,所以往往夜里十点多钟正是头溜酒下来的时候。那时,积德泉的掌柜是王云堂,此人爱花,有时他到皇宫内务府办事,绕到后院的花池子那看看,有时要上两个花苗,回去摆在他窗台上,说是串串味儿,一来二去的就熟啦。

于显元去打酒,收发厅的人知道是皇宫的花匠,和掌柜的王云堂是朋友。掌柜如在就更不用说啦,如果不在,他们往往也说:"自个去装去吧!"

于显元说:"那哪成!"

因为他们拿的都是当时东北的"大棒子"(瓶子)往往能够装上十多斤。

可因为酒厂就是自个出,所以也热情。其实,花匠和糟腿子(酒匠)见面,就是唠嗑。夜长,没事干,两家就串门儿。

于显元把酒给罗林打回来,罗林喝了几口,又让他喝了几口。看看庆发和小武子都睡觉了,突然师哥说:"显元!"

"干啥?"

"穿鞋。"

"上哪去?"

"你就走呗……"

师哥也不解释,穿上鞋,前头便走。于显元也不便细问,也赶紧穿上鞋,跟在师哥的后面就出了屋。

夜,已经很深了。"新京"(长春)在暗色的漆黑中沉睡着,只有皇宫左边裕昌源的磨楼子里的火磨在黑夜里隆隆响着,说明这个城市还在活着。

夜空的西北，天空上吱吱地升腾着白汽，那是积德泉的锅炉夜班在上压。一股西风刮来，空气中飘着浓浓的酒香，这是奇怪的满洲的夜。

师哥也不说话，出了房舍直奔后院。

后院，那是新近修建的西花池。师哥来到那儿，停下了。

显元走到师哥身边，也停下了。

眼前，西花池里灯火通明，许多奇花正在里边开放着。师哥慢慢地推开门，问："显元，你看着了么？"

"什么？"

"那边玻璃靠那？"

"没什么呀？不就是花么？"

"你再看？"

"没，没有什么呀！"

"你个笨蛋！"师哥大骂："使劲看……"

于显元心里不解，也不服气：这师哥也太怪了。看就是看，什么叫"使劲"看？这看还能使劲不使劲吗？可是，他还是认真地、仔细地去观察着那边。终于，他发现那儿的玻璃墙上挂着一件一件的"风衣"。

啊，他明白了，那是花把式石师傅的衬衣和风衣，可能是洗完了挂在这儿。

师哥说："你只说对了一半儿。可他为啥光挂在这儿？为啥这些衣服都是黑的？"

"这……"

于显元愣了，他万万没想到师哥会提出这么个问题。难道这里有什么秘密？

也许是师哥想到显元的心理，罗林说："随我来！"接着，于显元跟着师哥，快步地走进了池子里边。

到了那些晾着的黑衬衣前于显元才发现，原来那一件件衬衣的影子下都拉着不同的一些花，有茉莉，紫罗兰，一品红，香豌豆，仙客来什么的；而那些挂着的"衬衣""风衣"也怪，有的是二件，有的是半件，而有的根本不是衬衣，而是用黑纸或黑布剪裁的长褂，完全是用来给花儿遮光……

看着于显元还在发愣。师哥说："这是养花的绝招。"

"绝招？"

"对。"

"为什么？"

师哥领他来到一块黑皮子遮着的一片花跟前，说："这是昙花。它，本来是该在夜里开的，可是明天白天溥仪要接待东洋来的什么贵客，他说要让这昙花白天开，所以要用这厚黑羊皮遮住灯光……就改变了它开花的时辰！"

"这，能开吗？"

"遮大了不行！大了湿度不够，一大早它就开了；遮小了又不行！小了得下晌才开！"

啊！养花还有这么多"说道"。长这么大，显元还是第一次听到这么奇特的故事，也知道了师哥的良苦用心。就在这时，门口突然传来了脚步声，师哥说："不好！是师傅来啦！"

九

听到脚步声，师哥操起一把喷壶塞给于显元，说："快！浇花！"

这时，师傅石连江站在了门口。

"你们干啥呢？"师傅问。

"浇花呢。"

石连江走上来，炯炯有神的两道目光盯着罗林。

罗林说："不是明个宫里建国纪念日吗，我们来浇浇水，给花保保鲜……"

师傅不动声色。看了一会儿，说："难怪你主动。快回去歇着吧！"于是，罗林领着显元赶紧离开了西花池。

事情也难怪，在旧社会，那是师傅教会了徒弟就饿死了师傅，所以石把式把平常本来正常的遮光控制花开花落的技法自己使用着，这也是朝廷逼出来的做法。因为在宫廷里，所有的"花"都是为"朝务"服务，朝里要开就得开，朝里要谢就得谢。这是没办法的事。

罗林和显元吓得一头汗。推开花舍房门，却见昏暗的灯光下剃着秃头的李瑞林坐在炕沿上。见他二人走进来，庆发说："你们干啥去啦，瑞林哥给咱送好吃的来啦！"李瑞林是皇上溥仪的御厨，因同庆发是老乡，就有时把溥仪吃剩的饭菜带过一点给同乡尝尝。"今天你们看看这是啥……"李瑞林说着，展开手上的一包东西。

那是用锡纸包着的一小包豆芽，一个个白白生生，好像

刚从水里捞出来。庆发说："这不就是豆芽吗！"瑞林说："说
的轻巧！你仔细看看！品品！"于是显元，罗林和庆发几个
人小心地围上来，每个人用指尖掐起一根。大家都舍不得吃，
而是移至眼前细看，这才发现，这绝不是一般的豆芽，原来
豆芽里边儿已被掏空，中间放进去细细的肉沫料汁，并散发
出诱人的食香。这时，御厨瑞林委屈地说："怎么样？这不
是一般的豆芽吧。人家好心地拿来给你们尝的，你们却说是
一般的豆芽！好，那我现在收回……"

"不行！不行！"

几个人一听忙了，急忙把看够的豆芽往嘴里送，又舍不
得一口全吞下，只是躲着御厨瑞林的追赶，边吃边哈哈笑着。

这时，花舍门"吱扭"一声开了，一位身着军服的人立在
门口，断声喝道："三更半夜的，为什么不睡觉，大声喧哗？"
大伙吓得一愣。再一看，又忍不住笑起来，原来此人是于显
元的同乡家住洛家哨的王笑明，现是执政府卫队副官，平时
没事或下岗后花舍宿舍也成了他常来的去处。厨子瑞林和他
也熟。王副官说："偷什么好东西给咱们也来一口！"瑞林说：
"你这词用的不好。偷什么偷？这俺亲自给皇上做的，你不
吃我还不给你……"

王笑明连连说："哈哈！"于是也从李瑞林的锡纸包里
抽出一根豆芽，吃起来。瑞林说："带什么好烟，也给大伙
分分……"王笑明摸出兜里的"金葫芦"说："也没什么好
的，大伙尝尝吧。"当大伙抽起金葫芦时，王笑明神秘地说：
"最近一个时期，车库那边你们别去，正在抓'反动画'的嫌

疑犯……"

瑞林说："是不是皇上坐的车上有人给画了只王八？"

王笑明："你们也听说了？"

瑞林："这已不是什么秘密。我看，这事说不定是日本人干的！"

"哼！不管什么人干的，他总对咱们发火。其实，连他本人也是南京国民政府的通缉要犯，现在不过是被日本人所利用，说不定哪一天，就……"

"唉，其实皇上的心里也挺苦。"瑞林说，"他日日受日本人的气，那真是一只灶坑里的王八——憋气又窝火！"

"不当'王八'的机会也有，但要看他自己用不用。比如……"王笑明走到门口，细细听了门外自己放的步哨的脚步声，又转回来说："比如几日后国际社会李顿代表团前来调查，只要他溥仪敢于承认是日本人推举并出山，我们就会摆脱日本人的控制。可是，可是如今他不肯这么说。他还想借助日本人的力量抵制南京政府，以保存自己的实力。"

瑞林说："笑明兄，咱们还是不谈此事。"

罗林也说："对，别谈别谈！谈点花花草草的事吧……"

王笑明轻蔑地一笑，说："怎么，我都不怕，难道你们怕了？大丈夫五尺之躯，做人就要做得实实在在，光明磊落。哼，你们日后也许会看到我的所作所为！"

对于王笑明，特别是老乡于显元是很了解他的为人的。王笑明在家排行老二，哥哥和弟弟都在家种地，就他在奉天军校毕业后满腹抱负成了军人，如今成了宫中的卫队营副官，对于一个年轻的军人想这些"大事"也是应理顺章的，但他还是劝道："笑明，什么事也得慢慢来。我们不是怕，也是为了你好。因你的前途是无量的！"

"什么他妈的前途！有朝一日我不明不白的死了，你们给我烧点纸。还有，摆上我爱的那盒'竹夹桃'！"

显元说："那盆花，我时时为你浇水。如今长的可好了……"

罗林说："快开了，大概是在秋季！"

王笑明最喜欢竹夹桃。那还是显元刚来不久，由他亲自选了一盆，专门养在这里。听说现在养的很好，王笑明说："俺去看看！"他正要随显元进花舍里边，门外的步哨突然推门说："报告营长，卫队有紧急情况让你立即回去！王笑明说："他妈的，我好几次都是有紧急情况看不上这盆花！"说完急忙返身走出花舍。

十

石把式越来越感到奇怪，怎么于显元的养花手法提高得这么快？一准是罗林在偷偷指点他，石连江吃惊不小。

在那时的皇宫内，各门类的匠人手艺人也是分门别类，大家各有各的领地，一个门类里相互"偷艺"是师傅最害怕的事，但又是没办法的事；"偷"到了，说明你徒弟有本事，当师傅的就是心里不愉快，也是有苦难言。石连江猜到那个夜晚"有事情"，说不定是罗林领着于显元在花窖里"干"了什么，于是他打定了一个主意。

这天，石连江把罗林叫来问："怎么，你屋里的身板不济？"

罗林说："病病歪歪的，好几年了。"

"有人照顾着吗？"

"唉，穷人的日子，只能自个照顾！"

"别，从今往后你回去，照顾她。"

"我？"

"对。你岁数大了些，也抬不动花了。"

罗林还想说什么，可石连江已经起身走开了。罗林心里明镜似的，这是叫人"裁"下去了。

消息传到花匠们的耳朵里已是当天下晌，显元和庆发一商量，给师哥来个"践行"吧，地点选在靠"老盐仓"墙外的"三六九"小酒店。

"三六九"是当年长春的一种民间小店，靠皇宫大墙正东和正西连出三间门市，后屋一铺火炕是掌柜的马春祥和妻子秦海芝的住室，前屋一间仓库，一间厨房，一间是饭堂，地上摆着七八张桌子。来这儿吃饭的多是皇宫里的"杂役"，"积德泉"的糟腿子和附近一些小门小户的百姓。这儿菜价便宜，酒价也不贵，一律是春祥妻子秦嫂（大伙都这么叫，把她的名字反而忘了）自个腌的；酒呢，是从积德泉"上"的现酒。因为都是"邻居"，这一带的小店都到积德泉"抢"早晚放下来的头溜酒。这种酒往往是头天剩在锅里的底子，没有邪味，但由于多少有些陈，所以价低。

于显元和庆发推门走进去，马春祥正在捅炉子加煤，连忙说："哎呀！师傅来啦……"屋里五六个人，一见花匠们进来，也都打招呼。

秦嫂正给一个人筛酒，一看于显元和庆发他们，急忙用围裙擦擦手，说："快进来，来点啥菜？"又见随后跟着的罗林背着自个的行李卷儿，不禁问："这是出官差？"

庆发说："不是。"

于显元说："师哥叫人裁了。俺们送他。你最近腌啥了？"

秦嫂："这可多了。小茄包，嫩豆角；小土豆，黄瓜瓢；五花胡萝卜芹菜条，还有玫瑰花叶一起炒……"

她数落得屋里人都笑了。

三个人默默地坐下。庆发说："你这些菜腌得我们直淌口水。来几碟小菜，外加玫瑰叶。怎么，花池子扔掉的玫瑰，也让你制成菜啦？"

秦嫂："这叫'近水楼台'。你们再要修理仙人掌，仙人球，芦荟什么的，千万告诉俺一声。这都能做成菜吃，上等料。好，今个我搭一样鲜腌玫瑰……"

于显元说："谢谢秦嫂。"他又对马春祥说："兄弟，你摊上个巧手的秦嫂，瞅瞅把俺们馋的？"

春祥说："她有啥能耐，再不会腌点咸菜！"但嘴上说着，却忍不住嘴角的微笑。听说他俩是半路夫妻，春祥比秦嫂大十多岁，他在心里疼着妻子，愿意听别人夸她。

这时，门"吱扭"一声响，进来一个人，平头戴个套袖，腰上扎个围裙，是皇宫大墙北剃头棚的吴剃头吴少山。他往这边一瞅，说："呦，花匠师傅们在！"又对秦嫂说："来一碟酱菜，四两酒。"又对罗林说，"罗哥，你的头发可长啦！明个过去，我给你收拾收拾！"然后端起酒倒在自己的大茶缸子里，又把咸菜倒在他带来的一张纸上，乐呵呵地走了。春祥说："他近来挺乐呵，听说，说来个人。"

秦嫂说："你别给瞎传！"又瞅瞅于显元他们："他就是听三不听四……"

这时，正在吃酒的下夜班的魏三说："春祥哥可不是瞎传。前个我去剃头，见了。"

秦嫂："见了？"

"一个瘸丫头。听说是个要饭的，爹娘都死了，老吴就领来了。也不错，这不也是户人家吗！再说，是葫芦就能打籽，是不是秦嫂？"说得大伙哈哈笑起来。秦嫂脸红红的，走过去用手巾抽着魏三的后背，说："你小子说话干净点！不怕风大闪了舌头……"

十一

在小酒店温馨的气氛中，于显元，庆发和罗林三人靠一边默默地喝着闷酒。

其实罗林不愿意离开长春和皇宫。

这时，天渐渐地暗下来了。罗林端起一碗酒，说："庆发，显元师弟，好好图吧，你们有前程……"然后把酒一饮而尽。于显元和罗林都是眼含热泪，大伙目送着罗林背着他的狗脖子粗的行李卷儿，一个人孤零零地朝火车站方向走去。

"新京"（长春）沉浸在一片黑漆漆的乌气之中，黄昏前出城的木车和马帮驮子在不远的道口处拥挤着，小贩的叫卖声和治安警察的叫骂声混在一起，杂音和瘴气混在一起，在伪都的夜空升腾着。

突然，老盐仓后院传来"当当"两声枪响，接着响起戒严的警报声，皇宫里有人喊："跑了！跑了！"

秦嫂和丈夫涌出门口往墙里望，说："宫里出事了！"于显元和庆发说："快！咱们回花舍！"

往花舍去的路上，一队队日本宪兵在结集，宫中卫队兵士也在跑来跑去。他们回到花舍时，御厨李瑞林也跟了进来。他用背把门靠上，说："听说王笑明出事了！"从瑞林的嘴里，他们才知道事情的真伪。

原来，担任宫中卫队营副官的王笑明，秘密组织发展哗变人员，伺机绑架溥仪，以便在国内外造成影响，揭露日本人拼凑伪满洲国的阴谋。但因行动不慎，被卫队的一个营长查知。营长在下令密议逮捕王笑明时，被传令兵走漏了消息。于是部分卫队兵丁和卫队的营兵发生对峙，掩护王笑明逃跑。

外面一片混乱，瑞林说："我得回去。"显元和庆发把他送到门口，就听有人喊："这里有血衣……"

就在花舍西的大墙边，真有一件沾满血的上衣和一滩血，一个士兵把血衣拎起来带走了。

夜渐渐地深了。动乱奔跑和喊声也渐渐消了。瘴气一点点沉落和散去，一轮月亮，苍白地挂在上空。

于显元和庆发一宿没睡，他们想着王笑明生死未卜，并呆呆地望着窗台上那盆竹夹桃。庆发说："这花是王副官一直惦记着……"显元说："咱们去祭祭他吧！"说着，显元把花从盆子里拔出来，他和庆发轻轻推开花舍房门，借着月光向西墙走去……

夜有些清冷，那一滩鲜血在洁白的月色下闪着柔和的光泽，于显元和庆发怀着对王副官思念之情将这株花摆放在地上。

王副官事件一直波及了很长时间，日本关东军司令本庄繁也插手这件事，他通过关东军高级参谋官吉冈安直去执行。早在天津时这位日本阴谋家就和土肥原贤二由于监视溥仪有功，被晋升为关东军司令部高级参谋、陆军中佐，溥仪在长春一"登基"，他就被裕仁天皇派作"满洲国"皇室御用挂，其实是代表日本操纵溥仪的总代表，对于"王副官"计划绑架溥仪一事他能轻易放过吗。

同时他清楚，这事绝不单单对溥仪，而直接是对日本人来的。吉冈是个阴谋多端的人。他平时就像躲在房檐下的蜘蛛，时不时地在织着一张张阴谋的网，如今他开始思摸他的行动了。他首先是找到溥仪，说从溥仪安危出发，关东军和宪兵要在宫中展开清查。

"关东军已经行了。"溥仪说，"为什么还派宪兵？"溥仪有些不耐烦。他心里也清楚，什么为了他的安危，不过是借此事摸一下"满"系兵力，从而控制"满洲国"。他同时知道关东军和宪兵在当时分承满洲功劳上有矛盾，于是故意说这挑拨的话。

　　谁知吉冈一口回绝了溥仪："关东军和宪兵我们都派，这一点是日本的事，皇上你就不用操心了！"这不软不硬的话，气得溥仪在心底直骂，同时再一次明白了在对付中国这一点上，关东军和宪兵再有矛盾还是一致的，于是只好口是心非地说："谢谢吉冈先生。"一时间老皇宫里开始了人心惶惶。

　　关东军特务股和宪兵治安团不停地轮番地对宫中特别是官内府，卫队团，警卫处，车队，花窖员工，等等一切团体人员，进行所谓治安巡查，就连皇宫边上的"三六九"饭馆和老吴家剃头铺也不放过。一提"治安巡查"四个字，人人心头发麻。

十二

　　那天，于显元去鱼池喂鱼。

　　自从罗林大师哥走后，东西花池的花匠们除了养花植草外，也兼管喂养宫中鱼的活计，这是宫内御厨赵时敏大人的安顿。

　　在罗林走后，于显元成了"大拿"。

　　由于李庆发比他小，小武子是后来的，所以一切手艺活，石把式都让他牵头。

　　那时，宫中的花又增加了许多新品种，养花法又增了"水培"法，特别是什么风信子、悉人花、水仙、宿根草、白丝草等，必须坐水栽培，而溥仪特别喜欢仙人掌，这些仙人掌都摆在金鱼池的台上。喂完鱼他刚要走，正巧来观看仙人掌的溥仪迎面走来。

显元急着要回避，可是溥仪却喊上了："小花匠！你等一等！"

平时，于显元他们也能看见皇上溥仪出出进进的，特别是给溥仪开车的王师傅也是和于显元同乡，他也经常来花舍谈起"皇上"的事，但这么近距离见皇上，还是头一次。溥仪一叫他，他赶紧站下了。

当时，花把式石连江也在跟前，就嘱咐说："是皇上喊你。问一句你说一句，可不能造次！"

"知道了。"

溥仪走上来，看了看于显元，说：

"慢慢说，别怕。整个宫内府，也没一个像你眼眉长得那么长——你是长寿星一转啊！"

于显元赶紧行礼，说："谢主隆恩！"

溥仪又说："我喜欢仙人球，仙人掌。这东西看上去好，其实刺人……你，你给我养几盆……"

于显元说："接令！"

溥仪又说："这东西，怎么能使刺养得更尖更硬？"

显元说："主要是阳光和水分。仙人掌看上去挺皮实个植物，其实它很矫情，阳光不照不行，可光线超过时辰，许多刺变软变色，影响形状。"

溥仪："啊！这么有趣……"

显元说："还有土。"

溥仪说："别着忙。你好好说说关于土！"

显元说："土吗……"

就在这时，吉冈安直不知什么时候走了上来，他的身后跟着一位全副武装的气势汹汹的宪兵，戴着白手套，拿着一个花名册。

吉冈安直向溥仪施了个礼，说："皇上，按照您事先的布置，今天的治安巡查进行到宫内府的花舍一段，请您停止和花匠谈话，让他去接受宪兵的治安巡查！"

溥仪极其不高兴。他扶了扶墨镜，却说："好！好！查吧，查吧查吧。"然后转身就径直朝"勤民楼"走了。

吉冈安直阴森森地向旁边的宪兵使了个眼色，宪兵木讷的老眼皮一翻，厉声对石连江和于显元说："请随我走！"

石连江和于显元跟着宪兵来到治安巡查以来新成立的一处"巡查"室，一看他们已把庆发和小武子都叫来了。室内放着一张长条桌子，桌后坐着一位留着两撇小黑胡子的中年宪兵。旁边还有两个戴白胳膊箍上写"治安巡查"字样的持枪宪兵，墙上挂着刑具，屋里阴森得可怕。

领于显元进来的那个宪兵用日语和桌后那个宪兵说了一阵什么，那人从桌后走出来，围着四个花匠走了一圈儿，然后又回到桌后，用熟练的中文说："你们听着，每个人要如实说清王笑明事件当时你们的位置，证人。不许说谎，如回答造假，按治安法处罚！"

石连江老把式和小武子回答完之后，于显元和庆发回答事发当时他们在"三六九"送罗林，给他践行。可是，那个宪兵仿佛对他们的这个回答一点也不感兴趣。

他说："就这些？"

于显元："对。"

庆发："对。"

"还有！再想想！"那人吼叫道。

于显元和庆发同时一愣，心想，难道给王笑明的血衣处送花让他们知道了，但又一想，不可能，没有任何人知道。

果然，那个宪兵从桌子后边奔上来，揪住于显元和庆发的脖领子说："你们想耍赖，这万万办不到。你们说，是谁往王副官的血衣处放的花？"

"花？"于显元表示惊讶"不知道！"

庆发也说："不清楚。"

啪！啪！两个脖拐打在于显元和李庆发的脸上，那个宪兵大怒地叫道："我叫你们清楚清楚。带走！"立刻上来两个宪兵，不由分说将于显元和李庆发带走了。

十三

借"王副官"事件，日本关东军和宪兵极力实施打击溥仪和满系力量，抓起了包括于显元在内的几十名宫内人员，这使溥仪十分恼火，可是关东军和宪兵联系起来，依旧我行我素；吉冈安直明知溥仪心理，依然时刻跟着溥仪，不动声色。

溥仪每当感到万分恼火，他就进西花园。

西花园的面积并不很大，有假山和人工栽培的树木和花草，林荫之中环抱着一个一个的小花池，小花池里长着步步登高，美人蕉，仙人球等各种奇花异草。除了仙人掌之外，溥仪还喜欢四号小花池里的玉簪花。

溥仪为什么独喜欢玉簪花，说起来话长。

其实，就像他不喜欢花一样，溥仪也是一个不喜欢女人的人。他不愿同吸毒的婉容同房，也没有再选妃子的兴趣，可是日本人却在暗中有了打算。日本人非让溥杰娶日本嵯峨胜侯爵的女儿嵯峨浩子为妻，此事使溥仪一直心神不安。他想，自己身下无子嗣，万一溥杰的日本女人生下儿子，这皇位就难保了。为此，他暗下决心，必须要养下自己的亲生儿子做皇位继承人，于是这才慌忙从北京女子中学物色了祥贵人，名叫谭玉龄，满族名他他拉氏。

谭玉龄是个聪明天真的女孩，她非常喜欢玉簪花，她觉得玉簪花美丽而有性格，不知为什么，她决定也让溥仪喜爱这花，于是从北京动身时她特意带上了玉簪花根，让溥仪种花在宫中。现在玉簪花已经开了，那花飘出诱人的芬芳，可是，溥仪盯着这鲜花，却无心去看，因他心中充满了闹心的事。

"皇上，您又在想什么呢？"

随着一阵银铃般的甜甜语声，谭玉龄似一朵盛开的牡丹，飘然而至。

阳光下，绿荫里，祥贵人白嫩嫩的皮肤，微笑着的媚气好杏眼，柔手抚摸着他的肩膀，那么亲昵可爱。不知从什么时候起，溥仪觉得谭玉龄是最了解自己的女人，并常常在他苦恼时，给他以满足和安抚。

"来，坐在我身边。"溥仪拉过谭玉龄。

"皇上，玉龄给你唱一支歌，好不好呢？"

溥仪沉默了一会，仿佛有万种心思，接着叹了口气说："好吧，你随便唱一支吧。"

玉龄清了清嗓音，轻轻地唱了起来。那是一首民间流传的《苏武牧羊》歌：

> "苏武留胡节不辱，
>
> 雪地又冰天，
>
> 穷愁十九年
>
> ……
>
> 任海枯石烂，
>
> 大节定不少亏。
>
> 能叫匈奴心惊胆碎，
>
> 共眠汉德威。"

溥仪在飘荡的花香中，闭目倾听。他用手轻轻地抚摸着枕在自己膝上的爱妻的柔发。突然，他抚摸的手停了，他暴躁地大吼了一声：

"玉龄，你在骂我！你明明知道我把大好河山拱手让给了日本人，换来我这个有名无实的皇位！你还用苏武的'留胡节不辱'来激我，骂我，我已奇耻大辱，我已无地自容，可你，你又来逼我……"

说着，大颗的泪花已从溥仪近日有些清瘦的脸颊上滚落下来。

溥仪痛苦地张开嘴，瞅着西北天，双目紧紧闭着。

这下，可吓坏了谭玉龄。她慌忙跪下，浑身发抖地哀求道：

"皇上，玉龄不敢，玉龄不敢啊，玉龄是满心想让皇上开心才唱歌的呀……"说着，已嘤嘤哭了。

溥仪慢慢地低下头，将跪在脚下的玉龄拉入自己的双膝间。他心里深深地自责，他不该对这个可信赖的最亲近的知心少女发威，他想起了玉龄爱妻对他描述的种种事情：日军冲进北京，飞机炸塌了校舍，于是玉龄辍学；又想起玉龄给他讲的日军闯进一家，把孩子扔进开水锅，把男人装麻袋里倒上汽油烧死，然后轮奸了那年轻女人，并在她的下身插上了棒子……溥仪的心震撼了，他心底有愧。

他重新把手插进玉龄吓得湿漉漉的秀发间，心疼地说："玉龄，快起来，你怎么还跪着呢！"

就在这时，御用挂吉冈安直不知什么时候出现在这儿，他说："报告皇上，日本园艺家村甲上一先生求见！"

十四

村甲上一个头不高，大约有五十岁年纪了，他捧着两枝花苗。恭敬地站在会客厅的门口，还有一盒晶莹的花籽。

经过吉冈的介绍，溥仪说："村甲先生坐下说话吧！"

村甲上一一把花放在溥仪前面的桌上，介绍花也介绍自己。他说他是个园艺家，住在日本的岩手县，毕业于东京浴川学园，专业就是园林管理；这两只花苗名叫达木兰，是明治年间由欧洲引入日本的，是一种很珍贵的名花。为了表示日中两国的友好，特献给溥仪，以表心意。他还说，这花要有专人来保养和培育，他可能还在"满洲"逗留一段时间，可专门向宫廷花匠传授达木兰花的栽培技术。

溥仪让人给村甲上一先生献茶。提起花匠，他忍住气对吉冈安直说："宪兵也太不像话，几个花匠，他们扣住至今不放！"

吉冈安直："这些事情，也是为圣上安全。"

"可关东军又要'巡查'，这不是重复了吗！我说过，王笑明事件可由宫内府执法队来办……"

吉冈安直："此事终究不妥。"

"有什么不妥，你说说看！"

见溥仪一提花匠被扣一事和吉冈安直争执，村甲上一起身说："皇上要事在身，在下告辞，不便久留！"

溥仪说："送村甲上一先生。"

日本园艺师走了，吉冈安直也灰溜溜地退出溥仪会客室。但溥仪和他的"发怒"，却使吉冈不得不认真考虑。

尽管吉冈受天皇和关东军司令本庄繁的密旨，严控溥仪，限制满洲国军政事务，但有些问题也得处理得不至于太"表面"化。他又通过和关东军特务机关及宪兵治安团协商，认为花匠于显元和李庆发没有足够证据参与"王副官"事件，于是决定给溥仪个"面子"，放掉这两个花匠。

在此之前，宪兵曾经一口咬定，是于显元和李庆发给王笑明血衣放了鲜花，理由是只有花窖有竹夹桃。宪兵并查封了"三六九"小店，把马春祥和秦嫂也作为违反治安法嫌疑人投到了监狱里。可是于显元和李庆发始终不承认是他们送的花，理由是难道花匠能自己暴露自己吗。

由于有吉冈的暗中操作，于显元和李庆发终于又回到了花舍。

在于显元和李庆发被扣的这些日子里，石连江上岁数也干不动多少活了，于是又新招来一些花匠，授溥仪的委命，回来后的于显元派去专门和日本园艺家村甲上一先生学侍养达木兰。

村甲上一居住在红熙街(今红旗街)的一个朋友的别墅里，每天乘马车来到宫中和于显元在一个专门的房子里栽培达木兰。在村甲的指点下，于显元和力工去到伊通河边挖来了许多细沙，又在细沙里掺土黄的、黑的不同质的土面，然后将达木兰的种子埋下去。每天浇多少水，什么时候拉开窗子透阳光，都十分的讲究。

与此同时，那两棵小苗更是精心料理。

村甲问于显元："什么地方有腐殖土？"

于显元想了想，说："是不是积满落叶的地方？"

"对，正是。但，还要有水。"

"是河是湖？"

"湖。"

"南公园就有湖有林。"

南公园就是今天的南湖公园，那儿有大片的林子，又有一个湖，中间的小岛叫湖心岛。村甲上一就领着于显元来此取腐殖土。那些土主要用于达木兰的成花使用。

当年，伪满花舍中的花肥，也经常从日本虹成土木株式会社和德国西门子下的一个子公司进，但培育达木兰的花土和肥料，一律选东北本土的土壤和肥碳，村甲上一和于显元都认为这样适合一个新品种的生存。经过近三年的努力，于显元培育出十几盆达木兰，而且都已开花。

村甲上一已于当年返回日本，具体栽培这种花，就由于显元领人看护。其中有两盆，叶子翠绿，挺拔有力，而开的花各不相同，一支像箭似的顶着一个大花球，一支是一朵朵的小喇叭一样簇拥在一起。溥仪十分喜爱，就叫于显元将这两盆花搬到了自己的书房。溥仪并对于显元说："小花匠，你聪明好学，这达木兰毕竟是外国的名字，你能否给它起个咱自个的名字呢，经过咱自己的栽培，这也是咱自己的花啦……"

"好吧皇上，我想想。"于显元答道。

十五

这年秋冬，溥仪决定举行祭孔大典。

老长春的孔庙，当年坐落在高阜区东南伊通河北岸的一个开阔地上，皇帝要参加祭孔的消息一传开，各地开始认真准备。先是将孔庙粉饰一新，几条通往孔庙的路都用黄土铺垫一新，路旁新安了电灯。由于溥仪要来当主祭，各处要选挑优秀的歌生舞生，并从奉天（沈阳）请来专人教歌舞，并成立了"燕乐学习班"，很是认真和隆重。

到了"开祭"那天，文武官和参加祭祖的人员一律是蓝袍青马褂，头戴盔球帽，旌旗匾伞，声势浩大。祭品除了特作的贡菜供果之外，还有十二头整猪，十二头整羊，一头牛；花匠们在宫内府的指点下选了大量的鲜花同供品摆在一起，而溥仪特别强调把他那两盆达木兰也带上。

司仪一声呼喊，众人全体下跪，溥仪在前，一齐向孔子行三拜九叩大礼。

记得祭祀结束后，于显元专门捧着这两盆花往皇帝书房送，迎面碰上了溥仪和倓虚和尚向这儿走来。

倓虚和尚同溥仪也是好友，这次他是从哈尔滨来"新京"参加护国般若寺的佛门庆典活动，道场结束后来宫中参观并拜见溥仪。他见于显元手中的花，惊奇地说："此花独特清秀，珍奇呀。这是什么花？"

溥仪说："这是日本园艺师村甲上一先生送的，叫达木兰、啊对了，这达木兰是外国的名字，请倓虚法师给起个名如何？"

倓虚略一思忖，说道："此花绿茎挺直，花叶锃亮闪翠，很有君子风度。我国乃崇礼之邦，皇上今日又是祭礼归来，此花正合'君子兰'为好。"

"君——子——兰——？"

倓虚："对呀。这是天人合一。"

溥仪："是呀，这名字太好了，而且正合我意！"他回头对于显元说："小花匠！"

"在。"

"通知宫内府，给君子兰造册。"

"是。"于显元乐颠颠地走了。

倓虚和尚还和溥仪在书房里喜出望外地欣赏着这花呢。这时，谭玉龄正向溥仪的书房走来。

这些日子，谭玉龄越来越担心溥仪的身体，她总想借机和他在一起，和他唠唠嗑，安慰安慰他疲惫的心。

进到溥仪书房见倓虚法师在，谭玉龄想回避，可倓虚却站起来告辞。送走倓虚,谭玉龄盯着窗台上的这两盆花说:"皇上，这两盆花这么好看，干脆借我屋里摆两天！"

溥仪说:"好哇！"又对仆人说:"摆到夫人卧室里去。走，我也跟着你去看看！"谭玉龄说："谢谢皇上。"一边挽起溥仪往卧室走去。溥仪边走边说:"玉龄，你知这花叫什么名字？"

谭玉龄说："不叫达木兰吗?"

溥仪："现在已叫君子兰了，是倓虚法师给起的。"于是他又把倓虚对"君子兰"名字的解法一五一十地说给谭玉龄。

说着话，已来到谭玉龄的卧室。

佣人将花摆放在谭玉龄的窗台上，低着头退出去了。溥仪见谭玉龄喜爱君子兰，便走到窗前，将一朵盛开的兰花掐下，然后走向夫人。

玉龄已知丈夫之意，她把头依偎在溥仪的怀里，溥仪轻轻捧起爱妻的秀发，将这朵金红的花朵插在她的头上……

就在这时，溥仪的近随祁继元走来，说："皇上，吉冈安直在书房求见。"

溥仪："又是吉冈！让他等着。"

谭玉龄说："你先去吧。说不定什么事！"

溥仪推开谭玉龄，一心烦恼地跟着祁继元走向书房。

于显元养花的知名度在宫中迅速传开，这和他给溥仪培养君子兰和仙人掌分不开。为了养好仙人掌仙人球一类花，他曾经去老酒厂积德泉找董事长王云堂。

提起溥仪要养仙人掌没有容器的事，王云堂说："唉兄弟，走，你看看这玩意咋样！"于是王云堂领着于显元来到烧锅作坊的调酒室。原来那时，日本人准备在积德泉建立清酒作坊，而宫中也让积德泉试制御酒，刚刚从南方进来一批玻璃器皿。于显元一看，心中顿悟，这种试酒的大小杯子正好做容器水培养仙人掌，仙人球啊。

于是，他从积德泉拿去一些玻璃器皿，开始了皇宫栽培水花类的阶段。于显元生性聪明，人又好学，他还给溥仪和奶奶娘娘们制作了许多树桩盆景，有的以树为主景，有的以石为主景，还架上亭、桥、房舍、舟车，他还给起上名，什么驼峰式、连峰式，孤峰式、对峙式、横云式、卧岗式……真是应有尽有，百看不烦。可是，他不知道，为什么皇上溥仪看了这些美丽的花新奇的景还是不乐呵。

十六

溥仪走到书房，发现吉冈已在等待。

见了溥仪，吉冈开门见山地说："陛下最近的许多做法，关东军参谋本部可是很不满意呀！特别是秘密组建你的宫廷卫队。"

溥仪佯装不懂地道："吉冈先生，我自己的卫兵组建还需贵国审批吗？"

"当然要。"吉冈硬硬地说："这在联合建国大纲中你已明确签订……"

溥仪说："那所指是正规部队。"

吉冈说："卫队不是军事力量吗？不过你不要着急，上午我已命令关东军部分力量把他们全部缴械了！"

"吉冈！你欺人太甚！"溥仪跳了起来。

吉冈说："外界并看不清你的力量。我的借口是你的卫队的狼狗咬了关东军的巡逻队！"

溥仪说："退下！你给我退下吧。"

看着溥仪痛苦无奈地倒在沙发上，吉冈安直领着祁继元走出书房。

这时，祥贵人的卧室老妈子突然跑到溥仪的书房来喊："不好啦！太太她昏倒了！"

原来，当祁继元来传话说吉冈安直有要事找溥仪，谭玉龄心中就想到可能有什么不测之事要发生，于是当溥仪出了她的卧室，她也随其后来到书房门外。当她听到阴险的御用挂吉冈安直把剿灭宫廷卫队的消息直接告诉了溥仪时，她也顿时觉得眼前一黑，就什么也不知道了。

众人将她抬回卧室，开始她还很清楚，天哪，狠毒的日本人这一招，就等于砍去了溥仪的"手脚"，从此皇上身边将没有一兵一卒，日本人更可以随心所欲地控制"满洲国"和大清王朝……想着想着，她顿觉浑身发抖，又是什么也不知道了……

"玉龄！玉龄！"这时溥仪已来到夫人的卧室。他眼前的爱妻已经脸色苍白，双目紧闭，嘴唇抖动，不知在说些什么。

天渐渐地黑了下来，皇宫上上下下都显得慌乱和紧张，宫中的几位御医在溥仪的传唤下前来给夫人治病，可是，三天了，谭玉龄脸色一直灰白，而且那张美丽的樱桃小嘴一滴水也未进，那长长睫毛的双眼也一直没有张开。溥仪坐在她的床边，双手握着夫人滚烫的额头，三天没有离开缉熙楼。

夜幕笼罩在老商埠街口，一个人悄悄溜出了皇宫，然后爬上一辆人力车，一挥手说："到大和宾馆！"

大和宾馆又叫大和旅馆，就是今日的春谊宾馆，那时住着的都是一些形形色色的神人物。人力车在夜幕下疾疾穿行，一进入站前，各种光怪陆离的霓虹灯在交错闪烁，从日本神庙之处传来的晚祭的鼓声咚咚作响，还有一阵阵怪叫，还有几个乞丐在人行道上捡烟头……

神秘人在大和旅馆门前下了车，径直进了二楼紧里边的房间，里边已有人在等待，原来是时任关东军参谋长的东条英机，而来者正是溥仪身边的御用挂吉冈安直。

"喝清酒还是窝特卡？"东条英机把两杯酒摆在小茶几上，"是时候了吧……"

"我喝葡萄酒。"吉冈熟练地从酒柜中取来，仿佛这屋子是他的卧室，"一切听参谋总长的。"

"那就老办法吧。"

"哟西！"

一红一绿两色酒杯"啪"的一声碰在了一起。经过了上司的旨意，吉冈这只老蜘蛛立刻开始编织一张阴谋的网了。

这天的清晨，谭玉龄突然从几天的昏迷中醒来，她见溥仪守在身边，心中十分感动。她看看满面愁容的溥仪，又看看那两盆盛开着的火红火红的君子兰花，心里十分难过。

她紧紧握着溥仪的手，眼睛瞅着灰蒙蒙的窗外，有气无力地说："秋天又快过去了。满洲这个地方，秋天总是这么短，几片树叶刚刚落下，就该花儿凋谢，大雪纷飞了。我真怕……"

"怕什么？"

"怕那寒冷阴暗的冬天。皇上，你快带玉龄离开这个地方吧！到那四季花开的地方去……"

溥仪也流泪了。说："玉龄，有我在你身边，有这君子兰开放，我们会有春天。"

谭玉龄说："君子兰，它是四季开放吗？"

溥仪说："听花匠说，是四季。"

"那就好了。"

谭玉龄说着，伸开白玉似的但已消瘦了的胳膊，伸手去抚摸身边盛开的君子兰美丽的花瓣。

溥仪慢慢地站起来，流着泪向外面走去。

十七

早上，花匠于显元领着师弟们照样送花，可是来到勤民楼时，却被日本警卫拦住了。

于显元通过石连江问宫内府，才知御用挂吉冈安直搬进勤民楼办公来了。

溥仪几天没来勤民楼，他和宫内的许多人一样，深感这儿发生了很大变化，首先是除了他的宫内侍卫外又多了一层日本的警士岗，他很不习惯地上了楼梯。刚进到议事厅门口，迎面就碰上了早在此等待的吉冈安直。

"安直听说祥贵人病了。"

"是这样。"

"安直身为皇室的御用挂，我却没有过问，这是安直的失职……为了观察和有力地治疗祥贵人的病，我已搬到你的办公室的隔壁来住……"

"啊，谢谢！"

可溥仪突然又感到蹊跷。于是又说："吉冈阁下，些许小事，何劳阁下牵挂。"

"不，贵人生病，安直关照本是理所当然的，我已从满铁医院为贵人请来了一位著名的日本医生。"

溥仪说："不，不，不，我的私人医生正在为她治病。"

"怎么，皇帝陛下是不信任我，还是对日本人的医术怀有成见呢？"

溥仪一抬头，只见吉冈安直那双鹰眼在瞪视自己，于是惶恐地低下了头说："啊不，我绝不是那个意思。"

"那好吧。"吉冈安直说："马上让日本医生去给祥贵人治病。"

溥仪已预感到此决定凶多吉少。他心中痛苦极了，自己是个有名无实的牌位，处处受日本人的摆布，眼瞅着周围的许多事情都一点一点的被日本人控制了，如今，爱妻有病，吉冈咋这样子关心，得多加防范。于是他马上把自己的妹妹四格格唤来，嘱咐她一步也不要离开祥贵人。

在吉冈的陪同下，日本医生小野寺院长走了进来。表面看，这是位慈祥的老医，他给玉龄听诊后，就打吊瓶。溥仪进来一看，躺在床上的玉龄已安详地入睡了。于是就对妹妹说："我很乏，回去睡一会儿。你今晚替我守候在这儿，千万不要离开……"

午夜，满铁医院院长小野寺拖着沉重的脚步走入庆贵人的房间，对格格说："得给她加点安眠药剂。"于是往吊瓶里注射了一种液体，说："我们回去休息了。"就领着所有护理人员全都撤出谭玉龄的房间。

夜，渐渐地沉了。

只有离皇宫不远的裕昌源夜班火磨的鼓风机在隆隆响着，排风管的气体发出哧哧的响声，是那么寂寞和单调。

就在黎明刚刚到来的时候，溥仪被妹妹的惊叫声惊醒，他赶忙奔向玉龄的房间，只见一块白布蒙在玉龄的脸上，"玉龄！玉龄！"他喊着，一下子昏倒在门框上。

"她死了！啊啊，她死了！哈哈！祥贵人死啦！"原来是疯子婉容披头散发又喊又叫。她看到花架上盛开的君子兰，突然双手把花拔下来，又使劲地撕成碎末。一点一点地精心撒在谭玉龄的身上脸上，然后哭笑着，走出去了。

等溥仪醒来的时候，以吉冈安直为首的一班日本人已站在门口："万岁爷，吉冈将军代表关东军司令部前来吊唁。"他一挥手，几个日本下级军官将抬来的一只花圈摆放在谭玉龄的床前，"皇帝陛下请不要过分悲伤，生老病死乃人间常情，食五谷杂，哪能不……"

溥仪早已听不进吉冈安直说的什么，他在众人的搀扶下布置着，一是追封祥贵人为名贤贵妃，奉安于园寝之前，暂在护国般若寺内停灵，派护军看守，把他的谕旨放入棺内，把君子兰摆放在名贤贵妃灵前。

这时有人提醒："君子兰已不见了。"

溥仪问："君子兰呢？"

妹妹："已被婉容给撕碎了！"

溥仪再一看，可不是咋的，在谭玉龄的身上，地上，到处是君子兰花叶的碎片，那两盆盛开的花，早已踪影皆无。

"快！快去传花匠……"

少顷，老花把式石连江被传来，溥仪问："君子兰，君子兰难道就这两盆！去！赶快把花给我养出来！去呀！"

"是！是是！"石连江慌忙退出来，急忙奔花舍找专门侍养此花的徒弟于显元，因他知道只有于显元能解此围。在花舍里石连江见到了于显元，当提到皇帝急需君子兰一同摆灵时，于显元笑着说："师傅你放心吧，这事交给我吧！"就此，老花把式一块石头落了地。

十八

冬天来到了满洲，这个冬天很冷。

早上于显元起来，他领着徒弟到花池子前，把夜里粘上去的草帘子卷起来……

太阳发着橘红色的冷光，照在花窖的白霜上，冻得人直缩脖。

这时宫内府传话，让花匠去护国般若寺给谭玉龄灵棺周围的君子兰花换土，因还有两天就到了祥贵人百日祭。这换土当然要由于显元去。三个月前，当溥仪下令在谭玉龄的灵前摆君子兰时，才知宫中最好的两盆君子兰花已被婉容撕得粉碎，而亏得于显元平时留心，暗中栽培了许多君子兰，这同时也等于了解了石连江的围，于是一提到君子兰，一有上花的重要场合，于显元都是当然人选，更何况是到般若寺为君子兰换土。

走出老皇宫大门，就可以听到有轨电车轰隆隆又咣当当的响声，那是坐落在七马路口处的电车站，他可以从这儿上车，在三马路下车，往西一走就是护国般若寺。上了电车他刚坐下，就听有人喊："师弟，干啥去？"

于显元抬头一看，原来是罗林。

于显元站起来，拉住他的手说："师哥，你多咱来的？"

罗林晃晃手里的票兜子说："来半年啦！"

接着师哥对他说了自己的不幸。原来他回到辽阳，爹娘老病一直不好，不久就老了。光借棺材钱就拉下了一屁眼子饥荒。没办法他又回到长春，原来的房子卖了，又租房子住，屋里的又闹病，没办法他就在日本"新京"电车株式会社谋个职，在这条电车线上卖票。

师哥罗林已变得又黑又瘦，到三马路下车，于显元约他，说找个时间请他和师傅们下馆子，可他万万没有想到这是和师哥最后一别。

谭玉龄的灵棺静静地躺在寺庙的后堂，周围摆满了鲜花，而其中最出色的就是兰花。除君子兰外还有许多是溥仪从日本园艺协会征集来的诸多种兰花。但每一种都没有君子兰那么娇美和独特。

于显元到寺里给谭玉龄灵柩的君子兰换花土也成了护国般若寺的大事，因"新京"（长春）的老百姓都知道这件事。祥贵人谭玉龄的灵柩一开始停放于宫内府西花园畅春轩，"三七"之后举行"奉移典礼"，被从皇宫移至二马路的护国般若寺，那可是老百姓都知道的一件"大事"。过几天就是"百天"了，对于宫廷花匠来给花换花土，这也同样是件大事，于是许多信男信女、佛教信徒居士等都借烧香前来一睹祥贵人灵柩的"辉煌。"

谭玉龄的灵柩停放在护国般若寺大殿的后堂，平时有四名护军持枪护灵，灵棺周围的君子兰花开得格外鲜艳。现在于显元来换土，于是殿门大口，许多人都捧着点燃的香和腊，默默地站在大殿门口和过道上。

长春的老百姓心里有数，这个皇妃是皇上最爱的女人，因此大家也都借赶庙会来祭奠她。

于显元在换花土，他听到人群里议论：

"真是个贤明的女子。"

"听说死后还给皇帝留下一包'礼物'！"

"真是个贤明的女子。"

"听说死后还给皇帝留下一包'礼物'！"

"什么？"

"是她的指甲。"

"据说她身子骨好好的，而且，得个感冒就死了……"

"哼，听说是日本人动的手，满铁医院院长小野寺给下的手。"

"唉，还是古语那句话，好人没好命。不过，这些花陪伴着她，这些花听说是日本人送的，真好看。"

"什么花？"

"那叫君——子——兰！"

"名字也雅气。"

于显元弄着花土，耳中听着，心里想着，这老百姓怎么什么都知道。其实，这天下的"黎民"老百姓真是什么都知道的，而且世上的一切事情，也都是他们做的。就说这放在谭玉龄灵前的君子兰吧，由于祥贵人的灵一直停放到"8·15"光复，所以那花的种子和"换土""栽培"方法不知怎么一点点地传入了民间，而且还多了许多新的品种。并且若干年后，终于成了"长春"的"市花"。这是一个真实的历史，也是一个珍贵的传奇。

由于百姓觉得谭玉龄是个"好人"，又觉得君子兰十分珍贵，于是于显元换下来的花土，栽下的花叶，都成了人们索要的"吉祥"礼品。大家在门口等着，一看换下一捧土，这个说："给我点！"那个说："给我点！"一时间，护国般若寺大院成了一处热闹隆重的处所。

十九

当——当——

护国般若寺的钟楼响起了洪亮的晚钟，夕阳从古柳的枯枝间投过来，已到了晚阳平西的时候了。

数十盆花土，显元整整换了一天。

大殿里晚祭的经鼓和钟乐也渐渐地平息下来。于显元搓着冻得通红的双手走出后堂，迎面碰上了从经堂里出来的倓虚法师，一见显元便说："阿弥陀佛，冻了一天啦？"

于显元也说："阿弥陀佛，受师傅款待，热茶喝了不少。要不然该冻坏啦。"

倓虚说："前个有信徒从吉林北山带回了雪露霜花水，我今个用它熬粥煮饭。你今个在这儿吃斋饭吧，我款待你。"

显元觉得两天的话，他一天就干完了，再说也真是有些劳累，于是就答应了他。

倓虚法师是个很博学的人，两人从前又在宫中见过，于是二人一唠就是一宿。吃完早饭，显元决定返回宫里。

夜间，天下了一场小清雪。

早上起来，雪虽然停了，但西北风刮鼻子脸的，嘎嘎冷。

显元来到大殿的后堂，最后看一眼祥贵人的灵柩，看一看换完土的君子兰花，又用手巾将花叶上的尘埃轻轻地擦了一遍。种花的人对待花就像对待自己的孩子。然后他告别了倓虚法师，出了寺门，叫来一辆人力车坐了上去……

雪在人力车轮下咔哧咔哧地响着，车夫在奋力地跑着。大概也是为了寂寞的行程不至于太单调，车夫和显元说："昨晚街里出事了，一个人被日本人绑在路灯的电线杆子上冻死了。"

"怎么回事呢？"于显元随和着。

"听说是偷了钱。"

"偷钱？"

"听说在早他是宫里的花匠……"

于是，那个车夫就把自己听到的关于事情的经过一五一十地说了一遍。

原来，这个人是自己"开"自己的"劳金"，方式不对。日本交通株式会社不给个人发足够的工资，而且说工人偷钱，于是天天下班前翻工人的身上，饭盒掀开，连裤裆都摸。气得工人只好把应该属于自己的工钱在最后一班电车交班前，攥成一个小团，然后吐上一口唾沫，往车窗外一撒，钱团就会粘在电线杆子上被寒风冻住，夜里工人再悄悄地赶来用小刀一点点往下扣，可是谁承想，这个工人夜里来"取"工资时，被日本人当场抓住，绑在电线杆子上，活活冻死了。

于显元的头"嗡"地一下子，对人力车夫说："快！拉我去看看！"

远远的，就见三马路口电车站一带围满了人，于显元跳下人力车挤进去，就见车站的老路灯杆子上，五花大绑地捆着一个人，眼眉和胡子上都结了冰凌，上身衣服已被剥去，脸冻得通红已经死去，正是师哥罗林。

于显元不知自己是怎么走向皇宫的。

临近宫殿，他远远望去，一切显得那么陈旧和荒凉。三六九小店和剃头铺都已扒掉，自从那次"治安巡查"春祥和秦嫂被抓，可他们没人，至今关在哪里也不知去向，连吴剃头也受了牵连，去了哪里也不知道了，如今，师哥又摊上这样一场灾。许多身边的人都走了，于是他也萌发了想离开这里的念头。

一进花舍，见几天前已经回家的哥哥打乡下来，捎信说娘病了，让他回去看看。

于显元说："走，现在就走。"

哥说："俺去给你准假。"

显元说："准什么假？我不想在这儿干了。我想回家，回家种地……"

哥说："回去也好。这里，终究不是咱庄户人家待的地方。你看看这里，皇上不像个皇上，娘娘不像个娘娘。走！兄弟。"

在哥哥的支持下，二人当时来到宫内府，推说娘有病，当下结清了工钱，于是又回花舍收拾行李，哥俩就此出了皇宫。

于是，一个宫廷花匠的故事，也就到此打住。

如今，这位年近百岁的老人坐在自己的土炕上，瞅着外面岁月的阳光，时不时地给儿孙们讲着这个故事。也许诺若干年后，这个"故事"还会被人传来传去。

关东马匠

　　说起来，那是很久很久以前的事了。长白山披着皑皑白雪，整日刮着呼啸的冷风。山上雪厚冰坚，一直到第二年的七月，冰雪才渐渐融化。当背阴坡还残雪点点时，南坡的雪水滋润小草发芽，各种山花都绽放了，大山就成了花的海洋。一片片盛开的金达莱，抖着精致细小的绿叶，在山崖上像火一样涂红了群山。金达莱又叫映山红，特别喜欢在松花江源头的长白山瀑布两侧开放。这时，从天地之间飞泻而下的瀑布，带着大山冰雪的气息，带着映山红的花香，从山顶奔下，转而相继形成白河、二道白河、头道松江，最后到达两江口。在这儿，江水更大了，形成浩浩荡荡的松花江，湍急地冲进高山，流淌进万年古林中。

　　群山起伏，林海延绵，江水在默默地奔流。黑森森的树林渐渐不见了，树木开始稀少起来，眼前一点点地豁亮起来。原来，江水已流出森林，前边是一片绿油油的大草甸子。青草和天边的白云连在一起，一望无际，白亮亮的大江就从大草甸子上流过去了。就在这个地方，流传着一个传奇故事。

第一章　东家赶集

这片大草甸子的中心地带，有一个小村子，村边上长着七棵大树，村口的石碑上刻着几个残缺不全的字"七塔木"。

这是村名，可外来的人都觉得奇怪，七塔木，"塔"在哪儿呢？后来一打听才知道，这"塔"不是真的塔，而是指那七棵大树像塔一样高大、伟岸，所以称七塔木，又叫"七大树"，也有叫"其塔木"的。于是这村子就留下了这个奇怪的名字。

"其塔木"，满语是貉猪之意。貉猪是一种比野猪略小但毛很长的动物，是这一带的特殊野生动物。这一带，有一条河叫"貉猪河"，所以这里就被称为"其塔木"或"七大树"啦。

说奇怪也不奇怪，七棵大树的特点很鲜明，好记。由于其塔木是这片大甸子的中心地带，基本都是满族村屯。那时，满族村屯的人家都以狩猎、捕鱼为生，并为朝廷进贡。康熙九年（1670）之后，朝廷在这里设立了"五官屯"，经营农牧，种植谷子、高粱、大豆、黍子等，专为朝廷进贡。后来，不少中原来的关东人家到这儿定居，各族百姓一块儿狩猎、捕鱼、种地，使得其塔木更加繁华起来了。南北两个屯子的人来来往往都必须经过其塔木，于是，就在其塔木村形成了一个大集市。届时，各村屯的人都到这儿进行交易，或以货易货，马匹、牛、驴各类牲畜，各种农具、爬犁、镰刀和锄头，日用杂货，年节的供品、烧纸、香、蜡烛，真是应有尽有。一年四季，各种种子、粮豆，更是这里主要的交易物品。因为其塔木粮豆、谷米品种很多，村民想吃啥就买啥。

集上，最红火的是各种作坊。铁匠炉，又叫小红炉，主要打制农具和家庭使用的铁器；木铺专门制作各种桌凳、大柜、箱子、祖宗匣、祖谱盒子等；还有粉坊、油坊、豆腐坊、纸坊、染坊、烧锅，家家开业，热闹无比。

除了卖东西的，还有"工夫市"。

工夫市，就是一些找活儿干的人自发集中到集市的西头一片空地上，男女都有。每个人跟前撂着工具，什么锯子、锤子、斧头、棒槌、墨斗子、纺车子，表明他（她）擅长何种活计。种地的长短工，浆洗衣服做家务活的保姆，或是给人家专门干杂活的小打、佣人，都通过这些工具标明自己的身份、手艺。至于价钱，统统由招工人和出卖手艺的人自相商定。在工夫市的旁边，是"人市"。

人市，就是买卖人口的地方。被"卖"的每个人头上都插根草，叫作"草标"，标明是"卖"的。有些人是由人领着，或是男领女，或是爹领儿女，或是丈夫领着妻室，这叫"领标"的。当然，也有些是自己在地上捡根草，往头上一插，那是自己卖自己。

在这种集市上，最叫人心酸的是爹娘卖儿女了。一遇荒年，这时的集市上是最让人看不下去眼的。你看吧，往往是爹娘为了孩子能活命，含泪领着好几个孩子，一个个都插着"草标"，一溜儿按年岁大小，在路边跪了一排。爹娘往往对路过的行人哀求着："大人，行行好吧……领一个去吧，孩子要饿死啦……"

过路的人一听这些叫喊声，往往都流着眼泪赶紧离开，看不下去啊！但一遇这样的年头，一些大户人家最愿意来赶"人市"，专挑些年岁轻的，又能干活的买走，为家里增加劳力。也有的大户人家趁机挑"小"，或为自己挑二房、三房。便宜呀！有时一个大活人只用半斗红高粱就"买"回家了，真是人不如牲口啊。虽说是卖人，但爹娘一见自己的孩儿被领走，立刻哭得要疯啦！孩子哭喊着爹娘，说："爹！娘！我不去……"那惨状让人受不了哇。

爹娘往往跪地给孩子磕头："孩子呀，爹娘这辈子对不起你呀！下辈子我做你的儿女，卖俺吧！"

这时，爹哭，娘哭，孩子也哭。

集市上，人人见了都流泪，这场面揪心，令人惨不忍睹。

话说在离其塔木五十里远的地方有一个屯子，叫杨家屯。这天一大早，杨家屯里的公鸡"咯咯咯"地一叫，一个人骑着驴走了出来。

这人的个子不高，圆圆的肚子，穿着一件满族老式长袍子，头上戴着一顶带红珊瑚疙瘩的小帽头，留着两撇黑胡子，胖胖的身子，压得那头小毛驴直放屁。可他还嫌驴走得慢，不停地拿柳条抽驴屁股，骂道："没用的东西！驾！驾！快走……"他叫老杨坡，是满族坐地户，于乾隆年间来到其塔木专事农耕，一点点地积累了不少银子，就又买下不少熟地，也开了一些荒地，于是逐渐成为当地的大户了，人称杨老爷。

杨老爷旁边走着的是那瘦高个子的管家。他背着钱褡子，用手提着长袍的左大襟，一溜儿小跑，跑掉鞋也跟不上东家。他两只脚，驴四条腿，他怎么能跟得上呢？可跟不上也得跟。

这是杨家屯的大地主大地户杨坡领着管家高友去赶其塔木大集。

驴放了个驴屁，老地主杨坡打了个饱嗝，又骂开了："你这样慢慢腾腾的，起大早赶个晚集，还能雇着便宜长工吗……"

管家高友委屈地说："东家呀，你这不是不讲理吗？你骑驴，我用步量，哪能赶上你……哎呀！"管家高友说着踩在一只癞蛤蟆上滑了个前趴子。

杨家屯地主杨坡起大早急着去其塔木工夫市上挑选长工也不是没有道理的。原来，自打头几年开始，他从祖上接手的这大片草场、耕地都涨了地租，朝廷打牲乌拉（清朝的一个衙门）的草场和耕地本都属于"五官屯"的，乾隆年以后，五官屯把这些地转手租给了一些"随旗"（中原来的农人），杨坡的祖上是顺治年从京师"随龙"过来的，到他这辈杨家屯已有上百户人家啦，都是耕种五官屯的地，到秋交租。可是这几年，连年发大水，往往冲得杨家屯一带颗粒无收，但五官屯的租子不交不行，于是从去年开始，他就在屯子正东靠近松花江右岸的地界上开荒、开草场子，想增加一些收成，好还上人家五官屯的租子。扩大草场，耕地就得雇人，他听说从卡伦和鹰山一带下来不少难民，心想"工夫市"的行情一定看好，这才起大早到其塔木大集上去挑选长工、短工、季节工或杂役。

快到正午时，杨坡和管家高友才匆匆地赶到了其塔木。

古街小镇其塔木真是个热闹去处。这儿从清顺治年开始就形成了固定的农贸大集，由于它和东边的乌拉街遥相呼应，形成了东有乌拉街、西有其塔木的局面。又由于这儿的地理位置西靠桦皮厂，北靠老宽城子，东北靠农安、榆树、德惠一带的蒙古王爷的属地，正南是吉林乌拉街衙门，四面八方的来客，无论去往何处，其塔木都是必经之地，无论是农耕还是渔猎，都是一个极佳去处，所以各族人都聚集在这一带生活。

集市的沿街路边，摆着人参、貂皮、鹿茸、乌拉草、松树子、山核桃、木碗、木盆、木勺子以及柳条子编的大筐小篓、烟笸箩、斗子、簸箕、爬犁，还有些卖豆腐脑的不停地吆喝。自家的山梨、樱桃、李子、香瓜，一筐一筐的，让人眼花缭乱、目不暇接。在布店、米店、靴子铺、马具店旁边，还有说书的、唱二人转的、演东北东城大鼓的，变戏法"仙人摘豆"，卖狗皮膏药，气功"二指断砖""飞针穿木"，还有打莲花落、说顺口溜、要饭的花子。集上行人来往中，不时见一些高鼻子蓝眼睛的外国人，他们是传教士，常常引得一些孩子跟着他们看。

再往前走，就到了"工夫市"和"人市"。一些衣衫褴褛的农人，成排成排地站在路边。这时候由于人多，所以"工夫市"和"人市"几乎混到了一起。很多穿着破衣烂衫的孩子，个个头上插着草标……

嘈杂的"人市"里，突然传出一个孩子的哭泣声，是个小姑娘在哭。只见"人市"的角落里，一个十三四岁的小姑娘，头上插着草标，正哭得十分伤心。

几个在一旁看"行情"的人议论着：

"可怜巴巴的孩子，爹妈死一年啦！"

"是啊，听说是爹妈死时欠下人家的料子（棺材）钱，只好出来打工还钱……"

"唉，这狗日的世道……"

他们的说话声，传到旁边一个十五六岁的男孩耳朵里。只见这少年头上也插着草标,正愣愣地站在那里向四处张望。突然,人群里传来一阵喊声:"闪开! 闪开闪开!"原来是肥胖的杨坡和瘦高的管家高友一前一后地到了。

杨坡松了一口气，擦了把头上的汗，小眼睛一眨，对一旁的管家高友说道:"总算赶上了，可得好好挑挑。"

高友用长袍下摆擦着脸上的汗说:"你放心吧东家，我挑不走眼……"

管家高友在一些插着草标的人前停下来。他拉出两个小伙给东家看。

杨坡打听完了价钱，又掰着手指头算了算，犹豫不决。管家高友说:"你总得挑一个吧！"

杨坡在管家耳边说:"我看，雇大人不合算，吃得多，会偷懒。"

管家高友说:"那你的意思……"

东家杨坡说:"挑两个便宜的小孩。"

管家高友说:"小孩干不动活，你又要发火。"

东家杨坡说:"干不动活我就捶巴他们……"

见东家态度十分坚决，一定要挑小孩、童工，管家高友只好松开了挑到手的两个大人。

人群里，这时传来了对杨坡的嘲笑和讽刺声。还有一个人当即编了几句顺口溜:

大伙多留神,

千万别进杨坡门。

进了杨坡家的门，

天天米汤一大盆。

勺子里边搅三搅，

米汤浪头打死人。

窝头硬得长了翅，

饼子生得长了鳞。

使的碗筷从不刷，

起的嘎巴刺嘴唇。

哈哈哈哈哈哈哈！

千万别进杨坡门，

……

在东北乡下，其实谁家啥样儿，乡里乡亲的谁心里没个数啊。在这一带，老杨坡的吝啬、抠、小气那是出了名的，谁不知道啊。

这个人一说这套嗑儿，大伙便哈哈大笑起哄。杨坡和高友又气又恨，感觉没脸见人，急忙牵着驴钻进了人群。他们赶往"孩子市"。谁知正往"孩子市"走，管家高友在两市的交界处一眼就发现了站在人群里发愣的那个少年……

只见那个少年，头上插着草标，正在那儿发愣。高友一看，这小伙有十六七岁，个头不高不矮，一双大眼睛炯炯有神。虽然他穿得又脏又破，脸上还有被树林子刮破的痕迹，由于饥饿，人显得没有精神，但从体格和身子骨上可以看出，他日后定是一个好劳力。管家高友一眼就相中了这个小伙。

高友上前一细盘问才得知，这个小伙叫杨三，家住其塔木以北二百多里远的一个叫放牛沟的满族村屯，哥三个，姐两个，他排行老三。

杨三的阿玛杨显生，是个老实巴交的农民；额娘赵氏，那可是个能说能干的女人，长着一双大脚。那时汉族女人都是裹脚，但她那双脚也太大啦！走路一阵风，干活沙愣利索。有一天，额娘洗脚，杨三看到了，说："额娘，你这双脚可真大！"

额娘说："你说我脚大？你阿玛都没嫌弃我呢！"

一来二去，杨三额娘"黑大脚"的名字可就传开了。其实，脚大能干活，黑是太阳晒的。可是能干活的女人命不济呀。就在杨三十四岁那年，阿玛杨显生被派往与蒙古交界的"边壕"去管理开荒，并带去一帮族人兄弟，有扎深珠（满语为七十二，是说其祖父七十二岁时生的他）、巴杨河（满语为富有之意）、富尼雅拉（宽宏大量之意）、哈尔浑（意为夏季出生之意），都是艾曼（部族），所以杨显生都得精心照料。谁知那一年发了大水，把刚开的荒都淹了，颗粒不收不说，还和蒙古人的"租子柜"起了纠纷，杨显生前去说理，叫租子柜上的人一顿暴打，不久就咽气了。杨三的两个哥哥就去找他们说理，却被人家抓起来，押进了大牢。额娘"黑大脚"一看当家的没了，儿子又被抓，一股急火，就在那年秋天离开了人世。

为了买棺材给父母下葬，杨三的两个姐姐嫁了人，可谁承想那些债是"驴打滚"，还也还不完。后来，姐姐随夫家远走他乡，放牛沟就扔下了杨三一个人。可该人家的债总得还哪，他给一个大户人家当了几年小半拉子，总算是还上了。看看无法再待下去了，杨三一想，凭自己的一身力气，干脆自卖自身，找一个吃饭的地方得了。于是他来到其塔木大集，从地上捡起一根稻草往头上一插，就站在了"人市"里了。其实他是想找份长工干干。

"啊，就雇你了。"高友一把拉住杨三说，"走，让东家再相相。"

那边，地主老杨坡也挺有眼力，他一眼就相中了那个哭哭啼啼的姑娘。

老杨坡问："你姓什么叫什么？"

姑娘说出了自己的身世和遭遇，并告诉杨坡自己叫小香。也是要还埋葬爹娘的棺材钱，这才自卖自身。老杨坡一看她利手利脚的，又觉得小香这个"香"字好，预示着吉祥、福顺；而且"香"字是由"禾"字和"日"字组成，这意味着他的庄稼风调雨顺的日子的开始，这是一个好兆头啊。于是杨坡对小香说："别哭了。你有'家'了，就跟俺走吧。"他把钱交给领小香来的那个东家，又大声叫喊："高友！"

"来啦！来啦！"管家高友答应着，拉着杨三走过来说，"东家，你看看这杨三咋样？"

东家杨坡拉过杨三，前前后后看了三遍，又像买牲口一样，掰开杨三的嘴，看看舌头，点点头说："还中！挺可心。"又问了一下杨三的家世，杨坡满意地笑笑说："总算没来晚。挑的这两个人，既可心又便宜。"

晌午，杨坡和高友在其塔木集上的一家饭馆子里要了酒菜，两人边吃边喝，只给杨三和小香要了两碗面汤，又把他们吃剩的饭菜端给杨三和小香。两个年轻人恨恨地瞅着新主人杨坡，含着眼泪，吞下了剩菜剩饭。吃完晌饭，他们就急着往回赶。杨坡骑在驴上，用两根麻绳一头系着杨三，一头系着小香，让高友"牵"着，跟着他往屯子里赶。

第二章　苦中有甜

杨坡带回两个年轻长工，心里很是满意。因为他知道这两个人都是没家没业，没有家庭的"罗乱"，今后他们可以一心一意地为杨家干活，听使唤啦。而且，这两个人又都利手利脚。他便把杨三定为放马倌儿，把小香定为杨家太太们的佣人，也就是小使唤。和杨三定的是十年期长工，头三年每年二百五十吊钱，过十年再看他表现重新订合同。杨坡一共有三房老婆，本来各有使唤丫头，可是一看杨坡又领回一个利手利脚的小丫头来，三个老婆都想要。但杨坡也留了个心眼儿，他不想把小香分给某某具体屋、具体人，他把小香定为"上房"（三位太太）共同的小使唤。平时具体由杨坡使唤，也可以随时听三位夫人招呼。这样看起来小香不属于任何人，但实际上她成了所有人的小使唤啦。

每天，小香从早忙到晚，连喘口气的工夫都没有。

早上，她挑完水，打扫完屋子，刚要端起饭碗吃口饭，杨坡的大老婆，一个和杨坡一样肥胖的婆子就掐着腰来到小香住的马圈旁边的一个小窝棚门口喊："小香，圈里的猪都叫了，还不快去喂猪……"

喂完猪，小香端起才扒拉一口的饭，杨坡的二老婆，一个比管家高友还高的瘦子婆娘，掐着腰摇晃着走出来喊："小香，地上的垃圾都成堆了，还不快去扫扫……"

地扫干净了，小香急忙端起那碗剩饭刚吃了一口。杨坡的三老婆，一个头上插满了碎花烂朵的长脸女人出现在窝棚门口，喊道："小香，到镇上的杂货铺给三少爷买两串糖葫芦……"

一天下来，可怜的小香姑娘累得连自己窝棚里的火炕都爬不上去了。她全身像散了架子一样，有时就靠在炕沿呼呼地睡着了。

老地主杨坡家共有马、牛和驴等八十多头牲口。在杨三没来之前，是由一个叫马福的长工领着两个孩子放，早上把马赶到甸子上去，傍晚太阳一落山要点清数，然后赶回圈里。最近，马倌儿马福家乡来人把他叫回去了，两个小孩也渐渐长大，进了长工（吃年劳金）的窝棚，于是杨坡就把这放几十匹马、牛、驴的活计全交给了杨三。杨三放了几天，觉得实在放不过来，就对杨坡说："东家呀，再给我添个帮手吧。"杨坡呢，表面上答应，说等有合适的机会，再给杨三配人。可实际上就是不找工，弄得放牲口、刷毛、喂料、清点、饮水、赶回圈这所有活计，全是杨三一个人来做。

在东北农家，放马可不是轻巧活。

放牲口是最累最苦又最危险的活。放牲口要赶早，太阳还没出来之前，就得把牲口赶出去，这叫要让牲口就着露水吃草。据说这时草甜，牲口易上膘。晌午头子，太阳暴晒，要把牲口赶到甸子上的湿地淖尔、泡子一带去饮牲口，是为了躲避暴晒。

有些怀了孕的母马，往往还要在夜里添加甸子草，叫增膘。还有，对那些刚刚生过驹的大马和刚刚生下来的小马，都得精心照料，一是不能丢，二是不能让野牲口给叼走了。

在这一带草甸子上，狼特别多。那些狼专门等着人把牲口带到甸子上，它们便悄悄地跟在畜群后边，以便发现"目标"，好下口。所说的目标，就是指那些小马、小牛、小驴，它们刚出生，离不开母畜，可是母马、母牛、母驴也要吃草，于是小马、小牛、小驴就上了甸子。这时，它们的小生命是最危险的时刻。为了避免遭狼的袭击，来到甸子上后，杨三让小马、小牛、小驴在中间，让大牲口们围在四周，以防恶狼的攻击……

为了防狼的袭击和牲口走失，杨三养了三只狗——大黄、二黄和三黑，作为自己的伙伴。它们整天跟在杨三的后边，成为他的忠实助手。满族人称狗从来不叫"黄狗""黑狗"，而是叫它们"黄啊""黑啊"。

草甸子上最让人无法躲避的是蚊子和小咬、瞎蠓，这些害虫在有水有草的地方疯长繁衍。有时天一阴，云层矮，这些蚊虫就像乌云一样贴在人畜的身上猛叮猛咬。许多马、牛、驴被咬得发疯似的奔跑，有的一头扎进松花江中。死了的牲口扒下它们的皮冲太阳一照，上面都像筛子眼儿一样啦。

杨三的身上、脸上、胳膊和腿上让蚊子叮得没一块好肉，那些地方先是红肿，然后就溃烂，奇痒无比。杨三每天回到窝棚里，向东家要一瓢咸盐，泡上水，用笤帚疙瘩往身上刷，皮肉被杀得钻心疼，但他咬牙挺着，不然就活不下来呀。为了不让马遭罪，杨三用草甸子上的马莲草编了一把小笤帚，他经常把小笤帚挂在裤腰上，时而刷刷马。

杨三成了杨坡家的长工。杨坡说，只要杨三一年一年地干下去，到他大了，由东家给他说个媳妇，成个家，立个业。杨坡还说："杨三哪，一笔写不出两个杨字来，咱俩是命中有缘。你虽然是我雇来的，但我拿你就当我自己的孩子一样，没当外人。这样吧，虽然咱们是雇佣关系，可我一年给你开回饷，一年二斗红高粱。你可以卖钱折合工钱，也可以我给攒着。因为就你一个人放牲口，活多，活累，所以我这是照顾你！"

老杨坡说得头头是道。

杨三也就答应了。不答应又能怎么办呢？其实杨三之所以答应还有一个原因，就是他发现和他一块进杨家的小香姑娘太可怜了，他总是想：自己能在杨家干活，也能随时帮帮她，照看照看她。其实可怜的小香姑娘心中也是有他的。

白天，草甸子上太阳特别毒，把花和草都晒蔫了，杨三光着背，用刷子给马刷身子，刷完还要用挠子给马挠身子。一天下来，杨三累得半死不活的。杨三想要好好活下去，生活也许就有个盼头。他每天所盼的就是晚上能与小香见上一面。

黄昏时分，残阳似血，杨三领着大黄、二黄和三黑在草甸子上圈马、追马，然后领着头马，让其余的牲口都跟着，把马群赶回屯子。等他饮完牲口，把它们关进圈里，天已完全黑透了。

吃完晚饭，一轮银盘似的月儿升上了天空，挂在树梢头。静悄悄的草甸子上，浮动着一层乳白色的夜雾，眼前的一切，勾起杨三对自己命运的回想，想起死去的阿玛、额娘，想起受苦的阿扎（哥哥）、沙里甘（姐姐），眼泪禁不住从脸上淌下来。

　　杨三来到老地主杨坡家，住的是马圈西边的一处窝棚，这里从前有一些长工、短工和季节工。现在正是铲地的时候，杨坡家的地都离家挺远，他怕长工们来回往返费时间，就想出一个损招儿，把窝棚临时搭在地头上，长工们不许回屯，饭送到地里去，这样长工可以多干活。真是算计到家啦。杨三想起自己的身世怎么也睡不着，他发现墙上有一管长箫，于是，他摘下来试了试，低沉又忧伤的声音就在夜空中回荡起来。

　　箫声就像一股清清的泉水，流淌到睡在马棚另一侧窝棚里的小香的耳畔。自从她来到杨家，她住的窝棚离杨三的窝棚挺近。平时杨三从甸子上回来，身上让瞎蠓、蚊子咬烂了，她也过来帮着用盐水给杨三哥哥洗洗伤，两人的心渐渐地越靠越近。这时听到杨三的箫声，小香就坐了起来，她忘记了疲劳，快步走到马棚西边的窝棚里，紧紧靠着杨三坐了下来。

　　小香流着泪，对杨三说："杨三哥，啥时候咱们能得好呢？"

　　杨三给小香擦了一把眼角的泪，说："小香，咱们熬吧。等我熬过三年工期，再把十年的债给杨坡家还上，咱们就离开杨家。"

　　小香说："可我，是人家买来的！"

　　杨三说："不打紧。等我挣了钱，就赎出你。"

　　"杨三哥，有你这句话，那我就等！"说完，小香含着幸福的泪扑进杨三的怀里。

第三章　放马奇遇

转眼，杨三在老地主家扛活已三年啦。扛活的日子虽然挺难熬，但杨三有了心上人也就觉得日子有了盼头。白天，他把马儿赶到甸子上，等马都吃开了草，他便想起了小香，掏出那根竹箫吹了起来。

马儿静静地啃吃青草，杨三的箫声忧伤地飘了起来，蓦地，只见马群中有一匹精瘦精瘦的小白马抬起头来。它先是望望杨三这边，接着从草地里向杨三这边奔跑过来。到了杨三跟前，它头一扬，趴下来听杨三吹箫。

杨三说："小白马，你愿意听？"

谁知，那小白马点了点头，还舔了舔杨三的手。

这下可把杨三乐坏了，于是他又吹了一支欢乐的曲子，小白马在草甸子上随着箫声欢跳起来。听够了，小白马一甩尾巴向江边跑去，边跑还边跳着。这真是一匹通人性的小白马。

后来，杨三又发现了一件奇特的事情。

这片草甸子紧挨着松花江边，那江岸宽宽的，对岸是土城子屯和老鹰山，水草更好。马儿吃完草，都喜欢聚到松花江岸边上去喝水。小白马，却不在岸边喝水，它自个儿踩着江水，走到江心去喝，有时还跑到土城子屯那边去吃草，小蹄子在水面上不沉也不湿。杨三感到太奇怪了。有一天，他搬起小白马的腿一看，吃了一惊，只见它的蹄子与别的马不一样，是八瓣蹄壳子，蹄一沾水就张开，怪不得不沉水呢！

这天，杨三从草甸子上回来，他急于想把这个奇特的发现告诉小香，他还特意从甸子上给小香带回一束橘黄色的野菊花。杨三把马圈关好，拿着花正往小香的窝棚走，迎面碰上了管家高友。高友一眼看见了杨三手中的花，就问："杨三，你圈完牲口还不快点回屋吃饭、睡觉，还溜达个啥？"杨三急忙把野花藏在了身后，偏巧这时，小香也出来迎杨三，正和高友打了个照面。

高友看看杨三，又看看小香，鼻子"哼"了一声，转身进了东家屋里。

杨坡正坐在一张圈椅上抽着水烟袋，呼噜噜响着，闭目养神。高友走上来，伏在杨坡耳边小声把方才看到的一幕说了出来。又加了一句："我看杨三这小子，可不怎么地道！"

杨坡一听，把水烟袋从嘴里拔出来，吐了一口唾沫，骂道："这小兔崽子，还想打小香的主意不成？"

高友很会察言观色，于是进言说："东家，小香可渐渐大了，不能给别人。可杨三这小子天天踅摸小香，我看……"

杨坡说："怎么样？"

高友说："何不找个借口，先把他辞了。"

杨坡急了，说："还不到年限，赔本儿咱可不干。"

高友说："那让我再想想……事在人为嘛。啥事还有想不出办法来的吗？"

这年的夏天，雨季来得特别早。刚刚进五月，天天大雨不断，草甸子上的水涨得也很快，杨三不得不赶着马群寻找草场。这天下晌，他把马群赶到一片草甸子上，眼前是一片一望无际的大甸子，青草直达天际。他料理好马群，想坐下来歇一会儿，突然，只见天边涌起一道"黑线"。那黑线越来越近，越来越近，原来是一道滚滚的黑云，翻滚着，波浪般地涌了过来。

接着，刮起一阵狂风，草叶子、泥沙、尘土，都被刮上了天空。一时间，晴朗的天空顿时阴沉下来。这时，只见那道翻滚的乌云渐渐出现了一条缝儿，一点点升高，逐渐遮挡住了整个西北天际。杨三发现，那黑云的正中间下垂着一道云柱，那云柱上边和天上的乌云一样粗，越往下越细，最后细到像一根针，而且一上一下，不停地扭动……

杨三知道这是龙卷风，民间又叫"龙吸水"，说明一场巨大的暴风雨即将来临。这可怎么办呢？

随着越刮越大的冷风，那白亮亮的哗哗响的暴风雨已经从远方向这边迅速移动着。那乌云的背后都是亮亮的天，乌云形成的龙卷风就像一条巨龙在天上扭动、抽吸、摇摆，让人看得清清楚楚，带给人一种巨大的恐惧感。

这时，要圈马已经来不及了。

杨三知道，现在得趁着龙卷风到来之前先稳住马群，可不能"炸"了群。于是他领着大黄、二黄、三黑直奔龙卷风和暴风雨冲了过去。但是，突如其来的暴风雨让马群再也平静不下来，牲口们吓坏了，它们仨一帮、俩一伙地掉头就往回跑，任凭杨三和大黄、二黄、三黑拼命收拢也不听，眼瞅着马群就乱了套。谁知就在这时，杨三被一幕奇异的景象震住了。杨三发现，就在所有的马匹都慌乱得没有主意、四处乱跑时，唯独那匹小白马突然仰天长啸一声，然后前蹄腾空，回头看了一眼杨三，突然朝着龙卷风狂奔了过去……

杨三喊道："小白马……"

所有的马都镇静下来，它们停下步子，扬头看去。

只见小白马亮开四蹄，朝着暴风雨飞奔而去。它不但不惧怕这龙卷风，还非常喜欢这个巨大的龙卷风，仿佛等待着这场龙卷风已经上千年了。

就在杨三愣怔的时候，令人惊奇的一幕出现了。说时迟，那时快，只见那巨大的龙卷风迅速来到了小白马的上空。小白马此时却不跑也不跳了，突然，它本能地翘起后身，后蹄朝天，前蹄蹬地，让龙卷风的风针一下子刺进了自己后身的体内。

只见小白马像一尊雕塑一样一动不动……整个大地都在震动，发出"哗哗"的响声。那是龙卷风和乌云带来的暴风雨的响声，可是，所有的暴风雨都越不过小白马的身体。这时小白马的身体也随着龙卷风的风针一上一下、一起一伏，十分好看！

更为奇特的是，随着小白马的动作，天上滚滚的乌云都顺着龙卷风的风针一下一下地被小白马"吸"进了肚里。天上的乌云渐渐地少了、散了，天空一下子晴朗起来。

那匹小白马扬起四蹄撒着欢儿往回跑，嘴里发出"咴咴"的叫声。杨三见此情景，乐得够呛，立刻率领大黄、二黄、三黑奔过去迎它。杨三一把将这神奇的小白马的头揽在怀里，亲着它。

这天夜里，杨三做了一个梦。

他梦见草甸子上开满了鲜花，他放马放累了，就搂着小白马在草地上睡着了。朦朦胧胧之中，他依稀觉得在草甸子深处，在白亮亮的江水里慢慢地走出一个人来。

"这是谁呢？"杨三不认识。

平时，他在大草甸子上放马，从来也见不着一个人影啊，可是那"唰唰"地踩着青草的脚步声已经越来越近了，原来是一个满头银发、长着白胡子的老人，微笑着迎面走来。

老人说："杨三啊，你天天在我家门口放马，今天咱俩得认识认识啦。"

杨三说："老爷子，你是谁呀？"

老人说："我住在松花江里，老家在长白山天池，是一条老龙。"

杨三说："是老龙？"

老人说："正对。"

杨三说："那我该叫你老龙爷爷。"

老人说："可以，可以。"

杨三说："老龙爷爷，你找我有事吗？"

老人走上前来，爱抚地摸着杨三的头，说道："杨三啊，我今天告诉你一件事。我有一匹小白马和龙一样具有吞风吐雨的本领。你是一个勤劳勇敢的好孩子，这匹小白马就送给你了。"

杨三问："什么样的小白马呢？"

老人说："就是你马群里那匹小白马。"

"小白马……"

杨三指指正在草甸子上奔跑撒欢儿的那匹小白马说："是它吗？"

老人说："是它，就是它。孩子，现在天下大乱，民不聊生，老百姓要遭难哪。这匹马，日后会对你有大用处的。"

"俺记住了。"

老人又说："还有一点要记住，你要经常用马莲草的刷子给马儿扫扫脸和鬃毛……"

杨三说："谢谢老龙爷爷。"

"不过，有一件事我还得告诉你！"老龙爷爷说，"这匹马虽然是龙马，可它驮着东西时，只能再驮一个人，不然它就跑不动了。"

老人说完，转过身去，微风吹拂着他的白胡子，一转眼，慈祥的老爷爷就不知去向了。

杨三使劲儿揉了揉眼睛，原来是一场梦。他低头一看，小白马还卧在他的身边呢。这时，小白马"咴咴"地叫了两声，还伸出舌头舔了舔杨三的手。杨三心里一阵高兴："难道老龙爷爷说的就是你吗？"

小白马又"咴咴"地叫了两声，扬蹄甩尾向草甸子跑去了。

黄昏，杨三把马从草甸子上赶回来，小香正在井边打水。杨三欢天喜地地跑上去，"告诉你一件奇事！"杨三伏在小香耳朵边说开了。

这时，管家高友从街上给杨坡买"萨其马"回来，一眼就看见了小香和杨三在一块唠嗑，心里便打定了一个坏主意。

第四章　马匠杨三

转眼就到了秋天。

这天，杨三从草甸子上回来，他把马赶到圈里，把小褂往肩上一搭，就想到小香的窝棚里给她送"好东西"，那是他在草甸子上放马捡到的两个鸟蛋，却被管家高友叫住了。

高友说："杨三啊，老爷叫你呢。"

杨三跟着管家进了上屋，东家杨坡正等在那里。见了杨三，杨坡说："我们家这几年收成不景气，长工、短工的也雇不起了。你就回去吧，我不雇你了。"

杨三说："东家，你和我定的雇期还没到呢。再说，咱们不是订的十年长工合同吗？"

杨坡说："定长定短，我说了算。我可以雇你，也可以不要你！"然后，他一使眼色，让高友结账。

管家高友摸起算盘"噼里啪啦"一打，说："杨三，三年的工钱四百五十吊，去了你吃喝拉撒睡，净剩一百五十吊！"

"什么？"杨三气得要发火。

管家高友却皮笑肉不笑地说："觉得不对劲，你自己来算？"

管家高友递过算盘，浑身是理的样子。

杨三刚要和他们分辩，突然他想起了什么。他把高友递过来的算盘推开了，果断地说道："算了……"

高友傲慢地把算盘放在桌子上，得意地笑起来。

杨三说："这样吧，工钱我不要啦！"

管家说："那你要什么？"

杨三说："我牵一匹马回去种地。"

草原上的地主家骡马成群，三年只挣一匹马，地主能不乐意吗？可是，管家给吝啬的东家使了个眼色，说："不过，那得看你牵啥样的马。"

杨三心里早有了主意，他说："高头大马我不要，我就要你马群里那匹最小的小白马。"

管家说："这，可是你说的？"

杨三说："对。"

老地主杨坡把水烟袋从嘴里拔出来，吐了一口口水，说："不许反桃子（满族土语'反悔'之意）！"

杨三坚定地说："绝不反桃子！"

其实，杨坡和高友早就想好了，他们也是打算把马群里那匹最不起眼的小白马抵给杨三当工钱，还怕杨三不同意呢。

"说话算数，还得画个押！"

杨三说："行，行。"

管家高友怕杨三日后反悔，就在杨坡的示意下递过一张字据："长工杨三，在杨坡家当长工三年，以一匹白马作为工钱。特此为记。"以下是杨三手记，以此为凭。

杨三从容地在上面签了字，按了手印。

杨三想了想，又说："东家，我求求你了，让可怜的小香也跟我一块走吧。"

"什么？小香？"

杨坡听了不由得冷笑了两声，说道："你想得倒美。你一个臭扛活的，还想领走个姑娘？你死了这条心吧。告诉你，你如果两年后能给我拿出五千两银子来，我就让你领人……"

杨三无奈，只好牵着小白马走出了院子。

小香哭着追出了院门口，却被几个看院子的家丁死死地拉住了。杨三也流着眼泪，对小香说："小香，你放心吧。等我挣了钱，一定回来赎你。"

两人难舍难分，洒泪而别。

小香只能眼巴巴地看着杨三牵着小白马走了。

杨三能上哪儿去呢？他没家没业的，只好带着小白马四处流浪。

这天，杨三牵着小白马走进一个屯子。

好心的乡亲们都喊他："杨三，快进屋来吃点饭、喝口水吧……"

"杨三，快进屋歇歇脚吧！"

突然，村头有人喊："不好啦，教堂着火了！"

杨三一看，原来是土城子屯的天主教堂燃起了大火。俄国神父伊尔森正在教堂门口求村里的百姓们："快帮帮忙吧！快动动手吧！"乡亲们从家里拿来桶、盆到井边去打水。可是，井口就一个柳罐斗，等着提水的人太多了，眼看着火势越烧越旺。

杨三对一个提着木桶的大爷说："老爷子，借给我桶，我去拎水，顺便试试我的马快不快。"

老爷子说："你上哪儿打水？就一个井口。"

杨三说："我上江里去提水。"

大伙说："江里？十多里地呀！"

说话间，杨三已提着桶上了马。

只见那马四蹄腾空，往江边奔去。杨三弯腰灌了满满一桶水，转眼就回到着火的教堂，"哗"地泼了上去。乡亲们一看，都乐了。这杨三的马太快了！眼瞅着他一来一去地提水，不到半袋烟的工夫，教堂的火就被他扑灭了，屯子里的乡亲们和教堂的神父都看傻眼了！

神父伊尔森分外感动，他端来一盘子鲜果对杨三说："杨三兄弟，真是谢谢你呀！快吃点水果吧，以表我伊尔森的心意。天主也会赐福与你。"

杨三说："不用了，这是应该的。俺们中国人见火不救，那不是中国人的脾气。"

乡亲们一听，也都点头称是。这时，屯里一个姓赵的大娘说："杨三啊，快到我屋里坐坐吧。我给你捞些水饭吃，再打一碗鸡蛋酱，咱们包'饭包'吃！"

这"饭包"是满族传统的一种饮食，特别是秋天捞饭、炒土豆丝、芹菜丝，用菜叶一包一卷，可香了。满族人家大人小孩儿都愿意吃这一口。

杨三说："好吧。"就跟着赵大娘进了屋。

杨三从小就愿意吃小米捞饭、鸡蛋酱、包饭包，见了赵大娘，也想起了自己的额娘，就真的脱鞋上炕，等着吃呢。

眼看着饭锅里滚开的煮饭，赵大娘高高兴兴地准备端盆去捞饭，可一摸，"哎呀！笊篱坏了！"这可怎么办呢？

原来，赵大娘家的笊篱由于年久已经腐烂了，正要捞饭时却不能用了。赵大娘急得在屋地上转圈儿。

杨三一听说笊篱坏了，不急不慌地说："大娘别急，我去买把笊篱来。"

"买一把？"

"对呀。"

赵大娘说："杨三哪！你不是开玩笑吗？哪有锅里的饭已经开锅了现去买笊篱的？不赶趟了。"

"赶趟。你等我……"

杨三说着，穿鞋下炕，翻身上马。他大喊一声："大娘等着，我去去就来！"

说着，双腿一夹，那马就不见了。

"杨三！你别去了，我上邻居那儿去借……"

可是，大娘的话音还没落，杨三已骑马去了其塔木集市，半袋烟工夫就把笊篱买回来了。此时，锅里的小米粒捞上来刚刚好。

哎呀，这马可太快了。从这儿到集上，少说也有四五十里呀。乡亲们围住了杨三和小白马，一个个赞不绝口，于是九台马匠"快马杨三"的名号也就传开了。

这马到底有多快，其实杨三自己也想试试。这一天，杨坡家开着前后窗户，老杨坡把家里的金银财宝都摆在炕上，他和管家高友在那儿摆来摆去、数来数去。管家高友对杨坡说："东家，你可听说了？"

杨坡问："啥事？"

高友说："咱们给杨三那小子的那匹小白马，听说是被龙戏过的一匹马，那可是一匹顶快顶快的绝世宝马呀。"杨坡点点头，是啊，这可咋办呢？后悔也来不及了，而且当初还是咱们逼着人家杨三跟咱们画的押呀。

两人正说着话，突然，窗外刮起了一阵大风。那风刮得天昏地暗，尘土飞扬，人们赶紧进屋，急忙关窗关门。就在这时，一股风从杨坡的前窗户刮进来，又猛地从后窗户刮了出去。杨坡和高友被这股疾风吹刮得不由自主地摔倒在炕上。风过去了，他俩慢慢地抬起头来，再一看，炕上干干净净的，满炕的金银财宝全不见了。

这时，一个家丁跑过来禀告："老爷，方才好像有人骑着马，从你的窗子这边进去，又从那边跑出去啦……"

高友说："一定是杨三这小子干的。"

杨坡说："快！快给我去查查！"

被派出去的人查了几天后回来了。他们向杨坡禀报说："东家，杨三不知从哪儿弄到那么多金银财宝，正给穷鬼们分呢。"

杨坡眼睛瞪得溜圆，傻了一样说不出话来。半天，他一跺脚说："哎呀，这下可完了！那天哪是什么风啊，分明是杨三骑着快马把我的金银财宝全给抢去啦。我的妈呀，这可咋办哪！"

高友"嗖"的一下拔出腰刀说："集合人，给我抢。这快马本来就是咱们的，一定要夺回来！"家丁们跟着高友拥出了院子，直奔江北沿的土城子屯。

他们浩浩荡荡地出发了，早有放牛的小长工给杨三送信说：杨三，你快躲躲吧，他们来抓你啦。不少乡亲们让杨三藏进自己家里，但杨三对他们说："大爷大娘们，我杨三不能连累你们，他们也抓不到我。我先到别的地方去躲一躲。"说完，他就骑上小白马，转眼间就不见了踪影。

高友带人来到土城子屯，家家都说没看见什么杨三，也不知道他上哪里去了。高友带着家丁在全屯子翻了个鸡飞狗跳墙，也不见杨三的踪影。天黑的时候，高友领着人马垂头丧气地回来了。他对东家说："老爷，这小子没影啦！"

是啊，杨三和小白马上哪儿去了呢？

第五章　投奔义和团

这一天，杨三为了不连累土城子屯的乡亲们，他本想找个地方躲一躲，等高友带人走了，他再骑着小白马回来。谁知道他和小白马上了云头往西方一望，只见在天连海、海连天的一片群山之间，一片大火腾空而起，一片片的草房、木头房子在大火中熊熊燃烧，无数逃难的人群在奔跑，随着一阵阵枪声和大刀白光一闪，不少人倒在血泊之中……

这是什么地方？是什么人在杀人放火？

原来，这就是历史上有名的"阿瑟港"之变，是辽东半岛一带的义和团和侵占这一带港湾的洋人在交战，双方正打得不可开交。杨三在马上看到的这个地方，其实就是今天辽东湾旅顺港一带。

辽东湾大连是一片幽静美丽的港湾，由于它处于我国渤海、黄海的交汇处，是非常重要的海上通道，特别是那个叫狮子口（今旅顺口）的港湾可以说是一夫当关、万夫莫开的要塞。这里被一个叫威廉·阿瑟的英国军人盯上了，他发现旅顺口这个地方实在是太好了，战略位置非常重要，于是带领一伙人来到这里，建起了港口和要塞，驻扎下来，并将此地命名为"阿瑟港"。

世上有捡钱捡物的，可没见过一个外国人能大摇大摆地到别人国家来修建港口，还用自己的名字命名的。中国人难道就允许吗？你还别说，那时的清政府腐败无能，自己的领土都照料不过来，有时一直到外国人把事闹大了，到了无可挽回的地步，才想起了去维权。这也可能是中国人的善良，也可能是中国人老实过劲儿了，也可能是那些西方列强太蛮横、太不讲理了，总之用"阿瑟港"（旅顺港）命名已使用了二十多年。咸丰五年（1855），朝廷终于发现旅顺港怎么叫"阿瑟港"呢？于是急忙派李鸿章前往"阿瑟港"，要清除那些洋人，修建自己的港口。这些事，本来应是中国自己的内部事务，可是万万没有想到，由于外国人在"旅顺港"（"阿瑟港"）一带待得太舒服了，整天海鱼、海蟹、鲜虾地吃着，海水大一样的湛蓝，就是在盛夏，也是清凉无比，人在这里住着真如神仙在天堂一般。他们想：这样好的地方，咋能让中国人享受呢？应该割让给我们。

什么事都有可能，什么不切实际的想法都能实现。民间有句俗话：没有内鬼，引不来外贼。这话一点不假。外国人盯着中国那些物产丰饶的地方，就要制造各种口实，以达到他们的目的。最让中国人不能忘记的是1840年的鸦片战争。本来朝廷的禁烟令也蛮严厉，但朝廷一些"亲洋派"和外国人站在一起，英法联军从海岸线入侵中国，火烧圆明园；接着爆发了甲午战争，北洋水师全军覆没，日本逼清政府签订了丧权辱国的《马关条约》。从此，包括大连、青岛、烟台、旅顺、牛庄、兴城一带全落入人家英、法、德、意、日、俄等列强手中。

接下来各位读者都知道了，由于西方列强对他们占领的中国领土"分赃"不均，便开始了长达几十年的"中国领土"分割之战，最典型的是"日俄战争"。在他们取得了辽东半岛的开放权和使用权之后，德、法、英、意、俄又联合"驱日"。日本侵略者恨恨地说：不出十年，我们就会再回到这里。果然，1904年为了争夺中国的旅顺口，日俄展开了残酷的战争，后来日本打败了俄国人，双方签订了《朴次茅斯条约》，大连、长春、哈尔滨以及俄罗斯修建的"中东铁路"归属日本使用。日俄双方在这场战争中伤亡巨大，可是真正受到致命伤害的，是大连和旅顺的百姓，他们多次遭到日俄侵略者的屠城。这是后话。

九台马匠杨三之奇事，就发生在此时。

杨三看到的，其实是当时占领了"狮子口"（旅顺口）的俄国人阿列克塞耶夫率领的俄军火烧旅顺口黄泥川古城，攻打义和团和小刀会的一幕。

原来，那年的春天，由于朝廷无能，坚守旅顺口的水师在中日甲午战争中被挫败，于是一些外国人大摇大摆地在旅顺港一带活动起来。他们大肆建教堂，宣讲天主教、东正教，强迫中国人信仰这些教会，这下子可激怒了中国老百姓。

从太平天国成立（1851）起，全国各地陆陆续续兴起了"捻军""黄巾""红眉""赤马"等民间武装，先从山东，接着是上海、天津，都兴起了"义和拳"，特别是《马关条约》签订之后，各地的"义和团""大刀会""小刀会""哥老会""红灯照"民间组织蜂拥而起。辽东半岛"大刀会"的法师是刘二哥。

刘二哥从小在狮子口（旅顺港）的岛屿上长大，后来搬到蛇岛。他从小就和爷爷、父亲在这儿打鱼，过着无忧无虑的生活。后来，来了一个叫威廉·阿瑟的人，硬把旅顺口改成了"阿瑟港"。这还不算，他们在各处建教堂，强占中国渔村、渔船，强迫中国人信他们的什么教。记得爷爷临死前对刘二哥说："碰子（他小名叫'海碰子'），这块土地，是咱中国人的地。可不能在你们手里丢了……"

那时，居住在蛇岛上的刘二哥，每上一次"阿瑟港"，都得被搜身。自己的"家"都不能自由出入，这世上还有理吗？于是刘二哥就暗中训练自己的"会队"，他自称为"会首"，报号"海碰子刀客"，终于起事了。

刘二哥的"海碰子刀会"是山东半岛大刀会的一支。当年，也是一个姓刘的山东莱芜的大刀会师兄传授了"刀会"真经，于是他们决心收复旅顺口。

开始，他们先烧了旅顺一带的四座外国人的教堂，这一下子可激怒了洋人。于是洋人在俄国头目阿列克塞耶夫的率领下，到处追杀"海碰子刀会"的人，见村烧村，见人杀人。可是，阿列克塞耶夫的军队遭到了刘二哥刀会勇士们的顽强抵抗。他们杀不着义和团人马，就追杀百姓，这不，他们集中兵力，把刘二哥的刀会逼进了旅顺黄泥川古城。

阿列克塞耶夫有两个打算，一是把刘二哥的人马"困"在黄泥川古城，二是杀光烧光黄泥川周边的村落，这样就会使黄泥川城池不攻自破。阿列克塞耶夫的这一招儿，可是够毒辣的。

旅顺的黄泥川古城是一座用石头修筑的城池，坐落在大山顶上。每天，阿列克塞耶夫率领他的长枪射击队，向城里进攻。俄国人的枪手每次进攻，都是排成一排，然后举着洋枪，敲着小鼓，马靴子和着鼓点，发出"唰唰"的响声，齐步向前。

到了城边上，一声号响过后，洋人们一阵火炮向城池射过去。可是，那些炮弹打在城墙上，只留下一块块小白点……

"哈哈哈！洋鬼子，你们打吧！"

城墙上，一面写着"义和团"三个大字的旗帜飘扬着，刘二哥领着自己的"海碰子刀客"队员们在笑着。他们挥动着手里的大刀、红缨枪、二尺钩子、鱼叉、镐头之类的"兵器"说:"叫他们轰吧,城墙结实着呢。"

就是因为城墙这样结实,引发了俄军头目阿列克塞耶夫的一个动议:干脆切断所有通往黄泥川古城的道路,让"义和团"插翅难逃。于是,他发下重兵,把黄泥川古城团团包围起来。现在,黄泥川古城已被洋人围困两个多月了,城里的粮食已吃紧。俄军头目阿列克塞耶夫也发现城内的粮草供应开始紧缺了,于是他连日来发兵不断攻打城池。

枪炮轰鸣,烟火四起。俄国人很狡猾,他们不往前冲,却让辽东半岛清廷衙门总管王哈的官兵冲在前头。

原来,阿列克塞耶夫一面追杀中国的军民,一面给清朝政府施加压力,说他们在华的正常利益受到了侵害。清政府无奈,就派出辽东总兵王哈协助洋人围剿"长毛"(义和团)。

王哈的官兵和阿列克塞耶夫的军队在黄泥川城外架起云梯。官兵领头往上爬,只听城上一声锣响,顿时万箭从城头射出,还有滚木、乱石滚下以及油、开水直流而下。攻城的云梯一下子断了,官兵们一个个落进城外翻腾的云烟里。洋人和官兵说:"困,继续困。"他们想把义和团困死在城里。

就在这一天,杨三骑着小白马来到了古城。

杨三一见官兵和洋人攻城、杀人、放火,也就明白是咋回事了。他牵着马去拜见了义和团的会首头领刘二哥。问刘二哥:"还有什么难处?"

刘二哥说:"现在天不怕地不怕,只要城里粮食充足,敌人就攻不下来。"

杨三一听,乐了。他说:"刘会长,你放心。我别的能耐没有,但城里人马吃粮这事,我全包了。"

刘二哥说:"真的?"

杨三说:"你看……"

他说着,领刘二哥来到他的小白马前,指着黄泥川对面鸡冠山上的一片红红的枫叶说:"你等着!"

"干什么?"

杨三说:"你点上一袋烟,不等抽上半袋,我就把鸡冠山上的树叶给你摘回来……"

就在刘二哥一愣神儿的当儿,杨三已骑上马,腾空飞出城墙外;刘二哥刚刚抽了两口烟,杨三骑着马,真的把鸡冠山上的枫叶给摘回来了。刘二哥高兴地夸奖杨三和小白马说:"兄弟,这回可好了,洋人和官兵困不死咱们。但不知这粮食上哪儿去运呢?"

杨三说:"会首大哥,这你不用担心,俺们松花江其塔木那疙瘩就是产粮区,松花江水一浇灌,粮豆年年可丰收,有的是粮豆和谷米。只要有我这匹小白马,就什么都不用怕了。"

说走就走,杨三立刻骑上马回到了其塔木。他不敢回杨坡屯子,就去了土城子。他把义和团抗击洋人缺粮草的事一说,当地百姓家家筹粮,支援义和团守住黄泥川古城。而杨三呢,他天天骑马往古城里运粮草,使得古城粮草充足,敌人更是百攻不下。

这天,杨三骑马又运来了许多大豆和黄米,黄泥川的义和团在刘二哥的带领下，决定感谢杨三送粮，庆祝守城胜利。

第六章 惊动四方

夜晚，天渐渐地黑下来了。

黄泥川城外的草丛和树林中，围困城池的官兵和洋人一个个疲倦地躺在帐篷里。这时，天上的月亮从海洋上升了起来，高高地悬挂在深蓝色的大海上空，向四野散发着银白色的光华。草棵子里，蛐蛐在鸣叫，一群群的萤火虫在飞舞。

黄泥川古城的上空，飞起一对一对的大灯笼，红红的，十分夺目。迎着晚风，城里还传出鼓乐和悠扬的喇叭调。那是一种欢快的喇叭曲《海碰子歌》《航海号子》《撒网号子》等，城里香烟飘荡，琴声齐鸣，一片欢声笑语。

在城外的草丛中，走出了俄军头目阿列克塞耶夫。他侧着耳朵往城里听了听，觉得不对劲。为什么他们已经苦苦地困了三个多月的城池，城里不但粮草不断，还传来欢声笑语？

他把眼珠子一瞪，喊道："王总兵！"

辽东总兵王哈立刻答道："王哈在。"

辽东总兵王哈是个矮胖子，他心里虽然也恨这些侵占了辽东的洋人，但无奈朝廷已经答应洋人，要保卫他们的在华利益，共同剿灭义和团、红灯照，所以现出一副奴才相。王哈听阿列克塞耶夫一叫，立刻满脸堆笑地从草地上的帐篷里走了出来。他往前走了两步，又"扑通"一声给挎洋刀的洋人跪下，猪脸一扬，蛤蟆眼一眯，说道："大人有何吩咐？"

俄军头目阿列克塞耶夫问："城里为何这样热闹？"

王哈说："不瞒大人说，他们是在过节。"

俄军头目："过节？"

"是，大人！中国人过中秋节。"

"他们在乐？"

"是的大人，过节都会乐！"

"当——"

阿列克塞耶夫上去给了王哈一脚，一下子把王哈踢倒在地上。他气得哇哇乱叫，大骂道："这些长毛一定得到了上帝的宝物啦，不然怎敢如此放肆？告诉你们皇上，再过一个月，如果再攻不下来黄泥川，我们就对紫禁城、对京师、对你们的皇上，不客气了……"

"是，是，是！"

王哈连连称诺，不敢抬头。

第二天早晨，王哈骑马来到辽东衙门，把统领、副统领等人叫来，说洋人又发火了，限令即日查清黄泥川的情况，不然洋人就要对朝廷翻脸。他觉得此事关系重大，他要进京师面见皇上，奏报此事。一旦误了军机，洋人怪罪下来，后果不堪设想。于是，衙门立刻备轿，王哈连夜进京去面见皇上。

清后期的古都北京，苍郁的紫禁城刮着秋风，落叶飘落在宫城的林荫道上。虽然是金碧辉煌的大殿，但许多路面砖石已有损坏，石缝里已长出荒草。王哈在一排手持兵刃的武士面前跪倒。一会儿，一个太监站在台阶上宣旨："王哈总兵晋见皇上！"王哈一步一叩头，行往内殿。

乾清宫内，在金銮宝座上，坐着光绪皇上，旁边站着满朝的文武大臣。

一个大臣伏在王哈耳边小声说："话要好好说，皇上正火着哪！"

王哈小声说："谢大人。"

王哈于是急忙跪下，说道："辽东总兵王哈叩见皇上。吾皇万岁！万岁！万万岁！"

光绪皇帝一见王哈，气得一拍龙案喝道："你个蠢材，可让朕说你什么好？十万大军，竟然连个小小的黄泥川城池也攻不下来。是不是又惹洋人生气啦？"

"是！是惹人家生气啦。"王哈跪着往前爬了几步，磕头犹如鸡啄米，委屈地说道："圣上息怒，圣上息怒啊。奴才有罪，罪该万死。我是怕洋人头目阿列克塞耶夫再发怒，不敢怠慢，这才进京见驾。不是奴才不配合洋人，实在是奇怪，我们一连困了三个月啦，可不知是怎么回事，城里的长毛还是粮草充足。皇上，黄泥川城里一定是出了什么聚宝盆了！"

"聚宝盆？"光绪皇帝一听，也觉得奇怪。他于是又对王哈说道，"你要立即派人混进城里，详细查查那里的虚实。献上所得的宝物，将功抵罪。"

王哈连连称是，跪退下殿。

插有"义和团"大旗的城门楼上，上面刻有"黄泥川"字样，大门开处，一些百姓在门洞里来来往往，刘二哥的"海碰子刀会"的兵丁们正在门口盘查所有进城的人。

黄泥川城里的街道上，行人熙熙攘攘。古老的街市上，摆着各种杂货、吃食，两旁的布店、靴子店、马具店、铁匠铺应有尽有。街市中心的鼓楼前，卖艺的，摆摊的，还有演杂剧的，十分红火热闹。街口，刘二哥正领着新加入的兵丁们操刀习枪，红灯照、小刀会的男女拳师正在下拳，围观的百姓不时高声喝彩。

在鼓楼下的墙上，贴着一张义和团的布告，只见上面写着：

> 凡吃了中国俸禄的人，应按中国律法，遵守公正旨意，如予外洋助力，必受严惩。天主教，从今以后，不准传播，应在中国境内禁绝……扶保中华，逐去外洋……遍方铁道，俱行毁拆。

旁边还有一张告示：

如有败类胆敢投靠洋人，格杀勿论！

一个贼眉鼠眼的人站在告示前面读着上面的文字。突然他四外瞅瞅，大声喊着："收猪鬃啦——！谁有猪鬃——！"然后急忙挤在观看义和团操练的百姓中。

这时，街道上传来"当——！当当——！"的敲锣声，一个义和团兵丁手里提着一面铜锣，边走边敲边喊："众父老周知，黄泥川的城民周知，开始分粮啦！各家赶快回去取口袋，都集中到龙王庙前，分粮啦——！"

猪鬃贩子一听，急忙混在人群中，赶往城内龙王庙前的插有旗杆的广场。他来到那里，不觉大吃一惊，只见庙前广场的旗杆下堆放着一袋袋整齐的粮袋子,就是再吃两个月也吃不完哪!就在他盯着那些粮袋出神时,突然听到百姓呼喊起来:"来啦!杨三来了,快马来了!"

随着空中传来一阵"唊唊"的马鸣,猪鬃贩子抬头一看,只见蓝天之上,一个英俊的小伙子骑着一匹白马,驮着粮袋子奔了下来。

那马,从空中一下子就落在了地上,人们立刻围上去,把驮在马背上的粮袋子卸下来。这时,人们中有的给杨三递水,有的递手巾,让他擦擦汗,还有的给他送水果和海物,真是亲热透了。

有一群小孩子走上来,搂着小白马的脖子"打滴溜儿"。那小白马也乖,一个劲儿地伸出粉红色的舌头,去舔小孩儿的鼻子头。

人们卸完粮食,那个叫杨三的小伙子又骑在马上,那马前腿一扬,一下子飞跑起来,转眼间就不见了。

猪鬃贩子看傻了眼,哈喇子都淌出半尺多长。他自言自语地说:"我的妈呀,这马可真是一个宝啊……"

旁边有个等着分粮的老汉说:"那是。有了它,朝廷官兵和洋人休想攻下黄泥川。"

"对,对对。"猪鬃贩子连忙接过话去,然后给那老大爷点上一袋烟,又问,"大爷,你可知道这种马产于何地?"

老人说:"听说这马产于长白山下的七大树。"

"七大树?"

"对,是七大树!"

"中国的马最出名的是乌审马、顿河马和伊犁马,可还没听说过这七大树。"猪鬃贩子故意问。

老人又补充说："听说也叫其塔木，是老宽城子（长春）一带一个叫'乌拉'的地方。乌拉就是吉林乌拉，朝廷的衙门都设在那儿。那地方产粮，又出了这样一匹马。听说，这个骑马的叫杨三的小伙子就在其塔木给一个叫杨坡的大地主扛活，这马就是杨三从杨坡的马群里牵出来的。"

"谁？"

"大地主杨坡。"

"啊？是杨坡？"

"怎么，你认识他……"

"啊，不不，不认识！"

那猪鬃贩子吓得连连摇头，说："这说的是哪里的话，我怎么会认识他。收猪鬃猪毛啦——！"说完，他赶紧吆喝起来，随后急忙离开这个等着分粮的老汉，消失在人群之中。

说来也巧，这个收猪鬃的贩子不是别人，他是王哈手下的一个军师，是被王哈派进城来探听黄泥川为何久围而不"困"的缘由。

辽东衙门军师迅速溜出黄泥川城，他连夜赶到了辽东总兵王哈的大帐里，脱掉猪鬃贩子的上衣，上气不接下气地说道："大人，可不好了！"

王哈说："别急，你慢慢说。"

军师就把他探听的情况一五一十地说了一遍，并加了一句："这匹快马，就是从其塔木杨坡家牵出来的。那骑马的是他家的一个长工，叫杨三。大人，想当年，你的老家不也在吉林乌拉的其塔木吗？"

这一句话，提醒了王哈。

原来，这王哈正是吉林乌拉其塔木王家烧锅人士。清雍正年间，他的祖上考取了辽东兵部副都统，他随父迁往辽东，后自己也考取了朝廷的吏部官职。随着辽东战乱不断，朝廷又任命他为辽东总兵，所以吉林家乡的事他仍记忆犹新。

想到这里，王哈气得一拍桌案，跳了起来骂道："好你个杨坡老狗，你让你的长工牵出一匹快马来帮着长毛攻打官兵，这不明明是和朝廷作对吗？看我这次亲自把你押入大牢，满门抄斩！"

就在王哈气得在军帐里暴跳如雷时，帐篷外突然传来："且慢——！"话音刚落，俄军头目阿列克塞耶夫走了进来。

看来，他在帐外已听了多时了。

阿列克塞耶夫说："总兵大人，先不要发火。我和你一起去其塔木。你们中国妖多怪多，可我们洋人有枪又有炮，我保护你，可以辟邪。看来你认识那个杨坡？"

辽东总兵王哈说："大人，我认识他，扒了他的皮我都认识他！"

阿列克塞耶夫说："那马这么好，杨坡为何会给那个长工杨三呢？这里面定有缘由，定有缘由……"阿列克塞耶夫不停地分析着。其实这个早年随其父辈越过黑龙江和乌苏里江，到中国专门刺探情报的"探险家"，对中国民间的各种"奇事""怪事"非常感兴趣。这是他的一种与生俱来的好奇心，他知道，每一件奇事背后，都有宝贝，他要得到中国的"宝"。这个人，是一个老牌的侵略者。当年，他的父亲——老阿列克塞曾经率领上百名哥萨克潜入中国黑龙江和乌苏里江地区。他们所谓的"探险"，其实就是刺探中国北疆情报。有一天，他们潜入中国北疆边境后到达了一个楚科奇人的部落，只见部落旁的树林里，在枝叶繁茂的树木下有一个小神庙，样子像一个小木橱，有两扇敞开的小木门。木橱里面放着一张有四条腿的小桌子，前边地上插着两根大杆子，庙里背壁上贴着彩绘纸马，画着一个老者，手持斧头坐在群山之间。老者两侧各站着两个人，在他们每个人脚旁各蹲着两个动物。这是楚科奇部落人的家庙。这时，老阿列克塞派出的哥萨克回来告诉他，当地人对他们不友好，不肯卖给他们食物。老阿列克塞摇摇头，自己亲自进了部落。

老阿列克塞知道，由于俄国人多年的越边侵略、骚扰，中国北疆部落的人对他们很反感，也很恐惧、讨厌他们。他们要主动"拉拢"这些人，于是老阿列克塞拿出许多不值钱的东西送给那个部落的一个害了眼病的头人，终于感动了对方。记得就在老阿列克塞走时，这些部落的人又追上他们，又送鱼又送粮食，是因为中国人收了他们一些不值钱的东西。告别时，这些被部落头人派来送东西的楚科奇人还按照通古斯人的习惯，单膝下跪，对赠给他们礼物和药物的人，再三致谢，感恩不尽。

但是，老阿列克塞命手下的哥萨克将这些送东西的人都绑起来，勒死了，然后又命人将尸体再运回楚科奇人的部落，说这些人途中受害，是被他们救下的，又受到头人真诚的款待。所以说这是个老牌的入侵者，连中国人的风俗都非常了解。而那座中国民间的"神庙"，就在老阿列克塞撤走时也被一起带回了俄国，至今还摆在他的"战利品"仓库里。父亲常常对阿列克塞耶夫讲述入侵中国时诸多的"教训"，因此他记忆很深。他在中国做每一件事，目的都是既制服了对方，又把人家手里的那些好东西搞到手。现在，他听到王哈认识杨坡，一条新的计谋又在他心中生出。他要从"根"上解决问题，而且说不定还有许多这样的马，他都要弄到手。

对于阿列克塞耶夫提到要和他一同前往吉林乌拉的其塔木抓捕杨坡，王哈表现得十分积极，于是他和阿列克塞耶夫等人带上几个办事得力的人立刻由旅顺要塞动身，前往吉林九台其塔木。

其塔木老屯杨坡的家，这些日子一直笼罩着一种紧张的气氛，他自己也是倒霉事一件接着一件。

先是他的许多"家底"让杨三骑着马一眨眼工夫给收了个精光。丧财不说，这么好的一匹快马，他怎么就那么轻易地让杨三给牵走了呢。而且，还是自己和人家签的文书，不许反悔！他真是懊恼到了极点。

最让杨坡难心的是，近日他从土城子一带听说，杨三在那里筹集粮食，用快马运到辽东的"阿瑟港"一带，支援义和团打官兵。这让他彻底害怕了！这事要是让皇上知道了，还不得把他杨家的祖坟给掘个底朝天啊。

连日来，杨坡只觉得牙疼得要命。

他的两腮肿得鼓鼓溜溜的，成天煮药、熬药，吃了也不见效，疼得他在院子里直哼哼。管家高友走进院子，又给他带来了新的消息："东家，现在杨三出名了，听说辽东义和团的粮草都是他骑着快马运的！"

杨坡一听，对管家高友大骂："你给我滚出去！你这个王八犊子！当初要不是你出这个损主意，说用一匹马顶三年的工钱挺合适，我能答应他吗？"

管家高友挨了骂，灰溜溜地跑出了院子。

杨坡回到屋里，躺在炕上边哼哼边自言自语地说道："这可怎么办呢？这都是我自个造下的孽呀。谁让我图便宜，上集雇了杨三这么个长工！可坑了我了，我倒了八辈子血霉。"

这一日，烈日当空照，正是秋老虎暴晒的季节。其塔木乡间的土道上，突然腾起了一股黄尘，来了一队人马，走在前面的，正是辽东总兵王哈与俄军总督阿列克塞耶夫。

第七章　杨坡厄运

这队人马进了其塔木，径直奔向杨坡家。

其实，就在王哈和洋人往其塔木来时，管家高友就慌忙到上屋禀报："东家，可不好啦，祸惹大了！朝廷来人啦……"

听到这个消息，杨坡只觉得天旋地转，接着就觉得眼前一黑迷糊过去了。

还是管家高友稳重，他指挥家丁："快！快掐人中！快喷凉水……"

家丁端来一葫芦瓢凉水，高友含在嘴里，然后"噗——！"的一口喷在杨坡脸上，但没有反应，最后高友把半瓢拔凉的水都泼在杨坡的老脸上。好半天，老杨坡才哼哼了一声。

是福是祸，躲也躲不过。清醒之后，杨坡赶紧收拾自己，这时门外鼓号齐鸣，是朝廷的使臣到了。杨坡赶紧强打精神，带领全家老小，出来到门口迎接。

前边的两匹马上，正是王哈与洋人阿列克塞耶夫。

王哈骑在马上，顺手从怀里掏出早已拟好的写在一卷黄纸上的"圣旨文书"，慢慢展开，宣道：

"杨坡听旨——！"

杨坡说："奴才接旨——！"

说完，"扑通"一下跪在王哈马前。

王哈继续宣："时当国难临头，圣上获悉为长毛运送粮草之快马和叛逆之人杨三，均出你领地，那马又是你亲手送给长工，并派其与朝廷作对。大胆杨坡，你奸养小人，为朝廷添忧，本该依章从办，就地正法。但念如今长毛未除，圣上给你一个戴罪立功的机会。限你十天之内，缉拿杨三，收回白马。如再贻误军机，当满门抄斩，格杀勿论。"

王哈念完，又问："听清了吗？"

杨坡连连说："是！是！听清楚了，听清楚了。"

杨坡刚答应完，又昏过去了，两只眼睛直翻白眼。家人又慌忙给他浇凉水、掐人中，他才醒了过来。杨坡吩咐家人："快，快备酒上菜，好好款待贵宾，为朝廷命官和洋大人接风洗尘！"其实他早已认出王哈。这个家伙一贯装腔作势，自己祖上就和王哈家不和。他认为王哈是伺机报复。

但他又无可奈何，只好耐着性子说："请！二位乃座上宾客，我要好生款待。"

既然限定杨坡十天之内缉拿杨三，王哈总兵干脆就不走了。他不能离开杨坡的家。他命杨坡将上房倒出来，作为自己的临时行营。当他要给阿列克塞耶夫也腾出一间住室时，俄军头目却摇了摇头。

王哈不解其意，问："总督大人，那您上哪儿去住？"

"我，我自己有地方……"

阿列克塞耶夫老谋深算地笑了笑。

原来，阿列克塞耶夫这个旅顺港俄军总督十分狡诈，他对中国人总是抱有戒心，他认为他们来缉拿杨三，绝不会一帆风顺，所以他尽量躲开这个"是非之地"。他通过关系，早已与其塔木土城子天主教神父伊尔森联系上了，他要到教堂那里住上十天。不仅那里的环境好，而且伊尔森神父又是自己人，谈话方便。一旦杨坡抓住杨三，他便可以将马牵回彼得堡，成为皇家私有财产。如果得不到，有什么差池，他不在是非之地，一切纠纷又与他无关。他觉得自己的安排十分周全。

可是他万万没想到，人算不如天算，一场天大的厄运正在等待着他。

话说俄国人阿列克塞耶夫在旅顺口驻防，他的母亲老伊利莎白和独生女儿洛科娃一直跟随着，夫人则留在彼得堡看守家园。听说父亲要到吉林乌拉松花江边的一个叫其塔木的乡村执行要务，而且要待一些日子，正好在旅顺读医专的女儿洛科娃偏要跟父亲来玩玩，一来散散心，二来看看东北的田野风光。开始，阿列克塞耶夫坚决不同意，那其塔木毕竟是一处人生地不熟的地方。但不知怎么，女儿洛科娃做通了祖母伊利莎白的工作，于是母亲出面，让儿子带孙女去见一见松花江边的田园风光。母亲说孙女从小在大连、旅顺海港长大，特别想过几天农家田野风光的生活。实在没办法，阿列克塞耶夫就在到其塔木的第二天，派自己的马夫回旅顺，把女儿洛科娃接到了其塔木土城子屯的俄国教堂。

土城子俄国教堂的神父伊尔森与驻守旅顺要塞的总督阿列克塞耶夫本来并不熟悉，但甲午战争和辽东爆发义和团事件以来，阿列克塞耶夫的大名屡屡传来。如今，他来到其塔木执行公务，伊尔森神父这才与他见上一面。

为了迎接总督、总督女儿等人，伊尔森特意在教堂后院倒出两间豪华房间，一间留给总督大人，一间留给他的爱女洛科娃姑娘。

土城子教堂是那种早期建造的老式教堂，后院有一个挺大的园子，平时种着一些大葱、茄子、菠菜、小白菜等时令蔬菜，还种着许多葡萄藤秧和苹果梨树。这都是松花江其塔木一带的土特产。现在正值秋天，葡萄硕果累累，苹果梨发红，散发着清香味道。这葡萄园的后墙，有一个小门，旁边是马厩，出了小门，后面是一片平地。这是教堂的用地，没什么可种，伊尔森神父就把它辟成了跑马场，有时牵着马在这儿遛遛。不远处，是一片黑松林，过了黑松林，就是松花江了。教堂其实就靠着松花江西岸。

自从旅顺口总督阿列克塞耶夫到来后，伊尔森也算有了伙伴了。这个老神父每天陪着远来的总督散步。总督的女儿有时在葡萄园和果园玩儿，有时到跑马场遛遛马，或到江边看江水，领略迷人的田园风光。

对于总督阿列克塞耶夫来捉拿杨三，老神父伊尔森持有不同看法。因为那时的长白山和吉林一带的义和团还没有大批起事，一些教堂没有受到冲击。伊尔森和总督边散步边说："中国人其实是善良的。我来中国传教已经快一辈子啦。就说杨三吧，有一回教堂失火，他还亲自骑马提水，这才扑灭了火！"

"不！不不。"总督阿列克塞耶夫似笑非笑地摇着头说，"其实中国人，他们有善良的一面，这个我承认。但对于善良我们要加以利用……"

"利用善良？"神父说，"这是罪孽，这不是天主的旨意……"

阿列克塞耶夫说："不不。其实我们说的不矛盾。善良是什么？善良就是愚昧，我们要以此来制约他们……"

"善良是愚昧？你这是伤害。"

二人争执不休。伊尔森神父无奈地摇着头说："阿列克塞耶夫先生，其实我们俄国人到了中国人的国家，占领了人家的国土，现在又要抓人家，这一切都与天主的教义不符。"

"哈哈哈……"

阿列克塞耶夫狂妄地笑起来。他对伊尔森神父的提醒不屑一顾。

但是，他作为总督来到教堂还是尊贵的客人，况且还带着女儿，于是这个好心的神父也不便多说什么。

再说杨坡家，这些天一直被愁云笼罩着。

怎么办呢？十天期限，如果捉不到杨三和那匹马，他的老命就要完了。而且辽东总兵王哈天天都要到他的房间里来，催问他事情进展如何……

杨坡有三个儿子,这天,他把孩子们叫到上屋。他躺在炕上,地上的炉子上坐着药壶,那药熬得呼呼地开着,满屋子都是浓浓的药味儿。

儿子们一个个垂头丧气地站在他的面前,大家想不出一丁点儿办法。别说抓杨三,如今连杨三的影子都见不着了。

突然,杨坡一拍炕沿坐了起来。他说:"来人哪!快去把管家高友给我找来。关键时刻,这个家伙总是能想出一个点子来!"

家丁答应一声出去了。

不一会儿,管家高友走了进来。他说:"东家,你找我?"

高友两只贼眼珠转来转去,其实他早已明白东家叫他来的意思了。

杨坡因发烧头上缠着一条降温的湿手巾,像个孕妇似的坐在炕里的暗处。屋地上也不亮,高友站在门口的暗影里,杨坡看不清他的面部表情。

杨坡头也不抬,犯愁地说:"管家呀,高友啊,老爷我这些年待你不薄,现在我杨坡已到了生死攸关的节骨眼儿上了,你怎么还不给我拿个主意?我这些年是白疼你、白惦记你啦。"

高友一听,两道细眉往上一挑,其实他已有了一个主意。他按捺住内心的得意,开口说道:"东家,这么大的事,我能不着急吗?只是近来我有大事忙不开呀……"

杨坡听出他话里有话,便说道:"什么事忙不开?"

高友说:"给我女儿找个门当户对的人家,正在相看,也得准备嫁妆啊。"

虽然在黑暗里，杨坡看不清高友的面孔，但多少也能听出他的弦外之音：罗锅上山——前（钱）紧。

杨坡来得也快，忙说："管家，你这么说不就外道了吗？你跟随我这么些年，孩子的终身之事是大事，缺钱，早点知会一声，为何单等此时呢？来人哪！"

家里账房喊："在。"

杨坡说："快给管家高友兄弟拿上五百吊，算是我杨坡的一点心意。"

"是，是。"账房出去了。

高友在黑暗中眨眨狡猾的小眼睛，献计说："东家呀，其实抓住杨三我有一个好办法，这事包在我身上。"

杨坡说："啥办法？你快说！"

高友却说："不过，东家……不过东家，你还得答应我一件事。"

"哎呀奴才！"老杨坡急得像屁股底下坐了个针毡，来回摇晃着说，"哎呀你呀，事到如今，你还在吞吞吐吐。好吧，只要我能办到，什么事我都答应！"

高友趁机说："东家，只要你答应，咱们两家连亲，把我小女儿嫁给你的小儿子，你方才的贺礼，也都归你们家了。怎么样？"

原来，"根"在这儿。

这高友已跟他杨坡一辈子啦，两家也都熟悉。高友这人，除了想攀高结贵之外，别的也没什么。只是杨坡嫌高友是自己的奴才，怕沾了奴才气，一辈子发迹不起来，所以一直没有吐口。

可眼下，这狡猾的高友在这儿等着他呢。

他一想，干脆算了，答应他吧！这也是节骨眼儿上。于是杨坡说："唉——奴才呀！行，行了！我答应你了。有屁你快放吧！"

杨坡被气得发昏要死，但为了听高友的主意，也只好如此。因为平日里他依靠高友出主意习惯了，有事不听他的主意，就活不了。

杨坡心里暗想，等我静下心来再收拾你这个鬼东西。

这高友可不是傻瓜。他说："东家，说话办事空口无凭不行，这不是你我的性格。有些事，也怕日后不便记忆。这样吧，您老还是出个字据吧……"

"我的老天爷！"杨坡真佩服高友的心计。他耐着性子，只好写了一张杨、高两家连亲的字据，双方当事人签了名、画了押。

高友收好字据，这才走到杨坡耳边低声说出了自己的主意和打算。随后他又加了一句："老爷，此事只有这一招能兑现。"

杨坡听着听着，脸上露出了一点点笑模样，最后他哈哈大笑起来，连连叫道："妙计，妙计！真是绝了。高友哇，等此事成功之后，我愿意把草甸子分给你一半！你占东其塔木，我占西其塔木。什么你的我的，咱俩连了亲，兴许都成了你的……"

高友也乐了："谢东家。"

杨坡说："你快去安排吧。可不能走漏了一点的风声。"

高友说："你就把心放在肚子里吧，东家！"

望着高友走出屋子，老杨坡喜形于色地说："哈哈，这回他杨三和快马都跑不了啦。"

第八章　杨三落虎口

夜晚，其塔木一带夜色像墨一样黑，草甸子、草塘子深处，不时刮来阵阵冷风，村屯里七棵大树的叶子被风刮得"哗哗"直响。不知是谁家的狗，不停地狂吠。

护屯队的梆子声，一声接一声地响着，敲得人有些心烦意乱。远处，松花江的江水涛声一阵阵袭来。鼓打四更，杨坡家上房门口，突然出现两盏大红的灯笼，上面端端正正地写着两个大大的"福"字。只见两个婆子，每个人手里都捧着一身新衣料。这伙人，由管家高友领着，直奔西厢房的一间小仓房走去。西厢房一间低矮的屋子的窗纸上透出微弱的灯光，映出一个姑娘的身影，那就是小香。

自从杨三被老地主杨坡辞退，小香心中很是惦记：杨三怎么样了？自己什么时候也能逃出虎口，与杨三哥哥一起远走高飞，过上好日子呢？后来，她听说杨三骑走的是一匹上好的快马，又听说杨三加入了义和团，专门给义和团的勇士们送粮，打洋人。她更高兴了，真恨不得能随时飞出去，跟杨三哥哥远走高飞。

可是，想是想，惦记是惦记，杨坡家对她看管得很严，不许她走出院子半步。而且自从杨三走后，杨坡让小香搬出马圈西边的窝棚，特意让她住到西厢房里边的一间，这更便于对她的看守，也更好控制她。在小香的心里，时刻都装着杨三哥。

夜晚，小香坐在茶油灯前，她用发卡拨了一下灯捻子，仔细看了一眼那"咔咔"作响的灯花芯子，心中不由得想起了心上人杨三哥。

火苗蹦，心相通；火苗跳，喜讯到。这是一种民俗，小香嘴唇一抿，乐了。她心里说："灯花跳跳，灯花爆爆，杨三哥哥，快快来到……"

想到这里，她站起来，听了听外面，村庄和荒野一片寂静，没有杨三哥哥的脚步声，只有夜风在吹刮。

从前杨三哥哥在时，她一想他，就会听到他的箫声，而且杨三哥哥就会来到她的身边。有他在，多累多苦的日子，也是甜甜的、津津有味的。

想到这里，两行晶莹的泪花从小香俊俏的脸蛋上慢慢地淌了下来。于是，她一边给杨三绣着一双鞋帮上的花纹，一边轻轻地低声唱起了东北民歌：

土豆花开一片白，
妹盼哥哥快回来。
妹是一棵苦花菜，
哥哥不来花不开。
哎哎哟哟呀，
哥哥不来花不开。

棒槌花开红似火，
妹盼哥哥快救我。
吃糠咽菜妹愿意，
喝口凉水心乐和。
哎哎哟哟呀，

喝口凉水心乐和。

七月里来七月七，
天上牛郎会织女。
神仙都有团圆日，
我的哥哥呀，
我们啥时能相见
……

小香正轻轻地流着泪，唱着，想着，突然，房门一下子被撞开了。小香惊恐地抬起头来，只见一个提着灯笼的仆人走进来，高声说道："给小香夫人道喜啦。"

小香吓得往后一躲，这时管家高友领着几个托着礼物的佣人、婆子走了进来。

高友满脸堆笑地说："小香啊，你的喜期快到了。老爷准备纳你为四房，后天就拜天地，属于明媒正娶。今天让我来给你道喜，并给你放一天假，明天你可以到野外给你死去的父母上上坟、添添土。以后，可就不许再出院啦……"

说完他一使眼色，那些婆子、佣人赶紧放下衣料和服饰等东西，跟着高友走了出去。

房门大开，夜风呼呼地刮进来，把门窗刮得"啪啪"地响；屋子里的小油灯被这股冷风吹刮得火苗颤颤巍巍地抖着、跳着，挣扎了一阵子，最终还是熄灭了……

屋子里一片漆黑。

小香扑倒在炕上痛哭起来：爹呀，娘啊，女儿的命咋就这么苦、这么惨哪！你们走了，扔下女儿一个人在这个世上。现在，坏人当道，杨三哥哥，你为啥还不来救我呀。

可是她没有想到，其实这里发生的一切，杨三是不知道的。再说，他忙于为据城固守的勇士们送粮，哪有空来看望她呀。她本来想不能因为自己而连累了杨三哥，但一想到杨坡就要对她下手了，她必须把这个消息告诉杨三哥，看看他能不能有办法！

第二天早上，她上杨坡那儿告假，说是到草甸子上看看自己父母的坟茔，烧烧纸，祭奠一下。杨坡破天荒地同意了，还对管家和手下的人说："不要跟着人家，让人家小香自个去走走、去看看。"

对此，小香还心怀感激。

早上，小香挎着一个筐子，里面放着一些香烛纸马，一个人跟跟跄跄地出了杨家，她来到了洒着霞光的草原上。

秋阳从东边的地平线上冉冉升起来了，把橘黄色的光芒洒在草甸子上，草甸子一片金黄，那晶莹的露珠就像一粒粒的金豆子，在草甸子上滚动。松花江的水映出天的颜色，灰蒙蒙的，默默地向远方流去。她的脚步停在江边，站在泥泞的滩头上。

她望了一会儿江水，又慢慢地离开江边，向草甸子深处走去。秋天的草甸子，草丛已是很高、很深，有些地方快要没住人了。她走啊走啊，渐渐地消失在茫茫的草丛里了。小香想，如果自己能永远地消失在这茫茫的草原里、青草窠子里该有多好，让世界上的一切烦恼都消失。这时，小香来到一个被荒草罩住的孤坟前，她停下了。

她从筐里拿出烧纸，先给爹娘摆上供果，然后点上香，又点上了纸。那烧纸燃起了缕缕的灰烟，直升上晴空……

小香跪倒在地，苦楚地哭开了："爹呀——！娘呀——！你们扔下我一个人，孤苦伶仃地活在世上啊——！"

小香的哭声，打动了草木。

小香的哭声，也飘向了四方。

突然，草原上的万里晴空之中，传来"咴咴咴咴"一阵马嘶。原来，是杨三从其塔木土城子往旅顺口黄泥川古城运粮打这儿经过。

马上，杨三热得解开小褂的扣子，可由于忙着赶路，还是热汗淋漓。来到其塔木草原上空，或者每次路过杨坡的庄稼地或院子，他都要刻意向那里张望，他希望能凑巧碰上小香外出干活。他心中断不了对她的思念。杨三经常在想，等赶跑了洋人，他和义和团庆祝胜利那天，一定把小香找来，他们一块唱歌、吹箫，该是多么幸福的事呀。

今天，杨三和往常一样，路过杨坡家上方，他特意打个遮阳，往院子里看去，并自言自语地说："小香妹妹，我怎么总也见不到你的影子呢？莫非是杨坡这老狗怕我碰见你，整日把你锁在屋里不成？你不要着急，等我给义和团的粮食运够了、运足了，我就来救你……"

想到这里，杨三刚想策马飞奔过草原，突然，他发现草甸子深处升起了一缕灰蓝色的烟气，直直的升上天空，而且还隐隐约约地传来断断续续的哭声。

这是谁呢？杨三禁不住勒住马头，仔细一看，正是小香。

只见小香双手捂着脸，正跪在那里，哭得十分伤心。

杨三急忙停下马来，落在草甸子的深草丛里。他把马拴到草墩上（其塔木草甸子上有一种草，叫"拴住驴"，可以绑绳子），然后走过来，高兴地叫道："小香！"

小香正在低声哭泣，忽听见有人叫她，抬头一看是杨三，真是又惊又喜。她有点不敢相信自己的眼睛，叫道："杨三哥，真的是你吗？我是不是在做梦？"

杨三说："不是做梦，这是真的。"

小香问："你是怎么来的？从哪里来？"

杨三说："我是给义和团送粮草，路过这里，就看见你在这里。你怎么在这儿呢？"

"我……"

小香一听杨三问这话，满腹的心酸涌上了心头。可是，又一下子说不清楚，于是她扑进杨三的怀里哭开了。

杨三因多日不见小香而万分想念，现在想不到这么快一下子就相遇了，于是他一把将小香揽在怀里。

小香幸福地依偎在杨三的怀中，眼睛里流下热泪，却带着满意的笑容说道："杨三哥，人家还以为见不到你了呢。"

杨三急切地问："是杨坡欺负你了？"

小香点点头，说："没有。不过……"

"不过什么？"

于是小香把杨坡逼她做四房太太，给她放了两天假，让她到草甸子上给自己的父母上坟的事说了一遍。随后她又加了一句，"也许，这是咱们最后一次见面啦。"

杨三说：“那可怎么办呢？”

小香说：“要不，你现在就领我走，咱们远走高飞。”

杨三说：“我一定把你带走，咱们再也不分开啦。”杨三说着，摘下一朵野花插在小香的头上，说：“小香，你真好看！”

小香幸福地依偎在杨三怀里。

草原上的微风轻轻地拂动着草丛中的鲜花，几只蝴蝶在草丛中上下飞舞。杨三亲吻着小香说：“小香妹妹，从今往后，我们永远不分开啦。”

小香也说：“杨三哥哥，没想到，我们会有今天。”

杨三点点头，他顺手抽出腰上插着的竹箫，欢快地吹了起来。动听的箫声在无边的草原上飘荡。箫声中，二人都想到了在其塔木“人市”上，小香头上插着草标在自卖自身，杨三为了还债，不得不出来打工；在杨坡家干活，小香挑着一对比她还高的大水桶去井台打水；杨三在草甸子上给马刷身子，自己身上被蚊子、瞎蠓咬得起了一片烂包；杨坡和高友指着他的鼻子说，“你一个穷扛活的，还想领走个姑娘？死了这条心吧”；义和团刘二哥的队伍用扎抢刺倒一片片洋人，黄泥川城里的百姓、义和团战士正在兴高采烈地分粮；小香头上蒙着一块盖头，正在和心上人杨三拜天地……

过去的一切和未来的一切，仿佛是一场梦，现在正如期上演。小香说：“杨三哥，从今以后我们再也不分开了。”小香和杨三，两个苦命的孩子，脸上乐得像开了一朵花。

就在这时，突然，草原深处响起“呜——呜——”的急促的牛角号声。

杨三心里一震，他急忙推开小香，踮起脚跟朝远处一看，只见一些操着刀枪的人影，正悄悄地向这边靠近。

杨三吃了一惊，说道："小香，不好了，我们被包围了。小香，你到草甸子上来，有人跟着你吗？"

小香一听，沉思片刻，后悔地一跺脚。

小香说："哎呀杨三哥，我们上当了。怪不得昨天夜里，管家高友说得清清楚楚，说给我一天假，让我到草甸子上来给我爹妈上上坟。原来，这是他们的圈套啊……"

杨三一手托着下巴，皱着眉陷入苦思。

小香却不以为然地说："杨三哥，你何必那么发愁！你快把我扶上马，咱们趁现在一块走不就得了吗？"

杨三叹了口气，说："小香妹妹，你是不知道哇，这匹马驮着东西时，只能再驮一个人，这是老龙爷爷告诉我的。如果扔掉东西，可以驮两个人。可是这些东西不是一般的东西，这是义和团的救命粮草，咱们怎么能扔了呢？"

小香也说："是呀，这可怎么办呢？"

这时，四周的草窠已在不安地抖动起来，看得出，这是人在里面走动形成的草浪，正在向这边涌来。那些人手里举着的扎枪上的红缨已经露头，在草尖上晃动着，在草窠里下蛋的小鸟也被惊得扑棱棱地飞上天空。

小香一下子拉住杨三的手，果断地说："杨三哥，你快走，不要管俺。义和团不能没有你！"

杨三"唰"地抽出腰刀，眉宇间现出三道皱纹，他在苦苦地思索着，怎么办呢？

就在这时，草丛深处已传出管家高友得意的笑声。高友说："哈哈，抓活的。都给我上，谁抓住快马，我有重赏！"

高友话音刚落，一个家丁猛地冲到了杨三跟前。杨三横刀，与家丁对峙起来。

家丁看见小白马拴在草墩上，就忘乎所以地奔了过去，他想拉马。杨三跨前一步，举刀就砍。那家伙一扭身，举着扎枪朝杨三猛刺。杨三一闪，家丁刺了个空。还没等家丁回过身来，杨三手起刀落，结果了那个家丁的性命。

杨三一把拉过马缰绳塞到小香手里，说："小香，无论如何，义和团的粮食不能丢。你快骑马走，我来对付他们。"

小香说："不，杨三哥，你先走！"

"你走！"

"你走！"

二人争执不休。

在这个生与死的关口，这一对年轻人，谁也不愿意丢掉穷人的救星义和团的粮食！

杨三来不及多想，他眉毛一挑，一下子抱起了小香，顺势把她搁上了小白马的背上。杨三在马背上轻轻地拍了一下，说道：

宝马宝马去老城，

义和大旗映山红。

千秋万代为穷人，

不灭邪恶风不停！

那小白马一听是杨三的口诀，突然四蹄暴蹬，"咴咴"乱叫，可还是不肯走。

这时，管家高友对一群恶眉怒目的家丁说："你们还站着干什么，快给我抓住杨三、小白马和小香，一个也别放跑！"

杨三、小香和小白马，都怒视着高友和那些家丁。高友嘴角露出一丝奸笑，阴险地说："我到底把你引来了。好哇，现在你们都在这儿，咱们好说好办，都乖乖地跟我走。不然，可别怪我不客气！"

说着，高友带头冲了过来。

高友的手眼看就要摸到马缰绳了。

杨三迅速拍了一下马背，又对小香说："告诉大师兄，千万不要派人来救我！义和团在前线打洋人、杀官军要紧哪！"话音刚落，小白马长嘶一声，突然四蹄一抖，顿时腾空而起。它驮着粮食袋子和小香走了。草叶子、树条子、野花碎草满天飞舞，转眼间，小白马就升到了高空。

由于高友用力过猛，他扑了个嘴啃泥。他翻身坐起来，手里只是紧紧捏着几根马尾毛……

蓝天上，小香骑着马，还在高空中徘徊。

高友大喊："快用箭射！射死他们！"

弓弩手们急忙搭箭，一齐向高空射击，但是小白马早已跑出了射程。小白马最后长嘶一声，转眼就随着一朵白云飘走了。万里长空，还回荡着小香的喊声："杨——三——哥——！"

高友气得埋怨那些刀手、家丁和箭手，可那些人都不理他，大伙说："不是你下令抓活的吗？"

高友沮丧地从地上爬起来,小心翼翼地揣起那几根马毛。他一挥手中的刀,恶狠狠地对家丁们说:"把杨三给我捆起来,别让他跑掉了。"

杨三,嘴里叼着一片草叶,手握快刀,对家丁们喊道:"来吧,有种的上来!"他拉开了迎战的架势。他看见几个家丁向他扑来,他一口吐掉嘴上的草叶,挥刀和家丁们厮杀开了。

刀光闪动,草末乱飞,刀枪相撞,火星四溅。杨三使出大师兄刘二哥教给他的"海碰子刀客"的花刀法,直杀得家丁们纷纷倒地。但为了抓活的,家丁们谁也不敢伤他,只是把他团团围住,轮流上前消耗他的体力。

战至夕阳平西,黄昏降临,杨三终因体力不支,寡不敌众,被一帮家丁按倒在地捆绑了起来,押回了其塔木。

第九章 节外又生枝

杨坡家大院,彩灯高悬,人流穿梭不息,抓住杨三的消息传遍了四面八方。各方人士都到了。辽东总兵王哈的屋里,刚刚赶来的旅顺总督阿列克塞耶夫特意从土城子教堂赶来。他和王哈都感到很欣慰,不到十天工夫,便抓到了杨三,这个消息太令人兴奋了。

杨坡家的院子里,杨三被打得遍体鳞伤,又被家丁拖起来,绑在院子里的一根柱子上。虽然抓住了杨三,对于杨坡来说,他还是不满足。他对高友万分恼火,说:"这,都是你出的好主意!你不是说舍出小香,就可以抓住宝马和杨三吗?可现在,小香跑了，光抓住一个穷小子有什么用？"

高友可是一个好性子，他低着头，任凭东家怎么发火，只是一个劲儿地点头称是。

旁边的一张桌子上，放着一个木盘子，盘子里放着高友从马尾上拔下的几根马毛。

杨坡下炕走了过来。他想捏起一根马毛看看，可捏了半天也捏不起来。他终于拿起一根，放到眼前看了半天，他是越看越来气，突然他一抬脚，"当——！"的一下把装马毛的盘子踢飞了。他气得喊叫了一声："来人哪！"

几个打手应声而至："在！"

杨坡说："去，把那穷小子给我砍了！"

"当当——！当当！——"

其塔木屯子响起了锣声，几个胸前露着黑毛的刀斧手押着杨三走出院子，往村子外的一个壕沟那儿走去。

这时，各处的百姓都听说了杨三被抓的信儿，而且今天就要砍头示众啦，乡亲们从四面八方赶来。大伙都非常着急，怎么办呢，谁能救救杨三呢？

先是游街。杨坡要在杨三临死前示众，让人们知道他杨坡的厉害，看今后谁还敢和他作对。谁知道就在这时，高友匆匆赶来了。他刚从王哈和旅顺总督阿列克塞耶夫那里过来，传达的也是他们的意思。

高友急忙追上押着杨三的队伍，对坐在轿子里去监斩的杨坡说："东家，老爷，这杨三可千万不能杀呀。"

杨坡说："为啥不能杀？"

高友说："东家，你先息怒。依奴才之见，留着这穷小子会更有用。"

杨坡根本不听那一套，说道："哼！你又给我出损主意。告诉你，我不会再听你的了！"

高友说："东家，你听我说。这匹马失掉了主人，它必然会回来救他的。杀死杨三，那还不容易吗？就像吹灭一根蜡，就像碾死一只臭虫，就像踩死一只蚂蚁。可是马没抓住，它还会给义和团送粮，朝廷还会拿你治罪，洋人还会怪罪你，我们家的灾，不是还没过去吗？"

杨坡想了想，觉得管家说的话很有道理。于是他生气地说："你倒成了处处有理啦。好吧，那就先把杨三押回去吧。"

大家押着杨三又往回走。辽东总兵王哈、旅顺总督阿列克塞耶夫等人已等在院子里。进了院子，杨坡让人把杨三绑在院子里的柱子上，大家一块进了屋。管家把自己想到的理由又讲了一遍，辽东总兵王哈、俄军头目阿列克塞耶夫等人都表示赞同。

这时辽东总兵王哈说："管家的话，有道理。现在马还没到手，不能先杀杨三，留着他会更有用处些。"

俄军头目也说："留着他，你要严防死守。"

杨坡连连说："是，二位大人所言极是。但不过……"

王哈问："杨东家，你还有何顾虑？"

杨坡命人给洋人、王哈等倒上热茶，他自己也喝了一口，沉思片刻，说道："总兵大人，不杀杨三可以，因为我现在已抓到杨三了，你们也看到了。但我还是想杀了他，因为怕日后发生什么节外生枝的事。假如宝马真来救主，我们能抓住倒好，就如方才诸位想的，如若抓不到，再连这穷小子杨三也一块放跑了呢？到那时，我们不是鸡飞蛋打，竹篮子打水一场空吗？如果出现这个后果，以谁的命来抵罪？又是谁的失职呢？"

俄军头目阿列克塞耶夫吃了一惊，他万万没有想到，这个长着猪一样脑袋的老地主杨坡，竟然能提出这么一个重要的问题。

于是，事情出现了僵局。

这时辽东总兵王哈说："此事不难，我会做到万无一失。我从辽东调重兵来，日夜在院子里严防死守。我就不信，咱们这么多大活人，还能活活地看着他一个杨三在咱们的眼皮子底下被马驮走？那咱们不都成了一群废物吗？"

管家高友一看，时机已到，于是给老东家杨坡使了个眼色，然后说："那么总兵大人，如此说来，我们就将杨三交给您了。交给您，也算交给朝廷。至于如何处置，是由杨三引来白马，还是怎么的，一切都听您的。东家，你看如何？"

老杨坡也很机灵，于是说："是啊，你看如何？"

王哈没有想到，杨坡和管家竟然来了这么一手。阿列克塞耶夫也正盯着他，他只好说："那好。我这就派人发信，把辽东兵调过来一个营，以保看守杨三不出意外。但辽东兵调来之前的防卫问题，要由杨坡杨老爷解决。你看如何？"

杨坡说："那咱们一言为定。"

王哈说："一言为定。不过……"

杨坡说："大人还有何不解之处？"

王哈说："不过，杨东家，咱们可有言在先，此马只要活的，不许打伤打死。明白啦？所以，一切都得听我指挥。"

杨坡想了想，说："这……好吧。"杨坡的心里十分不情愿。谁能保证这些事？如今已抓到杨三，可还交不了差，这不是倒霉吗？

而王哈呢？因为他想的是朝廷皇上的话，想要得到这"宝贝"献给皇上。所以他假冒圣旨，压制杨坡，这才达到这个结果。而俄国人头目阿列克塞耶夫也有自己的小心眼儿：这马也太厉害了，多少年了，世上到处都没有见过。一定要设法把它弄到手，带回老家彼得堡，和老一辈掠去的楚克奇人的神庙一样，把鄂伦春人的桦皮船、赫哲人的鱼皮服，还有满族的萨满的神服、神鼓、腰铃，以及满族那精致的神偶统统带走。还有雕翎，这种雕翎是俄沙皇和叶卡捷琳娜女皇最喜欢的东西，只有东北满族先人手里才有啊！这一切的一切，他都想要，而且越多越好，他要统统带回俄罗斯去……

他们这些人，个个心怀叵测，专打自己的算盘，观察事态的进展，琢磨着下一步如何动手。

而受苦抵命的只有杨三。他现在被死死地用大铁链子拴在杨坡家院子里的柱子上。几天之后，辽东总兵王哈的人马也到了。杨坡家被重兵围了个里三层外三层，真是连一只鸟儿都难从这里飞过。

为了等待小白马出现，各方势力暗自较劲。不用说，辽东总兵王哈，他几乎是日夜不合眼，让守兵陪着，天天站在杨坡家的院墙上，观察天空，随时准备先下手。

俄国人头目、旅顺口总督阿列克塞耶夫干脆把行李搬到了王哈的上房。他们东边一个，西边一个，就等小白马出现，以便占为己有。

这时，也不知从哪儿听来这么一个消息，说小白马认人，马一来，必须穿上杨三的衣裳，马认不出来是外人，便可以抓住。而杨三穿的是满族服饰。为了模仿杨三，王哈和阿列克塞耶夫每人做了一套杨三式样的马褂、坎肩、皮大哈（就是一张皮子，按满族服饰缝成的褂子样，还用鹿皮在上面拼出花纹，毛朝外）。阿列克塞耶夫还特意让人给他接了一根"辫子"，他穿上满族衣服和接上假辫子，看上去不伦不类的。但谁也不敢笑，也不敢说什么。王哈穿上杨三式样的那身满族服饰倒挺像，只是过于肥胖。

他们的这种举动和"闹剧"，杨坡看着也挺来气。

杨坡想：这算什么事呀？本来就算我杨坡招了个杀洋人、打官兵的长工，可现在长工已经被抓，交给朝廷命官总兵大人了，现在本来已没自己什么事了，可我为啥还卷在这场纠纷之中？天天安排这些人吃吃喝喝，这个花费谁能受得了？再说，他辽东总兵到吉林乌拉办公事，和地面上的衙门打招呼了吗？要说管，他杨坡应该归吉林乌拉衙门管，和你辽东总兵王哈有什么关系？再一个疑点，记得当时王哈宣朝廷圣旨时，杨坡要上前看看，王哈却立刻卷起来了。这是真的"圣旨"吗？为啥不给我杨坡看？而且，即使是真的，也应由吉林乌拉总管衙门来宣读，或由人家陪同来宣旨。这些事，一直在杨坡心里画个了魂儿。

而辽东总兵王哈呢，其实他何尝不知道朝廷的规矩，你一个辽东总兵，到人家吉林乌拉地面上来抓人，能不先和人家吉林乌拉衙门打招呼吗？古语说得好，县官不如现管呀。你这不是隔着锅台上炕吗？王哈是留了个心眼儿。

一是，这件事一旦成了，他可以牵上宝马，直接送往京师，独自交给皇上请功。这么大的功劳不能落在别人的功劳簿上。

二是，他这次行动由洋人旅顺总督阿列克塞耶夫作陪，在那时一有洋人掺和进来的事，朝廷一般都不敢较真。

三是，他为了压住、吓住杨坡，确实自编了一道"圣旨"，所以只宣不给看。他心里有数，一旦事情露了馅儿，也是圣上真的有话在先，让他先到吉林摸清情况，寻找宝贝，以献皇上。

总之，他认为自己浑身是理，做得头头是道。

可是，世上任何事情，往往你越看起来头头是道，它越会节外生枝，而且事情蹊跷，事发突然，让人意想不到。

接下来的这天，就出了这样一件事。

这天一大早，在土城子教堂度假的阿列克塞耶夫的女儿小洛科娃对老神父伊尔森说："神父大人，我想去遛遛马……"

伊尔森说："孩子，你父亲这些日子有公务在身，已经好几天没回教堂了，你一个人出去，我不放心。现在外面不太平！你还是在屋子里等你父亲回来吧。再过几天，你的假期结束，就得回旅顺读书去了。"

可是，洛科娃毕竟是个孩子，是个十五六岁的可爱的小姑娘，那些恶劣惊险的世道她其实只是从父亲的讲述中了解一二。她说自己只是到教堂后院的遛马场去走走，而且有马夫哈迈尔陪着，不会有什么事情的。她又让马夫哈迈尔求伊尔森神父。哈迈尔也说："神父大人，你不要管得太多了。这个跑马场就在你家的院子里，还能发生什么意外？"

伊尔森神父实在拗不过洛科娃和马夫哈迈尔，于是他给他们规定了时间，只许上午在跑马场玩一个半小时，等他第一场弥撒下来，一定要回来做功课。

两个人爽快地答应了。

前面我们说过，土城子教堂后面有一个挺大的跑马场，连着葡萄园、苹果梨园和一些田园，真是自然之佳地。两个人牵着旅顺总督大人阿列克塞耶夫那匹枣红马和伊尔森神父的马，来到了教堂后面的跑马场。

洛科娃虽然是旅顺医专本科的在读生，但她的性格有点像一直从事探险征战的父亲，凡事总好寻根究底，而且对一切都很好奇。就拿骑马来说吧，对她父亲的那匹枣红马，她已经很熟悉了，但她对伊尔森神父那匹雪白的四蹄黑觉得很好奇。神父的马显得高大、挺拔，走起路来头一扬一扬的很有节奏，显得十分威武。

开始骑神父的马，由马夫哈迈尔扯着缰绳，一点一点地在院子里蹀步。渐渐适应了之后，洛科娃说："哈迈尔，你松开吧。"

哈迈尔说："小姐，我不能松开。我要为你的安全负责。"

谁知，这反而刺激了洛科娃，她来了脾气。她说："哈迈尔！请你松开。我已经是一个大人了，我不用你牵马！"

哈迈尔愣住了，无奈地摇摇头，把手松开了。洛科娃骑着神父雪白的四蹄黑就在教堂后面的院子里遛开了。马跑得很快，洛科娃哈哈地大笑着，仿佛是在气哈迈尔，就是不肯停下来。没办法，哈迈尔只好坐在遛马场靠近教堂一侧的一条长凳上休息。

太阳升起一竿子高的时候，洛科娃玩儿热了。由于是在室外遛马，洛科娃背着自己从高加索带来的旅行袋，里面装着她的外衣和内裤。她这时想换一件短裤，就对马夫哈迈尔说："小子，你回过头去……"

哈迈尔说："你要干什么？"

洛科娃说："我们女人的事。你不要看。"

哈迈尔答应了。

洛科娃开始脱衣服、换衣服。

洛科娃是大姑娘了，尤其是俄罗斯女孩长到十五六岁已经发育得十分丰满可人了。可能是洛科娃一脱掉上衣，一对山峰一样的乳房立刻挺直起来，洛科娃的笑脸一下子红了。她看他离自己虽然很远，但坐在凳子上，仍然可以看得很清楚哈迈尔那男人的目光，真想有个地缝钻进去，但跑马场上光秃秃的，没有一棵树和一点遮挡物。

就在这时，她发现了跑马场东墙角处的那个小门洞，她于是对哈迈尔说："哈迈尔！"

哈迈尔说："我在这里。"

洛科娃说："我到那个小门洞里换衣服，你不要过来。"

哈迈尔答应了。洛科娃走了进去。

开始，哈迈尔还不停地喊："洛科娃小姐，你换完了吗？"

"没换完，我还没换完……"

后来哈迈尔再问,洛科娃有点不耐烦了,她斥责哈迈尔,别再喊了,你从现在起开始数数,每数到100时,再喊我一声。哈迈尔只好同意了。于是,哈迈尔在心里数着数,每数到100时,他就喊一声:"你在吗?洛科娃小姐——"

洛科娃更加生气了,发怒似的说:"再增加50个数,到150时再喊。过150时没声,再加50个数!"哈迈尔只好遵从。

而洛科娃呢,只不过在葡萄园里发现了一只小野兔。那只小兔子太好玩了,白色的绒毛,红红的眼睛,总是离她不远不近。她上前,它就往前蹦蹦;她不上前,它就停下。一点点地,洛科娃已离开了葡萄园和苹果梨园,跟着小兔子往江边追去了。

哈迈尔记得,他最后一次喊洛科娃,是数到150个数时。洛科娃在跑马场外面的墙下回答他的口气,仿佛是生气了,让他再追加到200个数。可是,又过了一些时候,当哈迈尔数完了200个数再喊她时,墙外面已经没有了任何回答。但哈迈尔不敢贸然过去,因为一个女孩在换衣裳,不让他过去……

但又过了很长时间,哈迈尔再喊,墙外面已没有任何回声时,他慌了。

哈迈尔再也不理会什么换衣服、什么小女孩的约定了,他快步冲过跑马场,从那道小门跑出去。只见地上除了洛科娃换下的一堆骑马时被汗打湿的衣服外,洛科娃早已不见了踪影。

他大叫:"洛科娃!洛科娃!"

可是,只有黑松林和远处的松花江回响着他的喊声。

第十章　混江龙绑洋票

马夫哈迈尔拼命地呼喊时，引来了刚刚做完第一场弥撒的伊尔森神父。他跑上来问，出了什么事，洛科娃呢？哈迈尔把事情的经过一五一十地说了一遍，又加了一句："她让我最后数到150或300个数……"

"啪——！"没等他说完，神父狠狠地抽了哈迈尔一个大嘴巴。然后，他拉起哈迈尔顺着洛科娃的脚印追到了松花江边，只见洛科娃那双女式皮靴的鞋跟印迹消失在江边的泥沙地上，旁边泥泞的地上还有几只大人的足迹……

伊尔森神父双腿一软跪在了泥泞的江滩上。他双手冲天挥舞着说："主啊，求求你了，发发慈悲吧，让可怜的洛科娃平安吧！"

阿列克塞耶夫得知女儿失踪的消息时，他正穿着杨三式样的满族服饰在屋子里幻想着捉住小白马呢，听到女儿失踪的消息，他一下子昏倒了。他醒来后，把马夫哈迈尔打了个半死，打得哈迈尔嘴角和耳朵都是血。

可是，有什么用呢，现在需要赶快寻找线索：是些什么人带走了洛科娃，他们要干什么。

阿列克塞耶夫与神父伊尔森、马夫哈迈尔一起又查看了一遍洛科娃走失的现场。他问伊尔森："一般情况下都是些什么人来抢人？他们抢人想干什么？"

伊尔森神父说："总督大人，我告诉你，你一定要有心理准备……"

阿列克塞耶夫大叫："不！不不。我不做这个准备，只求你快说……"

伊尔森神父摇摇头，说："你不要担心。我想洛科娃不会出什么事，但你会出事……"

"我？"

"对，是你……"

"什么样的事？"

"准备钱财！大量的。"

"多到什么程度？"

"依洛科娃的身价，大概要出到相当于半个旅顺口！"

"什么？你说清楚，他们都是些什么人要这么多的钱？"

神父告诉总督大人，这些人可能是"胡子"。胡子，是中国民间的一种组织，又叫"土匪"或"响马"。他们很厉害，但也讲义气。如果你不恭敬他们，他们会生气，然后"撕票"。

"什么是'撕票'？"总督不懂，要细问。

神父打断他的话。告诉他不要问了，一点点地，你就会什么都知道了。伊尔森又告诉总督，他们什么时候来，这事只有等。那些人会主动来的。

三天之后，消息传到了总督阿列克塞耶夫老母亲伊利莎白的耳朵里。老太太得信之后坐着马车来到了其塔木土城子教堂，她扯住阿列克塞耶夫的耳朵，咬得他满脸冒血。她满地打滚，就是要孙女。

这事是谁干的呢？

原来，在其塔木土城子屯有一户满族人家，老头姓韩，平时也租种着乌拉街衙门"五官屯"的地，闲下来时，他就和衙门捕鱼的一块捕鳇鱼，进贡给朝廷，他干得很不错。老韩头老实巴交，捕鱼手艺高超，特别是引鳇鱼进"鱼圈"是他的拿手绝活。每当夏天打鱼丁在江里发现了鳇鱼，就赶快招呼老韩头，老韩头有一套"哄鱼"的本领，由他负责把鱼"哄"进江湾一带的圈里。等到冬天，天下雪了，大地封冻了，再凿开冰把鱼捕上来，捆上黄绸子，运往北京紫禁城，进贡给朝廷。

人们都叫他"哄鱼的老韩头"。

鳇鱼是松花江里的名鱼，特别是鱼的鼻子和嘴唇，一点儿都不能碰坏。每当发现了鳇鱼，哄鱼人要向空中抛出一个笼头，那笼头在空中转了个花，落下来正好套在鱼头上，称为给鳇鱼戴笼头。给鱼戴上笼头，然后拿着吃的、看的，一点点地"哄"它，像哄小孩一样，才能小心翼翼地把鱼哄进圈里。

老韩头干了一辈子这活，可是一个打牲乌拉的小头目嫉妒他的本领。一次，老韩头引来了两条鳇鱼进圈，这人偷摸把鳇鱼鼻子捅坏了，然后硬说老韩头没"哄"好，伤了鱼鼻子。那时，伤了鳇鱼犯大罪，老韩头就这样摊上了官司，被押进打牲乌拉大狱里。老韩头是个刚强之人，一辈子没干过坏事，他一股急火死在了大狱里。老韩头有三个儿子，爹一死，家破人亡，老大老二远走他乡，给蒙古王爷种地去了。老三叫韩义，从小血气方刚，他一看爹被人陷害了，于是他在一个月黑风高的夜晚，持刀闯进那个陷害父亲的小头目家，杀了他的一家几口，从此投入江湖，报号"混江龙"，在舒兰、永吉的松花江江东一带拉起绺子，专门杀富济贫，成为这一带出名的绺子。

吉林这一带的绺子，其实不怎么祸害百姓。他们一是不抢百姓，百姓穷，也抢不着啥；二是万一有个马高镫短时，兴许还能到百姓家落落脚。特别是年节，或庄稼倒了，秋天山林落叶了，他们就自称是"做买卖"回来了，专门上百姓家、大车店以及一些老作坊、老旅店的地方落脚、猫冬，所以和百姓谙熟。这"混江龙"韩义绑阿列克塞耶夫的女儿洛科娃之事，完全是这一带百姓的意思。

你想啊，这土城子屯自从杨三来落脚，大家都跟着借光。人家杨三从这儿给黄泥川的义和团送粮都给现钱，那是大师兄刘二哥筹集来的钱，由杨三到其塔木、土城子屯、卡伦、放牛沟、六台子、波泥河子、莽卡一带来买，从不赊账。杨三又仁义，谁家有难他都帮忙，家家都受过杨三的帮助。如今杨三被杨坡、王哈、阿列克塞耶夫抓起来了，百姓能不来气吗？

最心疼杨三的就是土城子屯的赵大娘，记得那年杨三路过她家，正赶上捞饭笊篱坏了，还是杨三骑着快马上集上现去买的笊篱，回来捞小米饭还没熟透呢。

于是，乡亲们决定救杨三。

乡亲们设计过许多办法营救杨三，比如买通杨坡家的看院人，偷偷放走杨三，但由于看守得很严，一直没有得手。后来大家想，救杨三得有"特殊"的救法。现在官兵、家丁、洋人天天看押着杨三，硬救人，冲也冲不进去。救他就得巧救。这天，赵大娘和几个乡亲进城去赶集，遇见了"混江龙"绺子韩义，乡亲们突然心生一计。于是大伙凑了几个钱，买了一个猪头炖上了，并把韩义给请来了。

"混江龙"韩义本来也是一个讲究人。他听清了事情的来龙去脉，又听说阿列克塞耶夫的女儿洛科娃正在土城子教堂里度假，于是就发生了上面的故事。那天，韩义派出几个兄弟，他们偷偷地隐藏在教堂后面的黑松林子里，当洛科娃跟着一只兔子来到树林边上时，立刻把她带走了。他们坐上早已备好的一条小船，摆渡过江，把人质带到了"混江龙"绺子的大本营。

当初韩义绑洛科娃说得很清楚，不要钱，只图用她换回马匠杨三。但是外国人不清楚中国绺子的意图，所以他们只能焦急地等待。

为了摸清女儿的底细和生死情况，阿列克塞耶夫和神父伊尔森学了不少知识。他一边通过神父在这一带到处打听是哪个绺子干的事，赶快接上头，以便知道女儿的消息；一边着手通知俄国驻山东半岛领事馆，希望能通过外交手段，给朝廷施加压力，争取能平安顺利地营救出女儿。

一晃几天过去了，洛科娃没有任何消息。

阿列克塞耶夫有点坐不住板凳了。第八天头上，有一个挑八股绳的（民间称货郎子）经过土城子屯，特意到教堂，要见伊尔森神父。伊尔森知道，这是绑匪那边派人来啦，他赶紧把这个人让进了屋里。

果然，这人提议，先不见阿列克塞耶夫。在伊尔森的房间内，他们面对面地坐下。货郎子说："我这次来，带来了一封信。"

伊尔森问："她人可好？"

货郎子说："见信便知。"

说着，他从怀里摸出一封信递给了伊尔森神父。伊尔森刚要打开，那人说："我走后，一袋烟的工夫你再打开。"

待那人走后，伊尔森急忙打开了那封信。黄表纸信封里面是洛科娃写给阿列克塞耶夫的亲笔信。

亲爱的父亲：

你着急了吧？先告诉你，我挺好的。这里的人待我很好。他们不打我不骂我，每天还能刷牙。但有一事，他们就是想请你赶快放了一个叫杨三的人，就是那个骑着快马的杨三。你要能放了他，我也将会获得自由。这件事不能开玩笑，如果食言或者带领官兵攻打山寨，我将没命了，你也永远见不到你的女儿了。一切后果自负。

女儿洛科娃于亮甲山

伊尔森读罢信件，感到事情重大，于是他拿着信立刻来到阿列克塞耶夫的屋里，说："总督先生，您看看吧，他们终于露面了！您的女儿目前一切平安。"

阿列克塞耶夫匆匆读完女儿的信，他一连读了好几遍，又忍不住问伊尔森神父："这些人凭什么让我相信我女儿不会出问题……"

伊尔森神父说："这点请你相信，他们是讲道理的。所以这些年来，这样的组织流行于中国社会，并普遍存在。如果他们食言，不久便会在这个世上站不住脚。"

但阿列克塞耶夫提出要前去看看女儿，这样他才肯相信这伙人没有虐待女儿。出面与混江龙周旋的伊尔森神父不久又通过货郎子把话传了过去。

负责出面联系绺子和被绑票家庭的人叫"花舌子"。伊尔森神父经常接触的那个货郎子,他的公开身份是走乡串屯地卖杂货,什么烟袋锅、别针、发卡子,还有挠痒痒的老太太乐,但这种人的真正身份是绺子里大当家手下的"四梁八柱"之一———"出信柱"(专门跑外、联络),外号叫"花舌子",是指此人能说会道,遇事有逢凶化吉、左右逢源的本事;对内,他负责与所有绑来的"票"(人质)的家庭的联系事务,包括送信、谈价以及恐吓和探听"票"家的种种想法和变故之事。消息传过去,洛科娃的家人要来看"人质"的情况,这要等大掌柜的韩义定夺才行。

在等待回话期间,听说总督女儿被"土匪"绑票,军官图利诺带领数十名哥萨克枪手赶到了其塔木,驻扎在土城子教堂里。

图利诺是一名留着八字胡的老练军人,他作战勇猛,从来不会怯阵。当晚,他和阿列克塞耶夫、老伊利莎白、伊尔森神父等人商量对策,说不如趁机攻打混江龙的老巢,杀死这些"暴民",救出洛科娃。那些哥萨克士兵也一齐喊:"杀伐——!杀伐——!"

他们的喊声震得土城子天主教堂的楼尖直晃,发出嗡嗡的响声。土城子百姓都站在街上看热闹,哥萨克要攻打江东混江龙的绺子的消息一时间传开了。

老伊利莎白一看援兵来了,她更来劲儿了。她用手杖敲打着地板,说支持图利诺,要赶快攻进匪巢。

而神父伊尔森对此持不同看法。

伊尔森开诚布公地说:"不,不不。你们的这种手段使不得!

我在中国这些年，这里的情形我是通晓的。他们这些人，既然这样做了，就不在乎你们的攻打。他们有人、有马，而且个个身怀绝技。夜里，可以打'香头子'……"

老伊利莎白问："什么是香头子？"

伊尔森说："就是在黑暗中，冲着点燃的香头射击，百发百中！"

"哎呀，那可怎么办哪……"

老伊利莎白又哭号起来。

阿列克塞耶夫叼着烟斗，在地上来回踱步，他默默地思考，但一筹莫展。

就在这时，门厅来报，说货郎子来啦。

图利诺等人立刻抽出刀、端起枪，说："他来得正好，我们把他剁成肉酱！"

伊尔森说："你们如果这样做，我就不插手了，你们自己处理吧。"说着就要走。

阿列克塞耶夫只好出来打圆场。他对那些哥萨克说："你们都退到里屋去。没有我的命令，谁也不许出来。"然后对伊尔森说，"还是我们两个去面见来人吧。"

以图利诺为首的哥萨克都退至旁边挨着客厅的一间房子里，但他们都端着枪，时刻准备冲杀出来。伊尔森神父瞅了他们一眼，便走出去迎接货郎子。

货郎子还是从前那副打扮，他挑着一副货挑子，大大方方地走进来。伊尔森马上命人倒水上茶。货郎子落座后说："总督大人，让您等急了吧。但我们也是有规矩的。一般情况下，是不允许'票'家前往观看的，但您不同。您是一个外国人，我们大当家的对您开了先例，可以允许您前往去看看女儿，只是得委屈一下您，不许带一兵一卒，也不许带武器！"

"这……"

阿列克塞耶夫一时犹豫了。

是啊，他一时心切只想到快些见到女儿，但仔细一想，一旦自己不带一兵一卒地进去，如果他们这些人反复无常，把他和女儿一起押在里边，这不等于自己白白地送上门去吗？

他于是对货郎子提出，能否带几个兵和几把刀枪进去，因为他们是军人。货郎子说，不行的，这是他们的规矩。而且，这个决定也是有时限的。

就在这时，隔壁的门突然"咔嚓"一声被撞开了，图利诺等人持枪扑了上来，一下子把货郎子双手反捆起来，并用枪顶着他的太阳穴，大叫"杀了他！杀了他！"

货郎子突然哈哈大笑起来，把他们都笑愣了。

货郎子说："杀吧！你们开枪吧。"

阿列克塞耶夫把攥在手里的枪把儿慢慢地松开了，这时他也清醒了，因为杀不得，女儿在人家手里。他立刻喝退了这帮哥萨克。

伊尔森神父小心地对货郎子说，让我们再考虑考虑吧。

第十一章　神父探绺子

外国女学生洛科娃被绑票的事件，轰动了整个乡下，也传到了被绑在其塔木杨坡家院子里的杨三耳朵里。这件事情一开始，辽东总兵王哈就感到事情有些复杂化了，这样一来，势必要惊动朝廷。但又一想，阿列克塞耶夫的女儿被绑和杨三事件不会有什么关系，反而更利于自己抓住杨三，抓住宝马并送往朝廷，反而没有了阻力。可是王哈万万没想到，事情绝不会那么简单。

这一天，吉林打牲乌拉衙门总管富林接到由京师传来的一封"火信"，这是朝廷的头等火票，是由各个驿站换马不换人连夜从京师传至吉林乌拉来的。富林打开一看，不禁大吃一惊，原来这是朝廷传送来的"圣旨"："闻尔衙署所辖之地内，发生绑劫俄侨人质事件，望火速查办，解救人质并平安送还，速平息匪乱。此事关乎域外纠纷，果断慎处，不得有误。"

原来，此事果真闹大了。旅顺港总督俄国人阿列克塞耶夫与辽东总兵王哈一起前往吉林打牲乌拉地面抓捕给义和团送粮的杨三，没承想，土匪混江龙韩义却绑了和阿列克塞耶夫一起来度假的女儿洛科娃，消息传至俄驻京师大使馆，他们立刻威胁清廷吏部，要求保护"侨民"利益，立刻放人，并严惩绑匪人众，不然俄国人将攻打京师。当年，朝廷非常惧怕洋人，所以立即给事发地点吉林打牲乌拉衙门"火信"，让他们立即查办，不得有误。

可是此事让吉林乌拉衙门总管富林有些发懵啊。

前些日子，他也听说本署所辖之地其塔木五官屯一带有一个叫杨三的人，他原是大地主杨坡家的长工，说他得了一匹快马，那马快极了，据说谁家小米饭下锅笊篱坏了，骑马现去买笊篱回来捞饭都赶趟。但传是传，后来就没信了。现如今怎么又出现绑票之事呢？绑票原是本地民间土匪、响马、胡子常用的手段，可怎么绑了个外国人？而且如今惊动了朝廷，也惹怒了洋人。富林觉得，这不等于向朝廷告了自己一状吗？

听说此事的起源是俄国人阿列克塞耶夫到其塔木杨坡家来抓人，这才引来女儿被绑的祸端。于是，富林立刻传人，将杨坡带来查询。

这一日，杨坡骑着一头驴，慌慌忙忙由其塔木赶往乌拉街。

到了乌拉街衙门大堂，杨坡"扑通"一下跪倒在地，哭着说："老爷呀，我冤枉啊，绑外国人人质之事，本人一概不知呀！"

富林反问："那么俄国人来我驻地抓人之事为何不报？以致惹出一连串事端，引发朝廷震怒、洋人震怒，你还哭哭啼啼的。"

这一问，倒把杨坡问"清醒"了。

是啊，这里所发生的一切事，都与王哈与阿列克塞耶夫私自闯入吉林，到其塔木来捕人有关。杨坡心中正嫉恨那辽东总兵王哈，就是他，本来我们已经捕到了杨三，可这王哈非要不杀他、不砍他，也不带走，而是非要"以人引马"，所以才惹出俄国女学生被绑之事端。接着，杨坡添油加醋地将王哈如何不把乌拉地方官放在眼里，私自办理捕人之事，而且背着乌拉地方官员，全权行使权力的所作所为全说了一遍。最后他又加了一句："老爷呀，王哈这小子，他目中无人哪，他根本没把府衙大人您放在眼里。他所做的事，都是背着大人您！您看，现如今您、我以及咱们的地面，都被他弄得如此混乱……"

富林一拍桌子，对杨坡喝道："下去吧！"

杨坡走后，富林想了想，更加恨那辽东总兵，果真一切事端起于他身。

富林命手下："快备马，我要去其塔木，会会这个王哈！"

在其塔木土城子教堂，阿列克塞耶夫决心亲自到江东匪绺看望女儿。可是老伊利莎白死活不让。老太太又哭又闹地说："你不能去，万一土匪变了脸，不是连你也搭进去了吗？一旦你回不来，黄泥川攻不下，旅顺方面谁来把守？沙皇怪罪下来可不好收拾啊。"但是，不亲眼看到女儿如今的状况，阿列克塞耶夫也下不了下一步如何去做的决心。最后，还是伊尔森说："总督先生，您如果信得过，就派我前去吧……"

阿列克塞耶夫感动地说："神父大人，还说什么信不信得过。你这是冒着生死为救我的女儿。从今天起，你我将成为今生乃至来世的生死之交！"

老伊利莎白也拉住伊尔森的手，嘱咐他进去后一定好好看看孙女洛科娃……

一切准备就绪，伊尔森神父第二天便出发去往匪巢。来领他前往的，依然是货郎子。阿列克塞耶夫、图利诺等人一直送到江边。

这时，货郎子说："你们回去吧。"

只见一只小船像箭一样从江边的芦苇塘里蹿了出来，伊尔森和货郎子登了上去，小船离岸后又飞速朝对岸驶去。

伊尔森回过头来，见站在岸边的那些人渐渐地远了。此时，他心中未免有一些胆寒。船到达对岸时，货郎子说："神父大人，现在必须委屈你一下！"他从兜子里摸出一个黑色的头套，紧紧地套在伊尔森的头上，然后说，"不许摘下来！"这时草窠子里走出两个持枪的壮汉，一前一后，押着伊尔森往一条小道上走去。

道路很泥泞。开始，伊尔森拼命地记着往什么方向拐，但后来，这些人不断地转换方位，又换乘驴、轿子、大车等工具。转来转去，伊尔森早已记不得东南西北了。下晌的时候，他们来到一个地方，只听见货郎子说："把他的眼罩摘下来吧。"

有人上前替伊尔森摘下了头套。

伊尔森揉揉眼睛，定了定神，好半天才看清楚眼前的一切。

这是一个靠着山林的大院，一个木架大门，两侧都是木头板房子，正对着大门的是一间大房子，房子中间有一个穿堂的门洞，从这个门洞可以望见后面的山和树林子。

伊尔森被带进这个门洞。再往里一望，他简直惊呆了，只见后面是一片开满鲜花的小草原，在周边长满青松翠柏的林间空地上，是一片绿草，草地上开满了各种野花，还有几只山羊和奶牛在吃草。

有两个姑娘扎着围裙正在一头带着黑花点的奶牛肚子下面挤牛奶，还不时传来银铃般的笑声，那正是洛科娃的笑声，一些蝴蝶和蜻蜓在草梢野花及她们的头上飞来飞去，一派美丽平和的田园风光。

这时，有一个做饭的妇女喊道："洛科娃，你看看谁来啦！"

正在挤牛奶的洛科娃在围裙上擦擦手，站起来，一看是伊尔森神父就欢笑着跑了过来。她甩动着金黄色的头发，头上竟然还插着一朵金灿灿的野花，好像有点胖了，人也显得更加漂亮了。她满面春风地拉住在那儿发愣的伊尔森神父，说道："不是说我父亲来吗？怎么是您呢？"

伊尔森说："这，这……"

他一时不知说什么是好。

洛科娃继续说："他为什么不来看我？我想死他们了。可是，又舍不得这里。这里的山水真好！比在其塔木好多了。这里的人待我也好。他们让我想吃什么就告诉他们，还让我和大掌柜的女儿韩英姐姐住在一块儿。看，那就是韩英姐姐……"

说到这儿，洛科娃向还在那里挤牛奶的一个姑娘喊："韩英姐姐，快来看呀！是伊尔森神父来啦。"

"来啦！来啦！"

随着喊声，那个叫韩英的姑娘甩动着双手，欢快地跑了过来。伊尔森发现，这是一个比洛科娃大不了多少的姑娘，虽然是农村人打扮，大辫子上边还别着一串野花，穿着一件粉红花格子的小袄，翠绿色的裤子，可人长得十分秀气。见了神父，她还恭恭敬敬地施了个礼，说："神父你好……"

两个姑娘在伊尔森面前，还在互相清理着对方身上、头上、脸上的草叶儿、奶点儿，又掏出一面小镜子，旁若无人地互相照了起来，如同在自己的闺房里……

伊尔森神父完全被眼前的一切惊呆了。这哪里是在匪巢？简直是在一处幽雅而清闲的公园里度假！

这时洛科娃说："走吧神父大人，先到我的屋里坐一会儿，我和韩英姐姐住在一起。"

伊尔森神父被两个女孩领着，走进房西边的一间屋子。只见里面很宽敞、明亮，靠南窗是一铺大炕，一头摆放着被垛，枕头是刺绣花，被面是蓝印花布的，都很干净，散发出一股浓浓的女人擦抹的香草的气息。一看便知这里是韩英的住处。

果然，洛科娃告诉神父，这里以前是大掌柜韩义的女儿韩英的住处，洛科娃来后，她们俩住在一块。从前，东北的山野女人不知道什么叫刷牙，可自从洛科娃来了以后，知道了什么是刷牙。韩英问用什么刷，洛科娃说用牙膏。但这一带没有牙膏，于是韩义特派弟兄们到宽城子（长春）二道街和船厂（吉林）河南街给两个女孩买来了"牙粉"。那是一种"淑女牌"牙粉，刷起来也很好。于是每天洛科娃都教韩英姐姐刷牙……

"韩英姐姐比我大两个月！"洛科娃说，"我们已成为好姐妹了。她还教我当地方言土语，那疙瘩，就是那地方！是的，叫嗯哪！哈哈哈——"说着，洛科娃又愉快地笑了起来。

这时，走进来一个背枪的人说："神父大人，大掌柜的请你到上屋吃饭。"

伊尔森恋恋不舍地瞅瞅洛科娃，把临来时老伊利莎白和阿列克塞耶夫带来的一个包袱交给她，里面装的是一些衣服、饼干和从俄罗斯库尔干、彼得堡带来的各种糖果，交给了洛科娃。两个女孩欢乐地解开包袱分糖和饼干去了。

伊尔森来到上屋。只见大炕上坐着一位彪形大汉，年岁在五十岁左右，长得很是英俊。货郎子介绍，这就是大掌柜混江龙韩义。双方各自道好后，伊尔森被让到炕上。他先拿出临来时阿列克塞耶夫带给大掌柜的"礼物"——是两双袜子和一包俄罗斯的"伏尔加河"牌香烟。

韩义点上一支，抽了两口说道："神父大人，总督自己不来看女儿，是会后悔的。现在你也亲眼看见了，其实我们这些人，讲究的就是义气。什么钱财，恩恩怨怨，都是些粪土。我们这些人，活一天就要活出个样子来，不坏别人，不欺负别人，又不许别人看不起我们。谁不是人哪？人都有脸面，叫个人，就要懂得情理。回去告诉你那位什么'塞耶夫'，就是洛科娃的父亲吧，中国人也不是好惹的。要尽快将杨三放了。咱们这边，我也把他女儿放了，一切好说。如果不按我说的办，我这个人可不管什么朝廷、洋人、官人，我活的是我自己。听明白了吗？"

伊尔森神父连连说："听明白了！听明白了！"

韩义说："那好，喝酒！"他又对手下人说，"对了，把洛科娃也叫来，陪神父大人一起吃喝吧。"

吃完饭，伊尔森神父提出要返回教堂，韩义说："先别忙……"

神父说："我，我还是早点回去，商量一下。"

韩义说："还有'内容'，你没有'参观'完呢。"

神父有些害怕："什么内容？"

韩义说："来到了我的驻地，你光看到'山花灿烂'，那只是一面！你还没有看到'百花凋零'呢。"

神父说："百花凋零？"

韩义说："对。"

他对手下人发令："快领神父去见识一下！"

第十二章　匪穴惊魂

伊尔森双腿有些发抖。他说，我还是不去了吧。但他已被人不由分说地架着走了。究竟什么是百花洞零，伊尔森神父始终不解。

出了韩义大掌柜的上房，往左一拐，便是一片板房，板房后面在靠着山坡的土山下，挖着一个一个的土洞。那些洞口都冲着过道，洞口用一根根碗口粗的硬木插着，里面关着一个又一个蓬头垢面的人。这就是"票"。

按照大掌柜的吩咐，领着伊尔森的人要负责向他交代什么是"票"。那人告诉伊尔森，人就是"票"，"票"即是人，而"票"又是"钱"。要将票转换成钱，中间要费很复杂的心思和过程去接触人。首先要"绑票"，这就像我们绑了洛科娃一样，就是要选重要的人家和有用的人物，比如大财主、大买卖主、大掌柜等，看有哪些重大事情办不下去了，我们就使用这一手，把当事人的当家人、主事人或者是这些人的子女、心中最疼爱的人绑来，这叫"绑票"；以待让其家人来赎，这称为"赎票"。

所以在我们北方，一到青草没棵的季节，有钱人家的当家的，掌柜买卖人家的独生子女、老子、老闺女什么的，上学堂都得用人来接送。当家人也不能轻易出门，有什么要紧的非得去办的事，也得有护身保镖带着家什武器跟着。可是再防备，大户人家也免不了上当。因为俺们是在暗处，他们是在明处，那些人还是经常被绑。绑来后，开始"熬"他们。

伊尔森不懂，问："用锅？"

那人说："不光用锅。"

伊尔森说："那不熬死了吗？"

那人说："不熬死。要熬到半死……"

那人又说："熬，就是消耗他们的力气，折磨他们，使他们无力逃脱，这边通告他家里，赶快出钱来赎。有的人家不懂事，不肯拿钱来赎，我们就只好给'票'一些'记号'。"

伊尔森说："记号？"

那人说："就是让你和你的被绑来的亲人、亲属都能记住的'痕迹'……"

"什么痕迹呢？"伊尔森问。

那人说："别忙，听我一件一件、一样一样地细细道来。"于是那人指着眼前那山根下的一个个洞口和一个个从那些木桩子里伸出的手或者往外看着的模糊不清的面孔、眼神的人又说了起来："方法有很多，比如'敬财神'，指先把人（票）的眼睛用药膏贴上，双手用绳子捆了，地上钉一个有水车子大小的十字架，每个架子上有一个钩。来人被架进来，绺子里的人便问，你肯给家里人写信吗？对方往往求我们，老爷呀，你要的数太大，我们拿不起呀。我们便说，看来我们是不'敬'你呀，来吧，敬敬我们的财神吧。于是，两个人把这个人架起来，把绑着的双手套子挂在十字架的钩上，这时人就会像海里的大虾一样弯着腰，头脸朝下。民间要给神灵上香称为敬，我们也得上香。我们点着几根高粱秆粗细的'大香'，插在'票'的鼻孔下边开熏。这一熏，开始人还能够躲一躲，后来无法躲或已躲不动了，直烤得鼻口开裂，面色乌黑，不会说话，欲死不能。这就是我们的'敬财神'。"

说到这儿，那人指着一个洞子里的人说："这个就是刚刚敬完的财神。出来见过客人！"

随着他的喊声，只见有人把洞口那些粗柱子拔起一根，当中间的缝儿宽了一些时，一个"人"伸出头来。而伊尔森怎么也看不出他是"人"。他满脸漆黑，头发全部烧焦，头上像起了很多水泡，波浪似的固定在上面。由于双手被绑着，他的双眼下已淌出半尺长的眼屎，但无法抹掉。那"人"已不会说话，只是机械地对着土洞外的过道发愣。

伊尔森已看不下去了，领他的人又拉他来到了下一个洞口。

这个洞口比较宽大，那人让伊尔森走近看看。伊尔森刚往前迈一步，一股恶臭从洞里扑面而来，直呛得他连连咳嗽起来并向后退去，但被人挡住。

只见洞里的微弱油灯光下有四五个人，都光着身子，跪趴在地上，双手被绑在后背上。他们被用链子连着，每个人的头和嘴都冲着前一个人的屁股眼儿，靠前不能，靠后也不能，只能这样对着。他们被连在中间一根粗柱子上，门外一个把守的人随时喊一声："驾——！"（就是东北赶牲口大车时的口令）这些人便慢慢地围着这根柱子爬转，不许停下。如有停下的，洞外的人就以扎枪或木棍戳他们。他们身上、屁股上、肚子上已满是伤疤。由于洞里潮湿阴暗，那些人的伤口处早已溃烂，生出一层又一层白花花的蛆虫，在微弱的灯光下，那些蛆虫不断掉在地上，有的已爬满后面人的脸上、眼睛和耳朵里，但由于他们双手都被捆住，不能去拨开这些蛆……

那人告诉伊尔森，这个洞的人叫"咬屁"。

伊尔森不解："咬屁？"

那人说："对，咬屁。就是吃前面的人的屁！"

那人兴致勃勃地告诉伊尔森，所说"咬屁"，也是指让他们去嗅前面的人放出的屁。由于他们不停地爬，有时又要背朝地，肚子朝上，外面的人以杠子压他们的肚子，所以这样前一个人不断地放屁，后面的人便要不停地嗅。

伊尔森正想往里再看，已被人拉走，他们又到了下一个洞口。只听那里传出"啊，啊"的怪叫，像人声，又像一只老乌鸦，在不停地怪叫。那人对伊尔森说："你平常吃瓜吧……"

伊尔森说："瓜？吃。"

那人问："打瓜皮吗？"

伊尔森说："打瓜皮。"

那人说："下一个，就是让你看看'打瓜皮'……"

"如何打？"伊尔森不解地问。

那人说："看看便知。"

那人于是又滔滔不绝地向伊尔森介绍开了。所说打瓜皮，是指他们抓来的"票"越来越多，为了追这些人的家属快些出钱来赎，就挑出一些家里人很久没有来赎的人，给他们"打瓜皮"。他告诉伊尔森，周边的绺子一次抓来三十多个"票"，有一天，他们决定"打瓜皮"。掌柜的来到秧子房（关押票的地方，有如这些土洞子一样），问"傻老大"（专门看秧子——又叫票掌柜的）有没有"瓜"。

傻老大说："有一个'瓜'，是个老女人，没用的臭货。已经抓来几个月啦，多次给她家送信，也不来赎。"

其中一个土匪说："那就给她打瓜皮吧。"

于是，他们把这个老女人扒掉上衣，绑起来，用飞快的刀子，割掉她的眼皮、鼻子、耳朵。这叫"打瓜皮"。这女人的面孔像一个怪物，连她自己都不敢照镜子，要死不得，要活不能。被打了瓜皮的老女人整天面对着墙根坐在那里，不敢看人，也不希望人们看她，而这里的人强迫她活下来，养着她的目的是为了给别人看，也是用这个被打了瓜皮的"瓜"来吓唬别的票。往往是一些新抓来的人，赶快给自己的家人送信，快些出钱，快些逃离这人间地狱。

伊尔森不解地问："这样一来，这些人不就死了吗？"那人告诉伊尔森，其实那些人不会死。因为绺子里有各种中草药、刀伤药，特别是"红伤"（刀砍刀割）药，割完后敷上药，立刻止血又生肉，人不会死。可伤痕烂疤永远地留在了脸上。被"打了瓜皮"的人，也就永远不会被赎回去了，只好在匪队里为他们现身说法，讲述过去的故事。这些人，家里人也不愿意再赎他们。是的，家里人就是知道了也不愿意把这个"怪物"领回家去。

这时那人问前方一个看守洞口的人："里面有熟透的瓜吗？"

"熟透"，就是指实在没人要，也不见来赎的人。

看守说："倒是有一个。"

那人又问："熟到什么程度？"

看守说："已进来八个月啦，家里人根本不理睬咱们的信儿。"

那人说："嗯。看来这是一个熟透的'瓜'啦。"又问："是瓜蛋还是老骚瓜、老面瓜？"

"青瓜。"看守说。

瓜蛋，是小孩，又叫"嫩瓜"；老骚瓜，指老女人；老面瓜，指男性的老人。各种票均有代名词。就像那五花八门的刑罚和折磨票的名字一样，什么吃红枣（吃烧红的铁块子）、穿红鞋（把脚伸进烧红的铁鞋子里）、拿枕头（让人仰躺下来，脖子后垫一块坯头子，然后上边的人往他嘴里灌尿水）、看天（把一根小树削尖，插入人的肛门，然后一松手，人便被送上天）、穿花（把人的衣裳扒光，绑在大树上，一宿之间，蚊子、小咬便会落满人身一层，直至被叮死），还有坐木驴子、骑马、掉桶、油锅取钱，等等。而最残忍的，莫过于"打瓜皮"。

那人说，你快去问问大掌柜，伊尔森是贵宾，应该给他"打个瓜皮"看看。看守便去了。

不一会儿，看守回来了，大掌柜韩义等人也来了。

见了伊尔森，韩义说："本来，我是轻易舍不得打瓜皮的。但此次伊尔森先生你来了，我们也就成了朋友啦。你也是难得来我们这儿做客，不让你看一回这打瓜皮也太不够哥们儿了，我就让你看一回打瓜皮。这个瓜，是一个'青瓜'，半熟不熟的。但为了你，我还是要打给你看……"

伊尔森不明白："青瓜，是什么青瓜呢？"

韩义说："青瓜就是年轻女子。"

"就是姑娘。"

"也可以这么说吧。"

韩义告诉伊尔森，这个青瓜也就二十四五岁，她是一个大户人家的小妇人，很受老头子的宠爱，所以在一次砸窑（外出攻打大户人家）时她被掠来。当绺子开出价格后，对方守财如命，竟然毫不理会。后来绺子降了许多价，老地主依然不肯赎，于是便降为了"熟瓜"。但因其年轻，开始绺子里也想把她卖入妓院或人贩子手里，后来发现她染上一种"骑马丁"（一种性病），所以绺子里的人对这个"青瓜"早已想"打皮"，只是时机未到。

如今，这个"青瓜"还可以让伊尔森开开眼，也是他们的拿手好戏。借着微弱的洞中灯光，伊尔森看见一女子呆呆地靠着土墙坐在那里。她显得万分憔悴和狼狈，但由于年轻，依然可以看出一些风韵来。

混江龙韩义命人让其走到洞口，抬起头来。韩义对伊尔森说，像这样一个青瓜、臭瓜、烂瓜，留着又有什么用？现在，我就让人来打瓜皮，请你看看……

伊尔森仿佛知道接下来会是什么样的场面，忙说："大掌柜，我，我看别打皮了……"

韩义说："不，皮是一定要打的，你是一定要看的！"

伊尔森说："不，不不。那我不看啦……"

韩义脸上的表情立刻变了，他说："不看不行。让你来，就是让你看的。这瓜皮，也是为你所打！"

"为我？"

"对。"

韩义说完，一使眼色。

这时，早有一个看守从外面钻进洞口，拿出一把飞快的牛耳尖刀，去割那女人的眼皮、耳朵、鼻子。

那女人惨叫着，嘴唇又被割掉；那女人用手去挡刀时，手又被割掉；她伸胳膊去挡时，胳膊又被割掉。

那"瓜"再也没有喊声了。血肉横飞后，一个血糊糊的"肉堆"堆在那里。

伊尔森大叫一声，"天哪——！"一屁股瘫坐在地上，韩义一把将他拉起来说："神父大人，回去传我的话，快些把杨三放了……"

伊尔森说："杨三？"

韩义说："对，就是那个骑快马的杨三。如若不然……"他一使眼色，旁边的一个看守又从"青瓜"上片下一块肉来。

韩义说："如若不然，洛科娃将有如'青瓜'一样。你知道吗？"

"知道啦，我知道啦！"

伊尔森瘫倒在地上。

第十三章　斗智斗勇

连日来，旅顺口黄泥川古城的海碰子刀会会首刘二哥非常焦急。自从杨三落入虎口，小香骑马归来，他心中一直惦记着。这不单单是杨三不在别人不熟悉小白马，运粮的路又不熟，再说小香一个女子，也不便骑马来回奔走。他更担心杨三会被恶人所害，所以决定派一个人到其塔木，想办法把杨三救出来。

"大哥！派我去吧，派我去吧。"

黄泥川古城的义和团弟兄们，都纷纷争着要去救杨三。因为这么长时间的相处，他们都对杨三十分友好，大家都非常钦佩他一心抗洋人，为大家送粮运粮的壮举。现在，他蒙难了，大家能不焦急吗？

刘二哥让小香为他画出一张杨坡家在其塔木的地图，具体在什么位置，旁边都有什么山、什么河。黄泥川古城义和团会首刘二哥从众人中选出一个叫刘猛的弟兄，让刘猛揣上地图，立刻出发，去其塔木设法营救杨三。

刘猛平时和杨三熟悉，再加上他经常帮杨三卸粮袋子、饮马、喂马，已经与小白马很熟了。这时，他骑上小白马，双手对刘二哥一抱拳，说："大哥放心，我一定把杨三兄弟救回来！"

然后他翻身上马，在大家一片祝愿声中向远方奔驰而去。

再说其塔木杨坡家，自从杨坡在管家高友的策划下，以佣人小香为诱饵，欲抓杨三、捕捉小白马，果真抓到了杨三，但放跑了小白马和小香。这样一来，他不但没有交差谢罪，朝廷命官王哈和洋人总督反而在他的院子里不走了。大家又想出了一个主意，以杨三吸引小白马来救主，借机抓到这匹世上少有的马匹。这真是一波未平一波又起！

眼下，杨坡家不但有辽东总兵王哈的兵、旅顺总督阿列克塞耶夫的兵，还来了吉林打牲乌拉衙门总管富林派来的兵。三股兵马汇集在杨坡家。

辽东总兵王哈私自闯入吉林地界，还带来了洋人，到富林管辖之地抓人捕人，这一切都使富林十分恼火。现在女洋人洛科娃被绺子绑了票，洋人又照会朝廷，如果不派人抓捕绑"俄侨"票的歹人，洋人将发兵攻打京师，害得圣上怪罪下来……

富林想起这些心中就气愤万分，但眼下他只好先压住火气。他一方面派人寻找"混江龙"的踪迹，一方面又派出乌拉驻兵，开进其塔木杨坡家。他和王哈、阿列克塞耶夫等分兵把守杨家大院，期待小白马来救杨三，到时候大家一起抓捕它，然后赶快献给朝廷，了却这些乱事。

这一天，正是响午头，守在杨坡家的一伙兵丁突然发现西北天空卷起一块云彩，大家再一细看，云彩上有一匹马，上面骑着一个人，正是小白马驮着刘猛。

大伙就喊："来啦！来啦！"

"快看！白马来了……"

院子里的兵丁、家人，还有护院子的炮手一个个操起刀枪，纷纷奔跑起来。

为了防止杨三逃脱，杨坡让兵丁们把从前挂马掌拴马的"肚带"紧紧地捆在杨三身上，而且双手反绑，双腿和脚都用大铁链子系上，固定在院子中的石桩子上。

这时，骑马而来的人正是刘猛。

他伏在马上往下一望，院子里静悄悄的，只有杨三一个人被绑在院子里的柱子上，看得清清楚楚。

原来，这都是王哈使的计。

王哈这个人诡计多端。方才他听院子里的人喊有人骑马从西北来了，他想一定是义和团派人来搭救杨三了。于是，他立刻命令所有的人都躲进屋子里，院子里不留任何人。

果然，刘猛没有看出任何破绽。

刘猛牵着马，走向杨三。

只见杨三低着头昏睡在那里，就急忙上下搜索，想解开锁链。

突然，刘猛发现了在屋里和草垛、马棚后有一双双眼睛在盯着他，还有刀和枪在晃动。

在刘猛愣神儿的当口，只听王哈叫道：

"哈哈！弟兄们，给我上。要抓活的，千万别射箭，千万别伤着马……"

他的话音刚落，一群如狼似虎的兵丁从躲藏的地方冲了出来。刘猛一看不好，赶紧飞身骑在小白马上，用手一拉缰绳，那小白马"咴咴"地叫了两声腾上高空，后腿一蹬一下子把两个追到跟前的兵丁踢倒在地……

富林叫道："放，放箭哪！别射着马，先把那人射下来。笨蛋！"

阿列克塞耶夫的士兵们"咣咣"地向空中开枪，但小白马已不见踪影。院子里的人气急败坏地大喊大叫，互相埋怨，一片混乱。

这时，昏迷中的杨三被院子里的呼喊声和枪声吵醒。他睁眼一看，就明白是咋回事啦。

杨三对着天空哈哈大笑，高喊："刘二哥，你不用管我，好好守住黄泥川。这些人，休想抓住小白马！不灭洋人，我心不甘哪！"

王哈手提马鞭子奔向杨三，想抽打他，却被阿列克塞耶夫喝住了。阿列克塞耶夫说："你打死他有什么用？还得耐心等时机。"

就在此时，一个俄国兵上前对阿列克塞耶夫小声说："伊尔森神父回来了！"

阿列克塞耶夫对富林和王哈说："我要回土城子教堂一趟！母亲想孙女，有些病了。"于是命图利诺留下看守杨三，他自己骑马和来人一块返回了土城子教堂。

伊尔森神父是被人抬回来的，是被这次特殊的经历吓得。他来到中国已经几十年了，这还是第一次遭受如此大的刺激和心底的波动。

阿列克塞耶夫见神父如此样子，以为是累的，或遭受了"混江龙"的虐待，才成了这个样子，心里十分感激。

伊尔森神父早已看出他的心思，欠了欠身子，说："不要紧的，我只是累了。"又说："总督大人，对于你的女儿，我先给你看一样东西吧……"

神父说着，摸出一个小白纸包，里边是一张照片。

伊尔森刚一展开这张照片，阿列克塞耶夫一把就夺了过去。

看着看着，他惊叫起来："这是洛科娃？"

显然，他早已看出这是自己的女儿。而且，有些胖了，好像更好看了。女儿那幸福、愉快、无忧无虑的笑脸和表情让他心中的一块石头落了地。

这时，老伊利莎白拄着拐棍走了进来，一听说他们在议论洛科娃，就问在哪儿，她一把从阿列克塞耶夫手中夺过那张照片，并连连地叫道："孙女——洛佳——我的心肝！这真是你吗？天哪——主啊，求求你啦，天哪——"

老太太"嘤嘤"地哭开了。

其实她这是乐的。阿列克塞耶夫也显得有些轻松了，掏出格鲁吉亚老色木的烟斗，装上烟抽了一口。

伊尔森深深地吸了一口气，失神地说："你们哪，不要高兴得太早了。"

阿列克塞耶夫一愣，把烟斗从嘴里拔出来。

老伊利莎白也一愣，孙女的照片一下子落在了地上……

伊尔森说："我问你们，你们吃过瓜吗？"

"瓜？"

"对。"

"什么瓜？"

"就是黄瓜、香瓜。"

"吃过。"

"吃过就好。"

"可这，这与我女儿，与洛科娃有什么关系？"

伊尔森说："有关系，关系大了！"

"为什么，吃瓜会和我女儿有关系……"

阿列克塞耶夫不解地追问。伊尔森神父却无奈地摇摇头说："说了你们也不会懂。他们会给洛科娃打瓜皮的……"

阿列克塞耶夫还是不懂。吃瓜打瓜皮，这是正常的、对的。再说，女儿吃瓜，不用他们打皮，她自己完全可以打瓜皮。

伊尔森不得不把他亲眼所见的那些残酷的"青瓜""老瓜""熟瓜"如何被"打皮"一事，一五一十地说了出来。并告诉阿列克塞耶夫和老伊利莎白，如果他们不尽快答应"混江龙"提出的条件，他的女儿、她的孙女将会像"青瓜"一样被土匪们"打瓜皮"。

老伊利莎白听后"哎哟——！"一声怪叫，一下子昏倒在地。

阿列克塞耶夫傻了一样端着烟斗，愣在那里，忘记抽了。

伊尔森又说，这些人都是说到做到的。

突然，阿列克塞耶夫发狂似的大叫起来："我就不信，他们的朝廷不管！我要立刻拜会俄国公使，再给清政府发一个照会。他们这些野蛮的中国人伤害了俄侨的利益！"

突然，伊尔森冷笑了起来。

阿列克塞耶夫停止了咆哮，问："你，你冷笑什么？"

伊尔森说："我，我笑你太愚蠢了。"

"我？我愚蠢？"

伊尔森说："你想想，自从洛科娃落入土匪之手，你不是已经发过照会了吗？如今你的女儿在人家手上，你难道不知道？什么照会？压力？压谁？你自己的亲骨肉控制在人家手里……"

突然，阿列克塞耶夫一下子给伊尔森跪下了，说："神父！神父大人！你说，你快说说，如今我该如何把女儿领回来？"

"扑通"一声，老伊利莎白也给神父跪下了。

对于杨三给义和团送粮事件，其实压力最大的是吉林打牲乌拉衙门总管富林。

那辽东总兵王哈不与他通气，便私领洋人进入乌拉地界抓人，还惹出了阿列克塞耶夫的女儿被绑架事件。现在，更令人可气又憋气的是，朝廷命他去追捕绑票的绺子，并保护洋女人平安，为朝廷分忧。可是，这伙匪人在哪儿？怎么个剿法？

这一日，富林气呼呼地回到了乌拉街衙门。他把副都统、军师、校师，还有左前侍卫和右前侍卫都叫来，一是商议一下接下来该怎么办，二是想听一听之前派出去打探绑架洛科娃的是江湖上的哪路人马。

见富林气呼呼地回来，下人赶紧给他去掉外衣、铠甲，让他好好歇歇，又沏上一壶好茶，端了上来。听说这次又让杨三的小白马跑了，副都统云山说："大人，依鄙人之见，如今几股人马都困在杨坡那里，目标太大，义和团方面和那马也不会轻易再来了。依我之见，咱们目前应把主要力量放在剿灭那股草匪之事上，这样可以一箭双雕。"

富林喝了一口茶说："副都统，请说下去。"

云山说："你想想，眼下咱们对圣上的旨意要有所动作，剿到剿不到是一回事，剿与不剿是另一回事。如今天下，洋人是老大，他们如果再向朝廷通报，说你剿匪不力，说不定你我的乌纱帽都难保住。"

富林说："你是说，攻打匪绺？可眼下，咱们这儿连年的雨水少，庄稼也不景气，许多贡品都没有最后收齐，以何财力参战？"

云山说："大人，此言差矣……"

富林问："此话怎讲？"

云山说："依在下看来，有这样一步活棋。"

富林说："快快说来。"

云山说出了自己的打算：既然是朝廷发令剿平匪乱，救人息事,但出动兵马,就得开销啊。这不等于让你向朝廷要银子吗?再说,也可借机征收各地户、旗民、垦户、窝棚、揽头等人的租税,这不又可以捞上一笔吗?再说,这些事一动作,朝廷也会觉得你有所作为,至于能否成功,那只有听天由命了。

富林听明白了。他说:"你是说,做就要做出个样子来。"

云山点点头。

这时,打探绑了阿列克塞耶夫女儿匪绺情况的探子求见。富林说:"快,让他进来。"

此人叫李沫,本是土城子一地户,经常到乌拉衙门帮工,一来二去,被留在衙门里帮闲,专门跑跑集市,联系一些作坊、车店以及山内园子里的山货推选等事。由于他与"地面"上挺熟,所以便派他去打探绑走洋人的绺子的事。

见过乌拉衙门总管富林,李沫便滔滔不绝地说起了混江龙所为之事,并告诉乌拉总管,目前这个绺子的人马驻扎在松花江以东的舒兰沙河子一带,那儿山多、林多,但混江龙的人马并不多,也就二三百人。

这个信息,让富林挺兴奋。

他想,就像副都统云山说的那样,就是做样子,也得做一做。一是给百姓看,二是给朝廷看,三是给洋人看。

于是,他发下指令,让各路兵丁于三日之内到打牲乌拉衙门上集中待命,准备前往沙河子剿匪救人。

当年,吉林打牲乌拉衙门兵员主要分布在各个驿站,即贡山、贡江、卡伦等地带,平时种地、捕鱼、打猎、挖参、烧窑、淘金、伐木、挖矿、采集等,一旦有战事,立刻集中。

消息由各驿站互传互报，三日之内传至吉林全境。只有远在宁古塔和萨哈连一带、乌苏里江一带和珲春一线的前沿兵站驿站没有传递火信。

这天，一个传递信息的驿兵正骑马跑着，马一下子摔断了腿，需要马上找一个兽医来上药。那人其实根本不是兽医，他是混江龙绺子里的一名"卧底"，表面上在民间开一家兽医店，实际上是打探四方的信息，这个人叫朱吉。

兽医朱吉，个子不高，但人很机灵，平时就在兽医店前台坐着，观察四方的动静。

朱吉一边为驿马上药，一边询问：

"为何跑得这样急？"

驿兵说："唉，要开仗啦，得集合人马。"

"开仗？"

"是啊。"

"与谁开仗？"

驿兵说："打一股匪绺。怎么，你没听说？"

朱吉故意问："听说什么？"

"京师都传遍了，混江龙把人家外国神父的女儿给绑了票啦……"

朱吉故意吃了一惊："小人孤陋寡闻，没听说呀！你快说说。"

朱吉套出了乌拉衙门将在几日之内攻打"混江龙"的消息，他立刻传给了"货郎子"。因为货郎子整日在乡下的村屯之间乱窜，谁也不注意他。

货郎子得到这个情报，连夜就过了松花江，直奔江东舒兰以北的沙河子。

那时，混江龙韩义刚刚送走了其塔木土城子教堂的伊尔森神父，货郎子来报："大哥，不好了！"

"什么事？"韩义说，"慢慢说。"

货郎子说："据兽医朱吉传来的可靠情报，乌拉衙门大军将在近日来攻打咱们的绺子！"

韩义一听，说："这是真的吗？"

货郎子说："富林已发下剿令，可能在三天之后，攻打咱们。大哥，咱不能不防啊！"

韩义从炕上跳下来，他点着一锅烟，在地上来回踱着，说："他富林有多少人马？敢跟我玩这套……"

大炮头罗志民说："他人虽不多，但个个枪法不错。而且那些火枪都是朝廷配备的。"

二炮头孙德林说："论马，人家的腿比咱多。咱的马头些日子和山里的'靠山部'换了子弹了，马也不太足兴！"

这时秧子房掌柜的也说："如果与官兵交战，这些垫脚的家伙（指被绑来的肉票人质），实在不来人赎的，我看都'插'（杀）了得了。"

大伙说啥的都有。

但一致的看法是，官兵来剿，咱们不能不防，而且还要做充足的准备才能应对他们。

韩义大掌柜的听了大家的话想了想，点了点头，觉得有道理，说："好吧，你个找死的富林！我韩义过去与你也没多大的仇，不就是你韩爷杀了你的一个打牲丁吗？今天，你如果胆敢与我作对，我也会让你吃不了兜着走。"

第十四章　江湖递枪

为了以防万一，韩义首先想到的是"递枪"。

递枪，这是东北土匪的一个旧俗。所说"递枪"，就是帮忙，帮助把枪"递"过来，也就是帮着打打仗。东北土匪的"递枪"之举，往往是他们的家常便饭和日常行为之一。

而递枪，这又是一种情谊。平时，各个匪队独霸一方，如果另一伙匪队经过这里，就叫"借道"。通常是大当家的（大掌柜）亲自到对方府上（绺子里），双手抱拳于左右肩头施礼（这种施礼，不是在胸前抱拳施礼。在胸前抱拳施礼往往是匪绺之人最忌讳的，因为双手合抱放在胸前，是等于被戴上手铐之状，不吉利。而只有将双手抱拳举于人的左肩或右肩上，口中说道"达摩老祖威武"，这才是正宗匪礼。因为这种抱拳法，正好可以顺便拔出插在他们后脖颈子上的枪来。他们插枪，不单单要插在裤腰皮带上，还必须插在后脖颈子上，因东北人戴的棉帽子毛长，可以护住枪，不易被人发觉），然后说道："大哥，小弟有难处了，今个要向你老人家借借道。"

对方如果不同意，通常会说："水路旱路都有，但今个这路不通。"那就表示不借。来者也不能再问，立刻走人。

如果对方乐意帮助你，通常会说："借道，递枪不？"（意思是用不用俺帮你打）

这时来者一定要回答："借道、递枪。"

因为这借道和递枪是连在一起的一码事，哪有光借道不递枪的呢？

当下，混江龙韩义把大炮头罗志民派去到常山去请"常山好"借道递枪，派二炮头孙德林连夜过江去桦甸请"滚地雷"来借道递枪，又派三炮头左青山去额穆（敦化）找"四海山"绺子大柜帮助借道递枪，而他则直奔梨树去请"天照应"大掌柜借道递枪。

一切安排妥当，他又派出货郎子继续和兽医朱吉联络，盯住乌拉官兵的动向，随时禀报军情。然后大家就分头行动了。

再说那日，刘猛骑着小白马从其塔木逃了出来，直奔旅顺的黄泥川而去。他于当日黄昏赶到了驻地。

一看他的样子，大家便知道解救杨三没有成功。大家又从刘猛的口中得知杨三受苦受难的情况，一个个万分惦记。

小香听说杨三哥被打得不成样子，她立刻向会首刘二哥请命，要前去救助杨三。

原来，小香已经参加了义和团刘二哥的"海碰子"刀队，并被分配在"红灯照"队中。

红灯照，都是一些女兵。

其实这些女人，个个有一肚子苦水。想想自从洋人进入旅顺口，青泥洼（大连）一带每天都在杀人放火，不少妇女被他们奸杀致死。海边有好几个万人坑，埋的都是被洋人枪杀刀砍的无辜大众。小刀会和红灯照，都是从山东半岛传过来的，因为有大海，传递得很快。义和团常常在海上袭击洋人的船队。

而这些红灯照女人，个顶个的是巾帼英雄，都想为义和团干一番大事业。

自从杨三以自己身陷囹圄换取了小香的自由，小白马把她驮到了黄泥川古城里，小香已从一个柔弱的女子一下子变成了一个刚强的女侠。她在红灯照女刀手孟姐的带领下，参加了"飞刀队"。飞刀，都是一些很小的小飞刀，每次一个人身上可以携带上千把。这些小刀都只有黄豆荚那么大，刀刃上涂抹了各种不同的毒药，根据不同的敌情，施放出不同的飞刀，击中目标。

孟姐每天领姑娘们练习上树、骑马、翻墙头、甩飞刀。而她们甩出的飞刀，一般是每两个指头之间夹两把，一掌十把，同时甩出，各击中目标的不同部位，真是神奇极了。而小香则成了孟姐的好助手，她带领三十名女红灯照飞刀手，天天冲锋打前阵。

杨三被捉住后，送粮运粮的活儿就由小香和刘猛二人承担起来。

自从其塔木土城子一带发生了"绑票"事件，乌拉官兵加强了这一带的控制，土城子的百姓已无法为义和团筹集粮食了，小香就重新选了她的老家——九台放牛沟一带去筹集粮食。她给刘猛画了一份去往放牛沟的图，并写上找哪些乡亲，然后到那一带筹粮，接着运往黄泥川，以抵抗官军和洋人的围攻。

小香想，看来要想救出杨三哥硬攻是不行了，不如先去探明杨坡家分兵看守杨三的情况，以便着手营救。所以她向会首刘二哥和孟姐请命，允许由她去探摸杨家大院的部署和防线。

刘二哥仔细一想，认为小香的想法可行。

如今小香已成长为一名"侠女"，并且她对杨坡家前前后后的情况相当熟悉，于是刘二哥便让她回去准备一下，好择日前往杨家大院打探那里的详细情况。

这边，"混江龙"韩义正连夜赶往梨树搬兵。

平原一带出名的老匪"天照应"在梨树老奉城（今梨树县）的榆树台子一带活动。混江龙为啥能搬动天照应，因为过去他们有过"借道""递枪"之谊。

那是十几年前的事了，当年混江龙韩义的队伍让一伙官兵追过了松花江的西面，他带人顺着拉林河逃往哈拉吐气。这里，是蒙古人的地界，只要到了哈拉吐气，他就不怕追兵了。可谁知道，由于他杀了人，从东山里开来的追兵不依不饶，他们一路猛追，一定要把混江龙剿灭。

就在此时，韩义见前边开来一支队伍。

只见这支队伍，为首的一个大汉骑在马上，那人后背上绑着一杆大旗，上面画着一只金雕，写着一个"天"字。

这不是"天照应"吗？

原来，混江龙韩义早就听说西北有个天照应绺子，这人办事讲义气、肯助人，他便上前报号："冷字蔓兄弟有事相求，今有难，要借大哥的道，帮忙递递枪！"对方一听说是"蔓里"（同伙），果然帮助混江龙引走了追兵，从此二人成为莫逆之交。此次他混江龙又遇难，还得去求天照应大哥。天照应四十多岁，身板子很是硬朗，他答应派出二百弟兄给混江龙"递枪"。他还告诉混江龙韩义，别往人身上打，就打"马壳"（马腿），以免结下死疙瘩。多好的大哥，处处想得周全。

就这样，混江龙在几天的工夫里，就邀集了七百多人的江湖队伍，他们在小沙河一线准备迎战官兵。

而吉林打牲乌拉衙门，也是兴师动众。驿马四处传信，三天后，一千五百多名官兵都已集中至乌拉街衙门，富林和副都统云山每人骑着一匹高头大马，威风凛凛地巡视乌拉兵丁和各位将士。

富林对参战将士们训话，言明圣上旨意，定要剿灭这一伙"邪绺子"，保地面平安。他说："弟兄们，要勇猛杀匪，我为大家发赏钱。"

那些人都是他的地户和猎手。大家劲头也很高，立刻在富林和云山的带领下向小沙河进发。

小沙河方面，混江龙韩义得知乌拉官兵来剿，决定暂时撤离老卧子小沙河。这是韩义多年经营之地，必须先把一些重要物资运走。考虑到官兵是由步兵和马队组成，到达小沙河必然西涉松花江，经龙王庙渡江才能抵达，韩义派遣"四海山"绺子的弟兄们开往龙王庙一线，设法阻止官兵渡江。四海山部从前一直在额穆（敦化），经常活动于老安图和蛟河一带，对江周围的情况比较熟知，他对混江龙韩义说："韩义兄弟你放心！官兵不敢轻易靠近江岸。我想把龙王庙渡口一带船户的船只先都烧了，看他怎么过江。"

韩义感激地抱拳致谢。四海山率人开往龙王庙一线阻止官兵，使其不能顺利过江。

桦甸滚地雷部按照混江龙的部署绕过韩屯和林家窝棚，做出攻击乌拉街之势，以便牵制富林的人马，使他觉得如果大兵长驱直入小沙河，老家和府衙有可能遭受北面攻击。

混江龙、天照应等部正面等待与乌拉官兵交战。但先期撤出小沙河转移物资粮草很是麻烦。混江龙的小沙河驻地，由于是属于那种四季都驻扎的固定卧子，所以周边经多年的修整，如炮台、大院、养殖的牲口，还有绑来的"票"所居住的洞，样样俱全，现在要撤走，这些就都要运走，很是不便。他的绺子抓来的近百名"票"，最长的"票"已有两三年无人来赎。这次转移，韩义一口气杀了二十多个无人来赎的"老票"，但对于一些可以得手的"财神爷""小金宝"还得好好地款待，得让他们坐大车，别累着。如洛科娃就属于这样的"票"。

对于像洛科娃这样的"票"，韩义特意安排秧子房掌柜的将其转移至小沙河以东八十里开外的老岭山里，那是一处远离村屯的地窝棚。

官兵攻打小沙河，完全是因洛科娃事件而起，所以一些弟兄们在搬运物资、押运人质累了时就大发脾气，甚至骂"票"、打"票"，看着他们就来气。因为本指望他们能变成财富、银两，可如今不来赎反而成了累赘，所以他们就更生气了。在洛科娃上车时，一个弟兄骂道："臭货，你这个臭货，都是你惹的事！干脆插了你得了……"

这么一说，吓得洛科娃坐在大车上嘤嘤地哭开了。

韩英对那人说："干啥呀？你这样会吓着她。"

那人说："吓着她？我要砍了她呢。"说着举刀做砍状。

洛科娃吓坏了，哭得更大声了。

那人说："你再哭，我就割下你的耳朵，送给你爹……"

洛科娃吓得赶紧捂住了自己的耳朵。她在绺子里，也常听韩英姐给她讲一些绺子里的事情。给被绑的人家送"礼物"在他们那里是常事。一看被绑的人家不理会这事，大柜往往会说："送点礼去。"

这"送点礼"，便是从死羊、死猪身上割下一只耳朵、一块肉什么的，让货郎子、花舌子等人悄悄地送到"票"家。"票"家人一看，以为是自己家被绑的人身上的"零件"，于是赶紧卖房子卖地、砸锅卖铁来赎人。有时，也真的从这些"票"身上割下一些什么，送往"票"家，称为送礼去。所以那人一说要给洛科娃家送点礼，洛科娃吓得大哭起来……

现在，她真的明白了，如果父亲在身边，她一定劝父亲赶快不要再和中国人作对了：你一个外国人，到别人家的地方来打仗，无论如何都不占理。她甚至对身边的韩姐说，让她出面去见见父亲，或让父亲来，她要当面说服父亲。

转移的人马车队在日夜行进，乌拉街、小沙河到处弥漫着战争的气氛。这天夜里，小香受大师兄刘二哥之命，前往其塔木杨坡家，探查关押杨三的情况，以便设法营救。她骑着小白马先到她老家放牛沟，然后再让小白马于夜间将她送往杨坡家墙外，让小白马在杨坡家东院外的树林里等她。

深夜，院子里一片漆黑，只有绑着杨三的地方点着四盏灯，各挂在一根柱子上，照着杨三。

杨坡家是当地满族的大户人家，从前为了防止匪绺攻打，他家四面院角修有炮台，炮台顶盖修成出檐出檩的阁楼式，站岗放哨的人可以在里面走动。前门是大架子门楼，进院有影壁，然后是东西厢房，后院是长工、佣人住的地方。现在前后院都住满了兵丁，乌拉官兵一伙，辽东总兵王哈的人马一伙，俄国人阿列克塞耶夫的人马一伙，各伙之间分别占有一处炮台，黑天白天轮流值班看守杨三。但这些情况，义和团方面并不知情，所以派小香前来探查。

如今的小香已非昔日可比，只见她身穿一身黑色夜行衣，头上扎着一条红色的法绳。那法绳是经过大师哥和红灯照的义姐"作法"之后，再交给每一位女侠扎在头上，两个小角一拉，正支在头上两侧，显得非常威武矫健。

绑着杨三的柱子上的马灯在夜风的吹拂下晃动着，发出撞击木桩子的声响。偶尔，杨坡家的马夫到马圈给牲口添草，有料棒敲打槽子帮的声响，还有巡夜的更夫敲着梆子报更之声。

杨坡家大墙西北角有一棵大树的枝叶伸向墙外，树叶搭在墙头上。小香的双腿拧了个麻花劲儿，一纵身就上了杨坡家的高墙，然后轻轻地落在树与枝叶挡着的墙头上，眼前的一切看得更清晰了……

杨三哥被绑在院内的马桩子中间，四周黑暗处虽然看不见人，但可以想见处处是杀机。在大墙四个角的炮台里，各有兵丁在来回走动、探望，让人无法靠近杨三和那大柱子跟前。这时小香想到，自己在杨家时，管家高友住在后院，他的老用人关妈，为人善良，不如先去她那里打探一下情况。拿定主意，她蹲在墙上，一步步靠近了后院。

后院有个小角门，只见那个小门虚掩着，可能是马夫添完草料后忘关了。但是，小香又发现了新的情况：为了防范来人偷袭，杨坡家又养了不少狗，那些狗在院子里溜达来溜达去，这使小香难以下手。

突然，小香想到了自己的"武器"。

小香自从参加了黄泥川古城义和团，她已成为一名出色的飞刀侠女。而那种刀，便是义和团的拿手武器。此次小香前来，特别准备了数种小刀，有致命刀、麻醉刀、残肢刀等，可分不同对象来使用。现在看见杨坡家院子里那些来回走动的狗，她觉得应先出麻醉刀。因为这种刀一旦扎在狗身上，它们开始没有反应，只觉得难受，不至于立刻倒地，狗会一只只地回到自己的窝里，趴下去便睡了，要三个时辰才能苏醒，还不容易被发现疑点。

想到这里，她把手插进自己的"刀库"里。

她的"刀库"其实是缝在裤子上的一个袋子，里面装了上千把这样的小刀。她选出一些，主要是根据院子里狗的数量，然后将刀夹在自己的指缝间，对准狗走的方位甩过去。

小刀立刻钻进狗的皮肉里。

过了一小会儿，小香估计那些狗已被麻倒，她便迅速贴墙而下，潜入高友管家的那个耳房。

事情也凑巧，关大娘的小屋的屋门虚掩着，小香一闪身便进了屋。

在屋角的黑暗里，小香悄悄掀起幔帐，她发现只有关大娘的丈夫一个人躺在炕上，不见关大娘。也可能是关大娘回娘家去了。

这时，已来不及多想，小香迅速将屋门关上，走到炕前，以刀逼住睡得正香的关大娘的丈夫，说道："别出声，问你啥说啥！我是小香。"

赵大叔翻身想坐起来，一看有刀逼在脖子上，于是又躺下了。听声音是小香，就说："是小香啊，你这孩子，胆子真不小！你怎么敢来啦。"

小香说："大叔，别害怕。现在，我已加入了义和团。大队人马都在外边等着我。现在我问你啥，你就说啥！"

赵大叔说："好好好。"

于是，小香问了杨三的近况，每天都是什么人看守杨三。赵大叔告诉小香，看守杨三的兵丁分三伙，每伙三天。乌拉兵丁三天，辽东总兵王哈的兵士三天，俄国人阿列克塞耶夫的兵士三天，以后依此类推。哪伙人看守，就由哪伙人管理，包括送饭、送水、接屎、接尿。但院子之外也有俄国人和辽东总兵的兵营，出入一定要小心。

小香十分感谢赵大叔提供的情况，又告诉他千万不要说出她来过的事情。小香边听，还画了一张杨家大院的各处情况的图。看看对狗麻醉的时辰差不多了，小香便告别赵大叔，悄悄退出更房，将双腿拧了个麻花劲儿，一纵身上了墙。小香站在墙上，对绑在那里的杨三流着泪，她在心里说："杨三哥哥，你受苦了。但你放心，小香妹妹想着你，千千万万的义和团兄弟们都在惦记你呢。杨三哥哥，我们一定会尽快来救你……"

她在心底默念完，然后一纵身下了高墙，消失在茫茫的夜色之中。

第十五章　俄将失女乱方寸

混江龙与乌拉官兵之役打得很艰苦。

由于怕乌拉官兵渡江追击，四海山部将松花江东岸的龙王庙一带大堤挖口掘堤。这虽然阻止了富林和云山的部队渡江，但也使四海山与混江龙的人马无法靠前，不少运送物资的大车陷在泥水当中。

当时，乌拉官兵隔江向东岸放炮，使混江龙和四海山部伤亡很大。双方僵持不下，这使得混江龙十分恼火，他大骂道："这个阿列克塞耶夫真不是个东西，要不是他给辽东领事馆通信，又照会朝廷，乌拉衙门富林能专门攻打我们吗？看来，真得给他点厉害看看！"

打定主意，他决定先给阿列克塞耶夫送点"礼"。

他把货郎子叫来，让他具体去办。

货郎子最擅长办这类事。他从一只死羊头上割下两只耳朵，用布包上，装在一个红木匣子里，挑着它就进了其塔木。

由于战事，各村屯处处都笼罩在战争的烟云之中。村屯里人心惶惶，大家都在吵吵嚷嚷，不久又开始招兵，家里有两个男子的要选出一个去乌拉吃"兵"饭，上前线打仗，打完绺子再开赴一线打义和团、红枪会和大刀会。

这些日子，对于富林率领乌拉官兵对混江龙宣战，阿列克塞耶夫是十分担心的。他的担心是有道理的。富林的军队之所以出击，显然是自己发出的照会起了作用。富林的兵马攻打绺子，有可能促使韩义放出女儿，但一旦韩义他们恼羞成怒，自己的女儿可怎么办？女儿在他们手上，万一他们气急败坏，吃亏的不还是自己和女儿吗？

自从富林的军队不停地开往松花江以东，阿列克塞耶夫天天心惊肉跳，他不知道将来结果如何，天天坐立不安！

他生怕有一个坏消息传来，所以他每天都守着母亲老伊利莎白，待在土城子教堂里，等待着有关战争的一切消息。

而伊尔森神父这些日子也如热锅上的蚂蚁，他天天以行教为名到街上走动，就是想打探一下战况或有什么意外的消息。

这天，他正在土城子街上转悠，一眼看见了货郎子（花舌子），货郎子也看见了他。货郎子一把将伊尔森神父拉到角落里，从货挑子里拿出一个包袱交给他，说："我正找你呢。"

伊尔森问："有什么事吗？"

货郎子说："有。大柜让你把这个东西交给阿列克塞耶夫！"

伊尔森说："东西？什么东西？"说着，就要打开包袱看看。

货郎子说："你先不要打开，回去让阿列克塞耶夫亲自打开。"

"亲自打开？"

"对，因为这是大柜送给他的礼物！"

货郎子说完，就走了。

伊尔森拎着包袱慌忙赶回教堂。

教堂里，阿列克塞耶夫和老伊利莎白正在一筹莫展，突然见伊尔森神父拎着一个包袱从外面走进来，急忙迎了上去。

阿列克塞耶夫问："神父大人，有消息吗？哪怕是一丁点儿的消息也行啊！"

伊尔森进了屋，一句话也不说。他把那个包袱一下子放在一张桌案上，说："打开自己看吧，这是混江龙专门派人送给你的礼物。"

阿列克塞耶夫问："礼物？给我的礼物？什么礼物？"

伊尔森说："你打开自己看吧。大柜传话，只许你自己打开。"

这时，老伊利莎白也围上来，好奇地寻思着，他们怎么还给我们"礼物"？中国人的礼节可真不少。

伊尔森说："打开吧，还迟疑什么？"

阿列克塞耶夫却迟迟不敢上前，他仿佛意识到了里面会有什么。会是什么呢？他又急切地想看个究竟。

老伊利莎白沉不住气了，她催儿子阿列克塞耶夫赶快打开，不管是什么，毕竟是礼物嘛。她急得甚至想将这个包袱拎起来交到阿列克塞耶夫手中。

阿列克塞耶夫的手有些颤抖地解开包袱外面的一块灰白色的布皮子，包袱里面露出一个红漆的小木匣。

老伊利莎白靠近前来说："一个小木匣？"

阿列克塞耶夫捧起小木匣摇了摇，里面没有任何响动，不像是装了什么珠宝之类的。

老伊利莎白又催："快打开，快打开看哪。"

阿列克塞耶夫一下子拉开了红漆小木匣子的抽盖，只见里面有一个白纸包！

老伊利莎白说："一个白纸包，可能是信之类的东西。"阿列克塞耶夫用手触碰一下那纸包，觉得里面鼓鼓的，不像是信。他自言自语地说道："不像是信件，像是包着什么东西。"

老伊利莎白的好奇心又来了："东西？什么呢？"

伊尔森也分析着里面会是什么东西。

阿列克塞耶夫伸出的手更加颤抖起来，但是站在他身边的老伊利莎白和伊尔森神父都催他快打开看看，于是阿列克塞耶夫鼓足勇气，一下子拿起纸包。

那纸包包得很整齐，阿列克塞耶夫小心地把它展开，生怕碰坏了纸边。紧接着，他展开了纸包着的最后一层。突然，他发现里面包着的是两只耳朵！血淋淋的耳朵。

只见那是两只红红的小耳朵，好像不久前才割下来的，齐刷刷的刀痕十分清晰，耳边的血迹已被擦干，但耳朵上的骨骼和细细的血管脉络走向都看得清清楚楚……

"啊？耳朵，谁的耳朵？"阿列克塞耶夫惊叫道。老伊利莎白突然下结论说："难道这是洛科娃的？他们割下洛科娃的耳朵干什么呢？割下耳朵……她会是什么样呢？哎呀，他们是不是已经杀害了洛科娃！哎呀，我的洛科娃，我的心肝宝贝呀……割下耳朵，她不就已经死了吗？"

老伊利莎白突然有如疯了一般，又哭又叫，满地打滚！阿列克塞耶夫双手使劲捶胸，他捧起那个纸包，紧紧地贴在胸前，双脚跺地，悔恨当初自己没有及时救出女儿。

在这一刻，伊尔森神父却十分冷静。他记得货郎子送来包袱时，说是交给阿列克塞耶夫的礼物。但匣子里面装的竟然是两只耳朵！伊尔森突然记起他在"混江龙"队伍里时的所见所闻，觉得这是土匪们的一个套路，需要仔细辨认这是什么耳朵、谁的耳朵才行。

于是，伊尔森上去一把夺下阿列克塞耶夫手里的纸包，他拿起其中的一只耳朵冲着从教堂窗户外面射进来的阳光仔细观察，只见那根本不是人的耳朵。伊尔森早年曾学过医学，他熟悉人的器官的特点。他对这只耳朵的形状和耳朵的根部反复看了几遍，观察到由于切割时匆忙，还带有几根毛发，从这几根毛发来看，这是动物的耳朵，而且是羊的耳朵。

仔细辨认之后，伊尔森说："你们不要哭闹了，这不是洛科娃的耳朵。"

阿列克塞耶夫问："谁的？"

伊尔森说："这是羊的耳朵。"

一听说这不是洛科娃的耳朵，老伊利莎白不再哭闹了，立刻坐了起来。阿列克塞耶夫也来了精神，他还重新正了正战刀。

"可是，你们也别高兴得太早！"伊尔森神父拿着这个纸包，对着阿列克塞耶夫边挥动边说。

阿列克塞耶夫问："那他们是什么意思，送来羊的耳朵？"

"这是给你的最后通牒！"伊尔森说，"'最后'，你明白了吗？这就是最后的命令。"

阿列克塞耶夫说："最后？"

老伊利莎白说："最后？"

伊尔森说："对。"

伊尔森分析说，很明显，对于我们给朝廷发出照会，让他们对"土匪"施加压力，朝廷便命令吉林地方驻军出兵攻打这些土匪，他们有些招架不住了，这才给我们送来了"礼物"。

阿列克塞耶夫又问："那他们的本意是什么？"

伊尔森说："很明显，如果我们再不把杨三放出来，他们将会把洛科娃……"

阿列克塞耶夫问："怎么样？"

伊尔森说："杀死。而且，将像这只羊一样，一点点地割死。"

伊尔森的分析十分有条理，而且他的判断又是坚定不移。同时，他深信混江龙韩义说到做到。阿列克塞耶夫一时六神无主了，他一下子抱住伊尔森神父，说："我亲爱的神父大人，现在我求求你，救救我，救救我那可怜的洛科娃吧。凭着你多年与中国人的交往，你一定要这么做，你一定会有办法的。"老伊利莎白也爬过来，抱住伊尔森神父的大腿不放，连连说道："快救救我可怜的洛科娃吧。"

几天之后，伊尔森神父通过一个卖菜的农民与混江龙队伍里的花舌子，就是那个货郎子接触上了。货郎子很快转来一封洛科娃在混江龙队伍里发来的一封信。

那是洛科娃写来的一封亲笔信："父亲大人，我现在在混江龙大柜的队伍里还好，他们待我如上宾。但是由于朝廷派兵追杀，我们每天要不断地转战，吃住各方面条件欠佳，经常无法保证供应。而且让女儿害怕的是，混江龙常常抱怨您不尽快把杨三放出来，并用他换我，所以才给您送去了'礼物'。父亲大人，如果您真的心疼女儿，或者真的还想要您的女儿，就请您快些决定把杨三那个人弄到手，快些换回我。难道一个杨三比我的命还重要吗？如果您还是迟迟不办，或者根本办不到，那么几日之后，我将像这只山羊一样，被一点点割碎，送到您的面前！"

落款是：您的女儿洛科娃！请给想她的奶奶问好。

看这封信，完全不像是被逼迫写出来的，而且确实是洛科娃的亲笔信。就在阿列克塞耶夫沉思如何解决这一切的时候，老伊利莎白突然叫喊起来："不！绝不能再等了！"她大骂儿子阿列克塞耶夫，"你这个笨蛋，蠢货！天下最无能的家伙！眼看着自己的女儿就要完蛋了，你却无动于衷。好啦，我不管你了，我要到你女儿那里去！"

她说着，往外就走。

"你去哪里？"阿列克塞耶夫问她。

老伊利莎白说："我去匪穴。"

"去匪穴？"

"对。"

阿列克塞耶夫说："母亲！你疯了吗？"

老伊利莎白说："你才疯了！你是个真正的疯子！你放着亲生女儿不救，却日夜'保护'着什么杨三！你不是疯子又是什么？你这个混蛋。我这就走！我死也要与洛科娃死在一块。"她又大喊："马夫！套车……"

土城子教堂内顿时乱成一团。

阿列克塞耶夫万万没有想到，母亲老伊利莎白说的话是当真的。这个出身于英国牛津乡下的女人，二十岁时随家人到俄罗斯彼得堡做生意，又凭借自己的聪明和美丽嫁给了阿列克塞耶夫的父亲。他们一共生了四个儿子，而四个儿子中只有老三阿列克塞耶夫生了一个女儿，一家人拿洛科娃当作生命至宝一样。如今伊利莎白已经铁了心，自己这么大年纪了，怕什么？就是死，也要与孙女死在一块，这是她的一个愿望。

老伊利莎白决心已定。如果阿列克塞耶夫胆敢说声不同意，她扬言现在就死给他看。

阿列克塞耶夫被逼得没办法，只好让伊尔森再次出面，看看匪绺方面是否同意她去。可是，万万没有想到的是，几天之后，混江龙回信，同意接纳老伊利莎白，以表他们保护洛科娃的决心。于是，老伊利莎白准备动身，前往混江龙绺子看望孙女。

第十六章　营救杨三险重重

几天之后的一个下晌，天下着毛毛细雨。

一只小船停靠在其塔木江边的一片柳条通里，混江龙方面由货郎子来接人。为了保证这些事情的真实性，对方允许仍由伊尔森神父前往送行。

伊尔森神父真是有苦难言哪！但出于朋友的面子和目前的特殊情况，一切也只能如此。在蒙蒙的细雨中，阿列克塞耶夫在江边目送母亲和伊尔森神父的船只渐渐远去，最后消失在茫茫的秋雨之中。

令富林万万没有想到的是，他完全被这场清剿"土匪"混江龙的战役给拖住了。开始，他本想速战速决，可是让他始料不及的是，混江龙纠集起多股队伍与他对抗。

按先期探听的情报，混江龙驻扎在沙河子一带，那里靠近山岭密林。富林依据自己队伍人多马壮，在几日内已攻到沙河子外围。进入沙河子一线以来，富林的队伍已疲惫不堪，他们边打边追。但他们面临着沿途一道又一道的障碍，先是松花江土道江堤被挖开，富林的部队只好涉水强渡。对面，混江龙的炮手隐藏在草窠和树林子里开枪射击，等他们冲上岸，又遭遇匪徒们抡刀上阵与他们对抗。这些匪队之人都是武功高手，杀得官兵死伤无数。夜里，富林的队伍刚刚安顿下来，突然，许多兵营燃起了大火，原来是混江龙的人马趁夜色向官兵营地发起进攻。

先是火攻。混江龙的人马点燃了许多叫"扎蓬棵"的植物（这种植物生长得如球形），风一刮，这些植物如圆球滚向官兵的帐篷，引燃了大火。好在富林的队伍哨兵发现及时，迅速扑灭了大火，并追出来攻击敌军，才免遭更大的伤亡。这一日，富林的官兵终于追到了沙河子地带。

这里是混江龙的大本营。为了迎击乌拉富林官兵来剿，混江龙是边战边退。连日来，韩义把"票"们拉上大车，一堆一堆地捆在一起，上面再罩上渔网。由于道路泥泞难行，有时走着走着，突然翻车打误，人都被扣在泥水里，能活的就推上车，伤痛难行走者就地杀掉。等富林队伍攻到沙河子匪穴时，这里已是一处空营。官兵们忘乎所以地进入了匪穴，当他们在四处察看往昔的匪窝设施时，周围突然枪声响起，原来是混江龙阻击官兵的炮手们开始还击，官兵立刻慌忙抵抗。

官兵和匪绺交战，双方都是先以枪械射击，看看距离接近，再挥刀剑厮杀。就这样，富林的队伍被拖在沙河子一带，前进不能，后退不得，双方处于胶着状态。

这一日夜间，富林在行帐内与几位管带正在商议如何派遣小股骑兵，顺山道追击匪队，并伺机向敌营放火，造成敌营混乱，以便完全拿下小沙河。突然，帐外有快马来报。

守候在帐外的护兵传报："大人，有驿兵传来火信！"

富林说："快让他进来。"

随着一声命令，帐门一开，走进一位传驿兵。只见那人浑身上下全是泥水，疲惫不堪，仿佛已多日不曾休息，气喘吁吁地说："大人！大人不好啦！乌拉衙门一带，已被混江龙的队伍攻陷。他们杀人放火，百姓流离失所……"

富林一愣："什么？混江龙？"

来人说："对呀。他们举着军旗，上面画着一条蛟龙……"

富林说："与我交战的不是混江龙吗？难道又有替身？"

其实，富林的分析一点不假。这攻打乌拉衙门的队伍是混江龙请来"递枪"的桦甸一带的山林队滚地雷绺子。为解救混江龙不被官兵剿灭，也为分散富林的注意力，滚地雷决定改换成混江龙的旗号，攻打乌拉衙门，造成富林官兵的恐慌。

原来，驻守在乌拉街的官兵平时大抵分散在各个村屯、官庄、渔场、贡堆、作坊、乡镇地带，战时便集中到乌拉街。这次富林召集所有驻兵开赴沙河子一带剿匪，只留下少量看护官仓、粮库、家庙和一些官人、大人的守兵，不想却让匪队钻了空子。但富林弄不明白，这乌拉城有炮台和严密的守护，怎么能如此轻易便被匪队攻下？

滚地雷是猎户出身，祖籍山东曹闻，后随爷爷闯关东来到山林。他从小枪法好，又足智多谋，报号"滚地雷"。与对方交手打不过时，他便将早已藏匿在身上的地雷引爆抛出，击毁对方，人称"滚地雷"。此次为混江龙"递枪"，一是报前年自己遭官兵搜山追击，混江龙也曾"递枪"的搭救之恩；二是想露一手"能耐"让别人看看；三是快到深秋入冬之时，他们久居山林需要棉衣棉裤度过严寒冬季，正好清洗乌拉街，以解冬季到来物资紧缺之需。于是，他使用混江龙的报号攻打乌拉古城。

富林惊恐也是有缘由的。乌拉衙门在古城之内，此地已是几代古城，城墙结实，又有炮台和守兵，怎能被区区山匪攻下呢？原来，滚地雷早已摸透这乌拉街是三、六、九的大集。每逢阴历三、六、九，乌拉城都要开门迎各地地户、山户、村户人家携带各处地方特产，什么蘑菇、野菜、山果、黄烟、粮豆、蜂蜜、鸡蛋等土特产前来交易，换回烧纸、皂块、碱粉、火石、布料等一应生活用品。自从富林带兵离开乌拉，守府的老管家阿林也很警惕，他生怕大人不在惹出什么事端，已命集市开放时限缩短，每日晌午一过，便立即关紧城门，但终究不能取消乡集。于是便被老谋深算的滚地雷钻了空子。

滚地雷先是让弟兄们装扮成赶集的乡民混入乌拉城，然后点燃衙门院内的草垛为信号，众兄弟们再联手攻入。当年的乌拉府衙，是一连串的二十多个大小院落，有官衙，有车店，有驿兵送信居住的驿馆，那里有许多马圈和草垛，外边靠西是官人的府第，住着家眷和老人孩子，紧靠驿馆便是"大十字"热闹街集市。

按滚地雷的安排，以点燃府衙内的草垛为攻城信号，这都是久居山林以狩猎为生的滚地雷他们的拿手好戏。滚地雷先是命一批人混入集市进城，其余人埋伏在城外的树林和庄稼地里。那些点燃草垛的人很有妙法，他们在一只只野鸡的花翎尾上抹上野猪油，然后一点点地靠近府衙的草垛。

当时集上的人很多，乡民们从四面八方携带各类土特产，大伙只顾叫买叫卖，互相讲价易货，根本无人注意那些携带抹了野猪油野鸡的匪人。

看看到了晌午正是热闹之时，那些人都悄悄点燃了野鸡尾上的油毛。那些野鸡本来就擅长高飞，如今屁股上点燃了大火，它们在惊恐之余，一群群地飞向旁边府衙的草垛之上，顿时，府衙院内燃起了大火。

那天，又是西南风，草垛一起火，火势一下子蔓延到旁边的粮仓、驿馆、档室，府衙一带也立刻燃起熊熊大火。一见城里火光升起，守城的门兵立刻关门，想阻断乡民赶集往来，但一切都为时已晚，滚地雷的弟兄们早已从周边的野地里一拥而上。那些先混进城里的人马，一个个挥舞着刀枪，砍倒那些守城的护兵，放兄弟们冲进城来。

一时间，城内大乱，多处房舍、庭院起火，人们在慌乱之中呼喊着："快逃啊，土匪攻进来啦——！"

"快跑哇，杀人放火啦——！"

这时候，城内已乱作一团。各家各户赶紧套车牵马，挑着细软，各顾各地四处奔逃。

守护府衙的守兵在老管家阿林的带领下，击倒了一些滚地雷的人马，并差派驿兵火速前往沙河子行营给富林将军送信。

富林听着来人的禀报，再想想这些日子的追讨之战，生怕乌拉衙门被毁，再也无心恋战，急命人马连夜班师回城。

再说那一日，小香夜探杨家大院，把情况已摸了个透，她立刻返回了辽东黄泥川古城。那些日子，由于杨三被抓，小白马运粮多少受到限制，城内的粮草正处于紧缺之时。义和团总领刘二哥把小香招进自己的帐内，详细询问看押杨三的情况，并得知吉林乌拉总兵富林由于朝廷下发照会，被逼无奈，于是他纠结兵马，正在攻打混江龙驻地，而另一股看押杨三的兵马俄国人阿列克塞耶夫也突然接到"火信"，已赶回土城子教堂。眼下，只有辽东总兵王哈在杨家大院看守杨三，那里守兵空虚。于是，刘二哥有了一个主意：一定要趁此时机，救出杨三。

刘二哥把义和团的大师兄、二师兄，还有红灯照、小刀会的各团首领召集在一处，与大家商议救助杨三之计。

刘二哥说："诸位，现在时机已到，我们要火速赶往其塔木，救出杨三。"

大伙也都说："咱们不能没有杨三兄弟！"

小香介绍了自己的探访情形，要求给大家带路，并可以趁着夜色，麻掉那些护院猎狗，然后一举冲进院子，解救杨三。

刘二哥说："派另一队人马声东击西，引王哈将兵力投入大院西北角，然后由小香率领'侠队'迅速进入院内，将杨三抬到马上，火速撤回。"

主意已定，刘二哥立刻派出两股人马，火速赶往吉林九台其塔木。

那时候，九台其塔木杨坡家大院内，守护院套、看押杨三的兵马还是如先前一样，一伙是吉林乌拉富林的兵丁，另一伙是俄国人阿列克塞耶夫的人马，再一伙便是辽东总兵王哈的人马。

这些日子以来，由于富林的人马已被派往乌拉，并有另一部分组成编队奔赴沙河子一带追击混江龙，所剩人马多少有些松懈，只是按班换守，并不十分严密。阿列克塞耶夫的俄军在图利诺的带领下，也是按顺序轮守值班，只有王哈的兵丁，不敢有丝毫的懈怠。

从表面上看，王哈是一个大大咧咧的人，但他同时又是一个粗中有细的人。自从富林的官兵大部分被撤走，而阿列克塞耶夫的人马主帅不在，只是按班轮值来防范，所以王哈更加小心。王哈心里十分清楚两点：一是，义和团看到将杨三被关押在此，绝不会善罢甘休，一定会前来营救；二是，杨三是义和团的重要人物，义和团一定会不惜一切代价，救出杨三。

所以，他表面上防务松懈，暗中却加大了看守杨三的力度。

他知道，白天义和团的人马一般不会明目张胆地袭击杨家大院，但在月黑风高的夜晚可就难说了，于是他叮嘱加倍防备，以防义和团偷袭杨家大院，掠走杨三。

为了吸引义和团来大院救杨三，王哈可谓煞费苦心。他让手下的皮匠做了一个假人，那是用牛皮缝制的一个"杨三"，无论是赤膊、头发、眼神，还有气质，都非常像杨三本人被捆押在杨家大院里。而真杨三，则被关押在杨坡家的菜窖里。王哈把兵马暗藏在院子四周的角落里，专等义和团救助杨三的人马到来。

为了套住小白马，王哈真是绞尽脑汁。

他派人到其塔木以北的大坡甸子上的蒙古王爷府高价聘来了二十多名套马高手，每人手中一把套马杆，只要这小白马一进杨家院落，就别想再脱身。

一切安排就绪，专等义和团人马前来。

这一日，刘二哥派出的救助杨三的刀会弟兄和红灯照"侠队"赶到了其塔木。

白天，这些人马埋伏在杨家大院外面很远的树林和草窠子里，等太阳落山之后好动手出击。

夕阳渐渐没入西方的地平线，天色暗下来了。这时，四野一片漆黑，只有河里的青蛙和草丛里的蛐蛐在不停地叫着。夜深了。

突然，草丛中飞出一串儿"萤火虫"，越升越高。其实，那不是萤火虫，而是红灯照小香她们放出的出击信号。于是，在小香的带领下，红灯照侠女迅速在夜色中出击。她们一个个身手敏捷，靠近了院墙，悄悄地纵身跃了过去。小香甩出自己的"毒刀"，立刻麻倒了院里来回走动的大狗，她们以迅雷不及掩耳之势落在院墙之下，转眼就靠近了杨三。

令她们感到万分惊喜的是，杨三就被绑在院子中间的柱子上，旁边看押的兵丁一个个都睡着了。

小香和众侠女十分高兴，立刻提刀割断了杨三身上的绳索，背起杨三就走……

谁知，就在此时，小香用手摸了一把杨三，并轻声叫道："杨三！杨三哥！"

可是，杨三不醒不应。

小香觉得不对劲，再一摸，发觉这根本不是"人"，而是一个模型。小香立刻明白中了敌人的调虎离山之计了。她打了一个口哨，那已被牵到假杨三身边的小白马立刻腾空而起。只听黑暗中传来王哈的冷笑："都给我抓活的……"

于是，藏在黑暗中的王哈的兵丁们立刻动手，那些高价聘来的蒙古骑兵将套马杆也甩了出来。可是，一切已经晚了，那小白马早已腾空跃出院墙。由于王哈下令要抓活的，所以官兵们都没有开枪，红灯照和刘二哥的义和团护兵这时一齐射箭，掩护小香和红灯照侠女们迅速撤离。

第十七章　洋票换杨三

在古时候的流人和流放史上，曾经有过"陪流"和"送流"。那是在中国古代，当时江南扬州、宁波、苏州一带的一些文人学士，因持不同政见，被朝廷流放到荒芜的东北和渺无人烟的海南岛。与这些流人以生死朋友之交相处的一些义士毅然前往相送，称为"送流"。而这种"送"，不是送十里八里的，而是送至万里之遥的宁古塔。除此之外，还有"陪流"。陪流，就是陪着好友一块"流放"。当年，许多这样的事情发生在茫茫的北国之地。

可是，让人万万想不到的是，俄国人阿列克塞耶夫的母亲老伊利莎白竟然要只身入匪绺，去陪孙女一块感受匪穴之苦。

当然，这种"感受"与那种陪朋友一块去流放不同，而是一种亲人之间同甘共苦的骨肉情。不过，这对常年为匪的混江龙来说，应该是一件十分奇特的事。

混江龙多年从事匪业，视绑票为家常便饭，但他从来没遇到过这种抓一个又搭上一个的奇事。这可能吗？

当花舌子（货郎子）传来"叶子"（信），说阿列克塞耶夫的母亲老伊利莎白提出要来与孙女共住时，混江龙韩义简直不敢相信自己的耳朵，但细细一想，他又觉得合理。

他想：一来，由于洛科娃是老伊利莎白的心爱的孙女，没有小孙女，老太太简直不能活；二来，她们从来没有听过或者见过自己的亲人被绑了票，一定要来看看，见识见识，也未尝不可。

秧子房掌柜的坚决反对，无论如何不能接受这个要求，有一个洛科娃已经够麻烦的了，不能打、不能骂，还得视为座上宾，如今又要来一个吃闲饭的，这不是没事找事吗？

但是，混江龙韩义不这么看。

他认为，老伊利莎白的到来，更能促成杨三早日获救。因为无论如何，阿列克塞耶夫不能再推三阻四、无动于衷啦。于是他下令，迎接老伊利莎白。

由于躲避吉林乌拉富林的官兵追击，混江龙把人质都押往小沙河以北的靠山一带。那一日，老伊利莎白被带到靠山驻地，见到了洛科娃。

洛科娃见奶奶来了，一下子投进她的怀里。

"奶奶！奶奶呀，你怎么来啦？"

伊利莎白说："我一定要见你，你可好？"

洛科娃说："我很好。奶奶，你看……"

洛科娃当着老人的面，就地转了一圈儿，说："看看，我好好的。"

伊利莎白说："真的！"她乐了。

孙女又说："奶奶，他们待我很好，他们是不说谎的。"

老伊利莎白点了点头。

洛科娃又说，战事一起，他们天天行军打仗，但是对她的照顾依旧。而且兵士们天天吃"窝窝头"（一种乡下粮食），却给她吃大米饭和香喷喷的鸡蛋酱。他们都是一些好人……

伊利莎白说："鸡蛋酱？"

洛科娃说："一种东北乡下人吃的香香的东西，好东西！"

老太太又点点头，说："真是一些善良的人。"

洛科娃又说："要快些让父亲救出杨三。杨三也是一个好人，所以这些人才不惜这么大的代价，救助他！"

老太太点点头说："我会告诉你的父亲阿列克塞耶夫，让他撤回照会，别再惹怒这些人，他会去办的。"

于是，孙女和奶奶又相拥在了一起。

见此情景，混江龙韩义的心里更有底了。他立刻让人安排老伊利莎白住下。由于他们处于转移和战争时期，他们住的都是山洞、地洞和泥洞子。当韩义的手下人领着老伊利莎白经过住处时，只听到那些洞中不时地传来被折磨的"票"的叫喊声和痛苦的呻吟声，老伊利莎白吓得浑身发抖。

到了她和洛科娃住的洞，老伊利莎白发现，那里铺着干草，是干干净净的被褥，而且旁边就住着洛科娃的干姐姐——韩义的女儿韩英。这是一个舒适的住处。

夜里，老伊利莎白紧紧地搂住洛科娃，生怕她飞了，或者再从她的怀里消失。第二天，她对混江龙大柜说："大柜，我要写信……"

韩义问:"叶子?"

洛科娃在匪队里生活了一段时间,她已懂了一些土匪的"黑话",于是说:"对,就是信。"

韩义问:"她要写给谁?"

洛科娃说:"她要发表声明。"

韩义问:"声明什么?"

洛科娃说:"她要让外界知道,东北的江湖待俄侨如上宾……"

混江龙韩义同意了。

老伊利莎白又亲笔给儿子阿列克塞耶夫写了一封信,让他立刻放了杨三,赶快来救她们祖孙俩。信不日由货郎子传到土城子教堂。此时,阿列克塞耶夫已返回了其塔木。

王哈对乌拉衙门总管富林和俄国人阿列克塞耶夫大倒苦水,向他们述说了他们两人不在其塔木的时日里,他是如何抵住了义和团的偷袭,虽然没有"套住"小白马,但使杨三不致落入义和团之手,并再三提醒,一定要加倍防守,提防他们再次偷袭,掠走杨三,这样你我夺下快马的愿望将彻底落空。交不上快马,剿不灭义和团,皇上怪罪下来,他们都有杀头之罪……

王哈说得头头是道,富林也不置可否,阿列克塞耶夫心中却生出了另一个打算,这是一个坚定的打算。

按照以往定的守护杨家大院的职责,三方兵力依旧轮守不变,并各司其职,细心把守,企盼义和团再次携马前来营救杨三,以便最后捕获。

自从义和团几次袭击杨家大院，意在营救杨三以来，杨三依然被关押在杨家的地窖里，而绑在杨家院子中的是那个老皮匠制作的"皮人"杨三。各方轮守官兵要执行两个要务：一是看守院中的"皮人"杨三，准备好套马杆子，以备套住小白马；二是负责好对地窖中的杨三的送饭之事。

这一日，轮到王哈的兵丁换守。

每次换守，上一班的人要向下一班的人交代院中和地窖中的情况，然后各自执行自己的防务。

王哈的接班兵丁在接手关押杨三地窖的钥匙后，没有细看细查内中情况，直到晌午，给杨三送水送饭的人发现，杨三睡着了。送饭的人上前想叫醒他，一扒拉，不是个人，原来也是一个"皮人"。送饭的人想，怪啦，"皮人"假杨三不是被绑在院子里吗？他急忙爬出地窖，跑到院子里一看，那里绑着的也是一个假杨三。那么，真人杨三到哪里去啦？

这时候，辽东总兵王哈正在上房准备吃饭，哨兵与送饭的兵丁同时跑进来报告，说："禀报大人，不好了！杨三不见了……"

王哈问："怎么了，人呢？"

哨兵说："不见了！"

王哈问："不是在地窖里吗？"

哨兵说："地窖里的也是一个假杨三！"

王哈吓傻了。他扔下筷子，立即和哨兵一起来到地窖。他们上前一看，那里躺着的真是一个假人杨三。

王哈问哨兵："上一班换守的是哪一班兵员？"

哨兵说："是俄国人阿列克塞耶夫的人马。"

王哈二话没说，急忙带人赶往阿列克塞耶夫的人马驻地。

那时，阿列克塞耶夫的人马驻扎在杨坡家西北角的一处叫老冈子的松林旁。远远望去，原先建立在那里的一顶顶帐篷都不见了，等王哈等人赶到近前才发现，俄国人的队伍不知何时已经神不知鬼不觉地开拔离去了。杨三哪里去了呢？阿列克塞耶夫哪里去了呢？

农历五月十三，俗称是关老爷磨刀日。

今年入伏立夏，晌午头闷热，一早一晚有些清凉，东北平原的气候就是如此。这日，在吉林九台六台子屯突然开来一批俄国军队。

屯子里的人都在传言，这里要举行一场"换票"仪式。

九台的六台子位于九台东部，北靠松花江西岸。台，是战争和驿站的标志，台意为烽火台。整个九台处于古驿站和边台的范围之内，而六台正处于边台正中。而古时的边台，其实也是按江的走向设立的一个出口，因此江到了六台子，江湾一甩，出现了一处宽阔的六台江面。这儿，江的西面是六台古村屯，江的东面属于舒兰领地的帽儿山。在帽儿山下，有一片大约五公里宽的一片开阔地，这儿正与江西六台子屯江边的开阔地一模一样。

一大早上，村里的小孩就喊上了："换票啦！换票啦……"

对于"换票"，东北乡下百姓是无人不知、无人不晓。就是土匪、响马、胡子、马贼等人绑了大户人家的当家人之后，经过双方协商，定下时间和地点，双方交换人质。康熙、雍正和乾隆年间，这一带都发生过类似的事情。有一次，一伙土匪绑了朝廷到乡下祭祀的皇姑，后来双方说好换票，结果换"炸"了（没等换人，双方开火），使得皇姑被乱箭射死不说，朝廷"接票"的一位大臣和两百名护兵全部死于非命。

换票换"炸"了，是指双方不按规矩办事，结果一方宁可"撕票"（当场处死票），这称为"炸票"，也叫"炸"了。但换票对于沉闷古旧的乡下生活毕竟是一件十分奇特而难遇之事，再说土匪和各行绺之间办这件事也不瞒着乡亲，所以百姓往往也作为热闹来观看。特别是这一次还有"洋票"交换。今天在这里举行的"换票"仪式，正是俄国人阿列克塞耶夫用杨三换洛科娃和老伊利莎白，地点是混江龙韩义定的。

其实，土匪们举行这种"换票"仪式也是希望有人来看的，这叫扬江湖之义气、振绺局之威风。换票更讲究的是有绑有换，这才成为"活江湖"；如果只绑不换，那叫"死江湖"，这样的绺子不被人佩服。因此"换票"是招人看的。而被换回"票"的一方，由于"票"回来了，通常还要举行庆贺，款待所有来看热闹的村屯乡民，所以这又是一件热闹事。

六台子屯的村民百姓走到离江边五百米的地方，已有俄兵拉上了防线，人们再不能往前了。

只见这里由一百多名俄国枪手排成了一条笔直的长线，他们每人手持枪械，面对江站着。江的对面，也是离江边五百米处，混江龙队伍的一百名炮手，也是荷枪实弹地一字排开，持枪望着对岸。

江两岸，各有一条小船。

这时，混江龙韩义领着洛科娃、老伊利莎白站在江东的兵队里，而在江的西岸，只见杨三和阿列克塞耶夫站在队伍里……

其实不说大家也知道了，恰恰是老伊利莎白到达混江龙的绺子，见到了孙女洛科娃，促成了她给阿列克塞耶夫写了最后的信。她让儿子快些向清政府撤回照会，并设法救出杨三，快些换回自己和孙女洛科娃。这封信，最后使得阿列克塞耶夫下了决心。阿列克塞耶夫于是趁他手下的兵在轮守看管杨三时，偷偷将杨三带出，领兵撤往土城子，并让神父伊尔森迅速给混江龙的对外联络人员货郎子送信，提出交换人质。

交换地点由混江龙决定，为了公平起见，时间由阿列克塞耶夫来定。按照中国民间的习俗，阿列克塞耶夫选定了头晌的午时三刻。因为这时天也亮堂，草窠子里的露水已蒸发，江边也相对不那么泥泞了。

当双方都准备好之后，先要"净身"。

只见混江龙和阿列克塞耶夫分别走到江边站定。这时，混江龙那边的货郎子，阿列克塞耶夫这边的副总督图利诺，分别走向自己的小船……

这时，只听俄军队伍里有人喊："持械——！"

哗啦啦一阵响，俄兵立刻端枪对准对岸。

那边，只听见混江龙队伍里也有人喊："驾喷子——！"（端枪）立刻，也是哗啦啦一阵响，一排炮手立刻端枪对准对岸！

"啊——呀——！"

看热闹的百姓立刻齐声叫了起来，但马上又都静了下来。两岸数里地之外静静的，只能听到大伙的喘息声。

货郎子和图利诺分别走上自己的小船，向对岸划去。江水哗哗响，大家都静而观之。船到了各自对方的岸边，他们分别上岸，货郎子上前去摸阿列克塞耶夫的身上，图利诺上前去搜混江龙韩义的身上。

这种"净身"，从上至下。

先是摘下帽子。

搜身者拿起帽子，向两岸的众人扬扬，然后放在草地上；又脱下上衣抖一抖，放在草地上；接着是褪下长裤抖一抖，放在地上；最后是脱下鞋，磕一磕，放在地上。

这一切都做完，再搜摸一遍身，然后再在各自的监督下，穿戴上衣帽。

接下来，双方各自陪着对方的代表人物再次登上对方的小船。这边，江西，从兵队里走出的是杨三，他与阿列克塞耶夫一同上了货郎子划来的小船；那边，江东，从兵队里走出的是洛科娃、老伊利莎白与图利诺，一同上了小船。

两只船向江心划去。两岸的人都屏住了呼吸，生怕出现一点响动！

两只船渐渐靠近江心，大家的心更紧张了……

虽然两岸的人都在各自的枪队射程之外，但每一伙的枪队对于人质的距离是在射程之内的。尽管双方条件均等，但只要一方不按照约定做事，必然会酿成一场血战，双方的人质、兵员、看热闹的百姓，都会倒在血泊之中。大家的心都快跳出来了！

在江心处，两只船停住了。

然后是货郎子领着杨三上了自己的船，图利诺领着洛科娃和老伊利莎白上了自己的船。双方的船又往各自的岸边划去。

按照双方的约定，各方都不能划得太快，要适速。一旦一方加快，就涉嫌不轨。因为先到达对岸的一方可能对还没有离开江面的一方实施攻击。有一年，大来好和老北风的绺子"换票"，是以马换子弹，结果老北风使了心眼，自己快速划到岸边，他命炮手开火，把大来好一伙人马彻底击毙。这是"换票"的失误。

现在，当船离开了江心，图利诺和阿列克塞耶夫果然起了黑心，他们拼命往江的西岸划去，完全不按约定的速度去做了。

但混江龙也不是傻子，他一看俄国人要变心思，也与货郎子拼命往东岸划去，杨三帮着使劲划……

两只船都飞快地划着，在一旁看热闹的老百姓看出了门道，这种情况叫"炸票"。于是，一个上了岁数的老头大声喊："不好！八成要炸票……"

"快！快跑哇！"

老百姓一听，呼啦啦一下子就乱了，纷纷往屯子里跑去。与此同时，双方的枪几乎同时响了起来。大江两岸，尘土飞扬，人喊马嘶，一片混乱。双方的战斗持续了一顿饭的工夫才停住。

杨三被营救出来。俄国人阿列克塞耶夫一想，此地绝不是久留之地。他告别了伊尔森神父，带着大难不死的女儿和母亲，领着他的俄国兵，连夜开赴旅顺口一线去了。

混江龙韩义决定为杨三接风压惊。这是江湖上的义气，也是绺子的规矩。同时，韩义也是为了感激和答谢诸位绺帮大柜帮着"递枪",这才击败官兵,救出杨三。

这是一场大捷,不能不庆。

第十八章　庆功宴上遇险情

当官兵富林撤退后,混江龙韩义救出杨三,他的全绺人马又撤回沙河子,那里是他多年住惯了的地方。韩义命粮台(管理后勤事务的掌柜)去屯子里赶回五口肥猪,又命人去九台莽卡东烧锅运回一大车老酒。他用大锅炖上猪肉,大碗装上老酒,然后发下令牌,招待"递枪"功臣四海山大柜、滚地雷大柜、天照应大柜以及弟兄们前来吃酒。盘子和碗都盛满了肉,摆放在山坡上的草地上,不远处还搭了一个戏台子,专门让货郎子去九台临近的大坡屯请来贾家班的二人转艺人来唱喜戏。大柜们一伙伙的骑马前来"典鞭"(召集会议,或者集体吃酒吃宴)。来"典鞭"的每一伙人马在大柜领人到来之时,都要骑在马上,向空中一甩马鞭,然后喊出自己的报号,表示已经来到。

四海山来时,他骑马奔来,大喊一声"四海山啦——!"

众兄弟齐喊:"搬浆子——!"(喝酒)

滚地雷来时,他骑马奔来,大喊一声:"滚地雷啦——!"

众兄弟齐喊:"搬浆子——!"

天照应来时,他骑马奔来,大喊一声:"天照应啦——!"

众兄弟齐喊:"搬浆子——!"

看看各路"递枪"的绺子人马都已到齐,自己的弟兄们也已坐好,混江龙韩义从凳子上站起来。他登上一个树墩子,双手一抱拳举过头顶施了个江湖大礼，说道："达摩老祖（土匪的祖师爷）威武——！"

山林里一齐响起吼声："威武！威武！"

混江龙韩义说："诸位老大、弟兄们，请诸位受我混江龙一拜！我混江龙这辈子也忘不了你们的'递枪'之恩哪。正是在诸位大柜和弟兄们的协力之下，我们才赶走了洋人、官兵，救出了我敬佩的快马杨三兄弟！我混江龙不是一个忘恩负义之人，这辈子我定会报答的。来！搬浆子——！"

"搬浆子——！搬浆子——！"众兄弟们一齐端起各种酒具，大碗、小碗、罐子、坛子、葫芦瓢，互相碰撞，喝酒庆贺。

这时，杨三站了起来。

杨三被从官兵和俄国人的手里解救出来，到了混江龙的驻地，粮台（管后勤的掌柜）给他换了一身衣服，穿的是弟兄们常穿的那种黑色对襟粗布小褂，一条灰色便裤，一顶小毡帽头。他帽头上的那个珍珠疙瘩是松花江中的一颗"东珠"，那是他自己的小帽头，是阿玛留给他的唯一的纪念。穿戴好之后，他也像绺子里的弟兄们一模一样啦。方才韩义的一番表达，很让杨三感动。此时，杨三端起一大碗老酒，走向混江龙韩义。到了跟前，杨三单膝跪地，双手将酒托在胸前，说："混江龙大柜，请受我杨三一拜！多亏你施用妙计与俄人周旋，冒死把我从他们手里救了出来。我杨三永世不忘你的搭救之恩！"说着，他把酒举过头顶一拜，一饮而尽，然后又向混江龙叩拜。

"兄弟，杨三兄弟！你不要这样！"混江龙见杨三对他施大礼，赶紧上去扶杨三，并说，"杨三兄弟，救你是应该应分的，这也是咱们这一带百姓的意思。想想你杨三，骑着快马，为咱们这一带百姓办了多少好事，你又联合义和团打洋人，这让我佩服！来，杨三兄弟，也请你受我一拜……"

说着混江龙也"扑通"一声，单膝跪地，举酒敬杨三，行叩拜大礼。

杨三连叫"使不得使不得"，并立刻上前搀起了韩义。他又对混江龙说："大柜，我还想敬一敬你请来的为救我帮着'递枪'的那些大柜……"

混江龙说："好好！是要敬。应该！应该……"他于是喊道："来人——！"

一个崽子答应了一声。

混江龙说："给杨三兄弟搬来一坛子酒，跟着他去'海瞧'（看望各位朋友）！"

那个崽子立刻搬来一坛子酒，起开坛子盖，捧起来，跟在杨三身后，向山坡走去。由混江龙陪着，来看望并答谢诸位山林的大掌柜。

他们先来到靠山坡的滚地雷大柜和他的弟兄们跟前。混江龙介绍道："这是滚地雷大掌柜……"

杨三上前叩拜，敬酒。

混江龙又说："滚地雷大柜有勇有谋。此次为了赎回你，就是他带领众弟兄们攻打乌拉城府，声东击西配合我，这才促成了官兵撤离。真是大智大勇啊！"

滚地雷说："过奖！过奖！"

杨三又敬了滚地雷的弟兄们。滚地雷客气地说："二位兄弟不要过于客套，这是我滚地雷应该做的，谁没个为难遭难之时。再有事情，只要兄弟你说话，我还是会出马递枪！"

杨三和混江龙连连说："多谢！多谢！"

接着，混江龙又领着杨三来见天照应大柜。混江龙向杨三介绍完后，说道："此次与官兵、洋人之役，多亏天照应大柜果断切断了松花江西岸的来路，以江水形成一道防线，使富林的官兵不能迅速渡江，为我等撤离沙河子赢得了时间。大柜智谋，可记千古！"

天照应说："哪里！哪里！还是混江龙大柜心存天下，敢于救助这位为民请命的快马杨三兄弟，这实在令在下佩服至极！"

于是，杨三上前，施礼敬酒叩拜。

接着，他们又来到四海山和弟兄们面前。

四海山绺局，最早起于敦化（额穆）、老爷岭、白山一带，他一开始起局拉绺子就打出让天下四海山河统一起来，为除掉天下不平去赴命的旗号。所以他为自己报号四海山。他这个人，一脸的络腮胡子，十分英俊威武。他见杨三和混江龙来叩拜，自己先盛满一碗酒，说："二位，不能你们拜我们，要我先敬你们！"

混江龙说："这使不得！"

杨三说："这可不行。"

四海山说："不行也得行。"他于是对手下的弟兄们说，"你们说怎么样？"

弟兄们齐声喊："对呀！对呀！"

四海山说："怎么样？弟兄们一心一意吧。我告诉你混江龙大柜，自从杨三兄弟骑马为那些抗清抗洋的义和团送粮的事一传出，我们就打心眼里佩服你，认为你是一条汉子！看看这眼下的世道，国家不像个国家，朝廷不像个朝廷，最苦的是平头百姓，洋人都欺负到咱们家门口啦！他们来行凶霸道，咱们还得保护他们什么侨民利益！啥利益？狗屁利益！所以我佩服你杨三。来，让我先敬你一碗……"

杨三自言自语地说："这不整颠倒了吗？"

四海山说："没颠倒。"

杨三瞅瞅混江龙，一时不知该不该受对方的这碗敬酒。

混江龙一看这种局面，就说："杨三兄弟，他四海山大柜说的也在理。想当初，要不是你率先加入义和团，又为咱们周边的百姓办事，我能下这么大的力气去绑洋人的票，并不惜一切代价要救回你吗？就是因为你做的事让人敬佩呀。来吧，别客气啦，给四海山大柜一个面子，也算给我一个面子。来，我也敬你一杯！"

杨三推辞不过，他于是接过二人送上的两碗酒，一饮而尽。接着，杨三又倒满一碗，让混江龙和四海山并排坐在上方，他单腿点地，举起酒碗。

"二位大掌柜在上，请受我杨三一拜！我杨三虽然做了点应该做的事，但现在是国难当头，咱们也是匹夫有责。我杨三的心不是石头，我也是一个知恩图报的人。今后，只要二位大柜有什么用得着我的地方，只要说一声，我杨三定会在所不辞。来！敬二位大柜。"

于是，杨三高举酒碗，和他们一一相碰，然后一饮而尽。

山野一片沸腾！

这时，二人转也开戏了。

东北民间的二人转分为西派和东派，西派以辽西大黑山一带的班子为主，都是些"原玩意儿"，以郑家、贾家、何家几家为主，多少辈人传下来的玩意儿，讲究唱调，多是传统的老段子《大西厢》《黄氏女游阴》《马寡妇开店》和《十八里相送》等；东派，又称北派，都是早年随顺治帝入主中原之后"京旗还屯"（带一些工匠返回东北故土）时跟随而来的一些"家戏班子"（又称随龙），是朝廷和大户人家私家的"戏班子"。他们技艺个个叫绝，而且一个个都是"在家戏"（就是由专门的师傅的调教之下掌握大量民间传统段子），要啥来啥，擅长说口。这次到这儿庆贺杨三获救庆典的贾家班就是如此。

贾家班老爷子贾连海从小随父走四方，以二人转小戏为活。一次，他乘坐的马车毛了，把他从车上甩下来，右手摔断了四根指头。可是很奇怪，他从此就用这四个半截指头吹箫按眼，而且那调门找得更准。在二人转小戏里，贾家班专以这种小戏和吹奏的调门为特色，闻名吉林和黑龙江一带的许多地面，成为二人转、小戏的代表性派别。这次到混江龙的老营来演戏，好多人都躲着，因为这叫"唱胡子（土匪）堆"。唱胡子堆，不是谁都敢去唱的，要会唱"胡子戏"，还要懂得江湖上的种种规矩，不然就容易"犯戏"（出事）。就在别的班子都远远地躲着这门"买卖"时，贾家班的班主贾连海却主动请缨，让花舌子（货郎子）领他进"胡子堆"。他有自己的理由，江湖也是大家的，况且这混江龙不是一般的绺子，他竟然敢绑了洋人的票，用来换义和团的义士杨三。这样的"义举"，他要来"献戏"。

所以，他要来，也想见见杨三。

唱胡子堆，就必须要有"硬段子"（指胡子、土匪、马贼、响马们都愿意听的戏文），而这又是贲家班的拿手好戏。

记得有一年冬天，贲连海外出"上买卖"（给大户人家赶场子）回来，路过一片黑松林，风一刮，只见里边走出几个拿枪的。为首的一个人端枪上来问："报报迎头？"（干什么的）

贲连海知道，这是"遇"上了。他于是赶紧上前，一抱拳说："师傅，俺们是'耍人的'（唱戏的）。"

对方一个恶眉怒目的人一听，说："耍人的？那么你形容形容我是干啥的？"

贲连海立刻往前跨一步，把自己胡须上结的冰碴儿一下子抹掉了，然后幽默地说："冰是暂时的，胡子常在……"

他这一番话，加上一连串幽默的动作，把那几个人逗笑了。其中一个说："看来真是耍人的，'懂事'，让他们过去吧！"

他们赶忙走了过去，一口气走了二十多里地才坐下来歇气。

班里的同行问："班主，你对他说的话都是啥意思？为啥他们开始对咱们挺凶，后来一听你的话转性子了，还让咱们快快过去？"

贲连海告诉大家，你们是不知道哇，那几个人都是江湖上的绺子哨兵，见了他们，一定要顺情说好话。但这种事情，就是要知道他们想听什么，喜欢听什么。我撸着胡子上的冰说胡子常在，是指他们永立不倒。常在，就是总能立住。冰是会融化的，因为"兵"和"冰"二字同音，所以胡子最恨兵（冰）。这样当着他们的面撸掉冰，他们会很高兴，所以立刻放咱们走人。不然，那可就麻烦了。贾家班奔走在江湖中的能力是出名的。所以他此次前来唱戏，庆祝杨三被解救。

庆祝杨三被救出来的头一场戏，要由大柜们来点戏。可大伙都说，这是混江龙的主意，戏应该由他来点。可混江龙说："我常年走南闯北，也不懂得什么戏文。杨三兄弟，干脆你来点，因为这场庆祝还包含感激大柜们帮着咱们'递枪'的情分。"

杨三想了想说，那就来《包公赔情》吧。这出戏在东北乡下很有名，讲的是包公去陈州放粮，铡了贪赃枉法的侄子包勉，回府向嫂嫂王凤英赔情。嫂嫂悲痛欲绝，斥责包公忘恩负义。包公一面劝慰嫂嫂，一面晓以大义，嫂嫂被他忧国忧民之心感动，送他启程陈州的故事。这段戏，唱好了，胡子们乐意听；唱不好，胡子们往往以为是指桑骂槐，会迁怒艺人。可是，此戏被贾家班一唱，苦楚动人。戏中王凤英见包公为民一跪感到自己生了逆子，有愧于天下，于是决定送包公出发。这段戏感动了在场的观众。只听：

旦：王凤英将酒杯接手中，

　　三弟你敬酒为何事啊？

丑：一来报恩，

　　二来赔情。

旦：三弟你说出这赔情话啊，

　　臊人倒比打人疼啊。

　　你铁面无私把我保，

　　我不该只恋母子情啊！

丑：包公闻听深施礼，

　　多谢嫂嫂把我容啊！

旦：你有杀有砍为的是，

　　天下早早有太平啊……

　　唱到这儿，许多土匪弟兄们都落泪啦。以前唱"胡子堆"时，唱出"义""大义""义气"之戏，会使人感动落泪，土匪、胡子们都爱听。可如果唱恋家的段子，容易使弟兄们不能齐心在绺子里打天下，这样的戏唱不得。

　　唱到嫂嫂让包公放心去陈州放粮，使用"文咳咳""武咳咳"调时，只见弟兄们一个个的一手端着酒碗，一手拍着山坡，跟着"唉咳唉咳唉咳呀——！"山都动弹了，地也摇晃了。二人转哪，真是东北人心坎子里的玩意儿呀。

　　谁知，就在此时，只见滚地雷大柜端着一大碗酒，摇摇晃晃地走上来。他走到杨三面前，"扑通"给杨三跪下了。

　　大伙都愣了。

　　杨三更愣了。

　　杨三说："滚地雷大柜，您这是干什么？"

　　滚地雷说："杨三，我是求你一件事……"

　　杨三说："大柜，你起来！好好说。"

　　滚地雷说："杨三，你不答应，我不会起来！"

　　杨三说："什么事呢？"

　　滚地雷说："你不答应，我不告诉你！"

杨三说："好好。只要我能办到……"

滚地雷说："能，你一定能。你是杨三，只有你杨三能办到！别人办不到……"

杨三说："好，那你说吧。"

滚地雷说："杨三，你让你的白马来。你要多少钱？我买了！"

杨三一听，说："滚地雷大柜，这，这个我可办不到……"

滚地雷说："什么？你办不到？哈哈哈……"

突然，他大笑起来，"啪嚓"一下把手里的酒碗摔了个粉碎，说："你办不到？我能办到。你不卖，我偏让你卖！你不卖？那我这几十上百号的弟兄在救你时，在乌拉街，与官兵交手，那仗打得苦哇，我的人死的死，伤的伤。你不卖……"他突然从腰间拔出一把牛耳尖刀来，撸起裤腿子，举刀就片下一块肉来！这叫胡子"起屁"，表示和对方玩命的意思。

立刻有一些人冲上来，按住了他。

第十九章　举世难得小白马

滚地雷队伍里的炮头走上来抱住滚地雷，对杨三说："杨三兄弟你不要见怪，大柜他今天许是多喝了些……"

一些人也上来劝杨三说，滚地雷大柜今天这是在兴头上，又多吃了酒，一下子想起了那些死去的弟兄。

可是，滚地雷不依不饶。他挥刀大喊大叫："别拉着！别拦着我。杨三，你小子如果不把马牵来，我就叫你知道知道我的厉害。我滚地雷滚过地雷，我怕谁？天底下我怕谁呀？"他的这种当面割股，匪绺中叫"死磕"，是指和对方较劲，一般人应付不了。

他在叫骂声中，被弟兄们连拽带拖地抬走了。

这个庆功酒会是一种即兴式的，而且混江龙已发下话，大家要一连喝三天，喝醉了，就地就近搭起窝棚住下、睡下，醒了再喝、再醉。人们乐呀，也就把滚地雷的事渐渐地忘了，以为他酒醒后会好起来的。但是，对于滚地雷的突然间发飙，这种酒后吐出真言，倒是一下子提醒了韩义。

这天夜里，韩义倒在炕上睡不着了。

他觉得今天滚地雷虽然是多喝了点酒，好像是喝醉了，大骂杨三，非要买马，这也是一种情绪，一个愿望啊。是呀，自己绑了俄国人阿列克塞耶夫女儿的票，逼他用杨三来换，这是多么冒险的事呀。而且惹怒了朝廷，朝廷派出官兵，洋人发了照会，朝廷命令部队剿了他的队伍，要不是滚地雷这些绺局、山林队的弟兄们帮着他出兵"递枪"，他是打不过官兵与洋人的。

其实滚地雷说出的话，也是许多人心中的念想。在滚地雷的弟兄们、炮头们抬他的时候，韩义听到他们说了一些听起来很刺耳的话，什么"马是人家的！别说买，看一下都休想！""宝贝嘛！人家的东西，凭啥让你来召见？""难道咱们是后娘养的……"这些话，当时就让混江龙犯了寻思。是啊，这马太神奇了，大伙都想见识一番，这也是人之常情。你卖不卖不说，让大伙看上一眼总不为过吧……

韩义翻来覆去地想，突然坐了起来。

他命令手下人："去，把杨三请来。"

杨三自从被众弟兄从杨坡家的地窖里救出，一直沉浸在一种兴奋之中。他已有了一个打算，待这边庆功酒宴完事之后，他要尽快赶回旅顺黄泥川，要与刘二哥义和团、红灯照的兄弟姐妹们一起护城，抗击俄兵、官军。本来昨日和今天，与众弟兄们庆贺，吃酒助兴，不承想突然出现了滚地雷"事件"，他提出要买马。杨三想，滚地雷说的虽然是醉话，但也看出大伙都对这匹白马有一种一探究竟的好奇感。可是，自己该怎么办呢？

他也是一夜不曾合眼，翻来覆去地想，是不是应该把小白马唤来，让各绺队的弟兄们看一看呢？

就在此时，他听传令兵来报："杨三统领（那时，杨三已被旅顺刘二哥义和团任命为副统领），大柜让你去一趟。"

夜深了，混江龙大柜会有什么重要之事非要这时候传唤他呢？杨三不敢怠慢，立刻起身，和哨兵一起来到混江龙的上房。

混江龙令哨兵退下，让杨三坐在自己的对面。

他说："杨三啊，我想起了一件要紧的事，才把你叫来与你商量。实在是不好意思啊……"

杨三说："大柜，你我已是朋友，不必客气，请讲吧。"

混江龙说："杨三哪，你说心里话，你的马能卖吗？"

杨三一听又提马的事，便回答说："大柜，我把实情告诉你吧，这马可不是一般的马，它是一匹让龙给戏了的马，所以神勇无比，是不能卖的。怎么，难道您想买？"

混江龙说："不不。杨三啊，实话对你说吧，这马是一匹上等的好马，根本不是银子能买得到的。当初我不惜一切代价救你，并不是看重这匹马，而是看重你这个人哪！你不顾生死，为国为民，这让我韩某佩服，我怎么可能夺你这个至宝呢！只是如今你也看到了，许多弟兄都对这马感到好奇，其实他们也就是想见识见识，说买那只是一种借口，要看看才是本意。因为谁不知道你还要骑着它去战斗，去给义和团送粮啊！"

杨三听混江龙这么一说，他一下子愣住了。

是呀，其实混江龙大柜与自己想到一块去了。他把自己的想法原原本本地告诉混江龙大柜，征求他的意见。

杨三说："大柜呀，如此说来，咱们已经想到一起啦！"

混江龙说："此话怎讲？你快说说。"

杨三说："大柜，我已经想好了，我想把小白马牵来让大伙见一见！"

混江龙说："好哇。我也想让你这样做。一是让大家觉得你杨三是个让人信得过的人、有情有义的人，二是为了让你报答这些人出生入死为解救你的恩情。别的你也不要有什么顾虑。他滚地雷白天是喝太多了，他说的话、做的事，酒一醒，也就都忘啦！"

杨三说："不，我不会怪罪滚地雷大柜的。"

混江龙说："那你什么时候去牵马？"

杨三说："你想何时？"

混江龙说："我所定庆功之日，只有三天，如果杨统领能在三日之内把马牵来，这实在是我韩某再高兴不过的事啦，而且，这也是各路的弟兄们都盼望的事。"

杨三说："那好，就定在庆功宴的最后一天。"

混江龙说："哎呀，这可太好了。"他又担心地说："可你何时出发？旅顺距咱们吉林九台八百里地，就算马跑得快，可谁去送信呀？"

杨三笑了。

他对混江龙说："大柜，这你放心。保管在两日后，我让小白马来到咱们院子里，让劳苦功高的各位弟兄们见识见识！"

混江龙说："好。那咱们就一言为定。"

杨三说："驷马难追。"

杨三离开混江龙的上房，心中已经盘算好了，他要在三日后的那天中午，让小白马来到九台混江龙沙河子驻地。他要给众位弟兄一个惊喜。因为，任何人都不知道一个秘密，小白马能听懂他编的"叫马琴"的声音。

叫马琴是什么呢？其实就是用东北草甸子上的一种叫"马莲"的草编的小连子。马莲草的叶子很宽，长在道边或车辙上，夏天时翠绿或浓绿，到秋天时开出一串串的小紫花，很好看。这种草的草根可以制成刷子，用来刷马，民间俗称为马莲刷子。小时候，孩子们常常用马莲来编"马莲垛""蝈蝈笼子""蚂蚱笼子"什么的。但有一回，杨三发现了一个秘密。

当初杨三在杨坡家当长工时，他就发现了小白马的奇特之处，所以放马时，他常常让小白马去圈赶马群。一天，天突然阴了，他躺在山坡上睡着了，等醒来时，马群已散开了。他想让小白马去圈赶马群，可是小白马已不见了踪影。

正在他焦急时，他一下子碰到了身旁自己闲着时用马莲草编的一个小连子，他无意间拿起它摔了一下，就在马莲草连子落地时，只听"当——"的一声巨响，声音异常清亮，传向远方。随后，他惊奇地发现，小白马好像听到了他的召唤，突然从远方的地平线上出现了，而且迅速跑到他的身边。他感到很惊奇。以后他又试了几次，发现小白马只要听到马莲草连子一响动，它无论在什么地方，不论跑出多远，都会马上奔跑回来。于是，他把这种草编的物件称为"叫马琴"。而每一次使用"叫马琴"，他都在内心轻轻地呼唤：

叫马琴，叫马琴，
声音一响飘入云。
快来看看我是谁，
日夜思念你的人。

也真奇怪，每当他拨弄"叫马琴"，心中再这么一想，不一会儿，他的马儿准会跑来。但是，他被关押在杨坡家大院的时候，他是绝不敢这么试的。他也想让自己的小白马来救自己，但又怕小白马落入敌手，不能连累了马儿。再说，他的手脚日夜都被捆着，他也采不来马莲草编扎叫马琴呀。

现在，是时候了。他要试试，再用这种古老神秘的手法去呼唤那仿佛已很久远的记忆，让记忆回归，让马儿到来。

第二天，这是杨三和众弟兄们、众绺队的兵丁们欢庆胜利的第二日。他趁大伙处正在高兴之中，自己悄悄地来到松花江边的荒草甸子上。

秋风吹刮的时日，原野上的百花更艳了。风刮来，阵阵花香飘荡在茫茫的田野上。杨三奔向那高坡上，只见那里盛开着一片片紫莹莹的马莲花。他采下一捆马莲草，抱回了家。

夜深人静的时候，他关上门，点上了灯。

这时，院子里一片寂静。人们欢庆了一天，也都喝醉了、跳乏了，大家都一个个地睡熟了。

当圆圆的一轮月亮升上中天时，杨三在炕上铺上了马莲草。

那一棵棵翠绿的马莲，勾起了他多少难忘的记忆呀。想想自己苦命的一生，被逼无奈来到杨坡家，在苦难和劳累中，结识了同样命运的小香姑娘，那是苦难生活中的一丝慰藉啊。更让他无法忘怀的是，他在马群中发现了这匹与众不同的马，这是一匹多么懂事的马呀。它就是不会说话，如果会，它应该是一个多么活泼可爱的人啊！它是一个聪明而奇特的生命，已与他杨三结下了难舍之情，没有人能将他们分开。

如今，他已经很长时间没见到自己的伙伴啦，他想它，他要让它快些回来，回到自己的身边，再骑上它为义和团送粮。

杨三在草捆中抽选出一根根直溜溜的、叶子宽宽的又硬实的马莲，然后开始编"叫马琴"。杨三的手在动着，心却早已飞向遥远的黄泥川古城，与自己心上的伙伴面对面了。他在心底里说：我的老伙计，明天我们就要见面了！你等着，还有许多人要见见你，你可不要惊慌，这些都是咱们的人，他们和我一样，想见见你，认认你，摸摸你的毛……

这一夜，杨三一直编到天亮，一个青青绿绿的、散发着东北原野草香的马莲垛——叫马琴已经编好了。而且，他还编了三个马莲草的球。

黎明到来了。

对于杨三召唤来小白马，混江龙深信不疑。前一天他便对那些来"递枪"的众绺子的弟兄们说，咱们的庆功仪式还有一个能使人惊喜的节目，安排在最后，最后一天让大家开开眼界。

好多人忍不住问："混江龙大柜，你有什么拿手好戏还不开场？"

他只是说：别忙，好饭不怕晚。但究竟是什么，他也猜测不到。每天只是吃吃喝喝并没多大意思，也想换一换新的玩法，可又不知如何是好。这日早上，混江龙突然对参加庆功的弟兄们宣布，头晌午时三刻，将有精彩的节目让众兄弟见识见识。他给大家在山坡上安排好了位置，每个"递枪"的绺子人马坐到一块，天照应、滚地雷、四海山、混江龙四位大柜坐在最前边，后边依次是他们的弟兄们。他们的前边，是一大片场院，足有二十多间房那么大，里面非常平整，长着翠绿的小草，可谓一马平川。

这么大的场面，混江龙要干什么呢？

午时二刻，混江龙站起来，他端着烟斗，美美地抽了一口，然后对大家神秘地一笑，说："大柜们，弟兄们，今个儿我混江龙也要露一手，让诸位劳苦功高的弟兄们见识见识！你们不是想亲眼看一看快马到底啥模样吗？一会儿咱们就好戏开台，请诸位睁大了眼睛看，千万别错过机会。"

大伙都"哦——！"了一声，原来是这个！这可太好了。不然打了一仗还不知道保护的马是什么样，这能不憋屈嘛！

大伙都很高兴。

这时，只见杨三出场了。

杨三今个儿的打扮、穿戴不同以往。只见他穿着一件灰色对襟的夹袄，黑色便行夹裤，裤脚上扎着腿绳，显得十分利落。特别是他头上扎了一条红色的头带，带条在头上缠了一圈由左侧牵拉下一角，上面有"义和拳"三个字，显得很精神，也很威武，他手里还拿了一个一尺长短的马莲垛。

平常的马莲垛人们都见过，编完之后小孩们常互相拉着玩儿。可今天这个马莲垛比一般的大得多，而且是琴的形状，很好看。这杨三要干什么呢？大家都猜不透。

正当各绺子的大柜们也在猜测时，杨三已向天照应、滚地雷、四海山跟前走来，他先到滚地雷大柜面前，说："滚地雷大柜，一会儿你就能近距离接触小白马啦……"

滚地雷好奇地问："那你手里的是什么？这不是马莲垛吗？"

杨三说："今天，它不叫马莲垛。"

滚地雷问："那该叫什么？"

杨三说："叫马琴。"

"琴？"

"对。"

杨三看着滚地雷不解的样子，又说："大柜，一会儿我一弹这琴，小白马就来了。"

滚地雷"啊"了一声，点点头，周边的人也跟着"啊"了一声，点点头，似懂非懂地议论起来。

杨三又分别走向天照应、四海山等诸位大柜，并一一让他们摸一摸、看一看他手中的马莲垛。这时，杨三来到混江龙身边说："混江龙大柜，一切还由您来配合，马来后，您帮我拿着这'叫马琴'。"

混江龙说："好！好！"

此时，货郎子高声告诉人们："午时三刻已到——！"

大伙再看，只见杨三已双手拿着"叫马琴"走向了场院中心。他走到那里，一下子坐下来。大家立刻屏住呼吸，有的伸长脖子，有的甚至半蹲着往前看。四周静悄悄的，没有任何动静。远处，蓝蓝的天空飘荡着几朵白云，也没有什么要出现和到来的迹象。

这时，只见杨三挽起了袖子，把"叫马琴"（那个马莲垛）拿起来，捧在了他的怀里。接着他用左手托着马莲垛，右手像弹琴似的拨动马莲垛上的草片。突然，整个院落发出一种"嗡嗡"的响声，像金属的拨动声，又像汩汩的流水声，那声音是那么动听，由院子里升起，一点点消失，传向远方……

传到哪里了？其实这个声音一下子便传至八百里之外的旅顺口黄泥川古城里去了。那时，正在吃草的小白马一听到这个声音传来，它突然"咏咏"地嘶叫了几声，一下子挣脱了缰绳便跳上了城墙。

黄泥川的义和团士兵们惊恐地叫道："不好了！小白马要跑了！"

"快点！抓住它——！"

这时，小香跑出来，她一看反而笑起来。小香说："别管它，别管它！它在听令。"

众人不解："听令？"

小香说："对，这是它的主人杨三在叫它。说不定啊，杨三哥要回来啦！"

大伙一听，也乐啦，一齐喊道："杨三——！杨三——！"

这时，小白马果然站在城头上，又"咴咴"地叫了两声，突然一纵身跳入云间而去。

在松花江边的沙河子混江龙驻地的场院里，杨三手抚"叫马琴"（马莲垛）在不断地拨动着，并在心里默默地念叨着：

叫马琴，叫马琴，

声音一响飘入云。

快来看看我是谁，

日夜思念你的人。

突然，有人喊："快看！来啦！"

这时，只见遥远的西北天空上，果真飘来一朵云彩，那云彩飘得很快，飘呀飘呀，一点点的近了。大伙再一看，云彩上站着一匹小白马。云彩来到院子上空，只听小白马在空中"咴咴"地叫了两声，突然四蹄腾空从云层中奔了下来，一下子落在距离杨三十来米远的草地上。就在大伙"哎呀"一声惊叫时，更让人感动的事情发生了！

只见小白马将前腿跪了下来，然后用后面的两条腿蹬地，一点点地向着主人杨三爬了过去。杨三扭过头，扔掉手中的马莲垛，冲着自己心爱的马也爬过去，然后他们一下子抱在了一起……

大伙发现，此时的杨三双目紧闭，只是紧紧地抱着马头，大颗的泪花不由自主地淌下来；而小白马呢，伸出红红的舌头，不停地舔着主人的脸，把杨三思念它的泪珠，一颗一颗地舔入口中……

天上人间，如果真有神灵，此刻能从小白马与杨三这种亲密情谊中悟出一个道理：人类一定要对得起动物。动物也有一颗心啊，也有情有义啊。

看着人马如此亲密无间，在场的每一个人都不禁发出感叹：哎呀，真是大饱眼福，这真是人间奇迹！在场的人哪里见过这种场面，都看呆了。

这时，杨三从沉迷的思念之中一下子醒过来，这才觉得还有这么多人在看自己呢。于是，他拍了拍小白马的脖子站了起来。他把混江龙大柜请到场院中间的小白马前，然后对小白马说："小白马呀小白马，这是我的救命恩人混江龙大柜，你该怎么谢他呢？"

只听见小白马"咻咻"地叫了两声，突然，前腿一下子跪下，头上下摇了几下，好像在跪拜混江龙，感激混江龙。

周围的人一见，都鼓起掌来，齐声喊："好——！好——！"

这时，杨三又在混江龙耳边说了几句什么，混江龙转身走了。

不一会儿，混江龙从屋子里捧出三个马莲草编的草球来，放在院子中间。然后，杨三牵着小白马向人群走来。他走到滚地雷、天照应、四海山等几位大柜面前，一一地向小白马介绍，并一个一个地说出他们的名字。他还对小白马说，为了救出自己，几位大柜率领弟兄们如何出生入死地与官兵作战，小白马听后伸出舌头，分别舔了舔他们的手和脸，显得很亲密。

然后，杨三让混江龙大柜把那三个草球拿过来（其实这是昨天夜里他在编叫马琴时就已准备好的），分别将草球发给滚地雷、天照应、四海山。杨三说："各位大柜，这匹小白马不但日行万里，而且还能分辨人。它已熟悉你们啦，现在请你们试试。"

三人问："试什么？"

杨三说："请你们将混江龙大柜拿给你们的草球，在每个里面放上你们自己的一个物件，然后让小白马再把草球分给你们……"

他们三人惊异地叫道："这，能行吗？"

杨三说："试试看吧。"

这时，混江龙已将那三个一模一样的草球分给了滚地雷、天照应、四海山三人，让他们去准备了。这边，杨三让货郎子（花舌子）取来一条带子，又让他上前给小白马蒙上眼睛。

货郎子这一辈子什么事情都见过，什么事都干过，可对于要给一匹马蒙上眼睛，然后让它去认根本看不见的东西，他有点不相信。他说："这，这能行吗？"货郎子举着布带子，有点担心。

杨三却说："货郎子掌柜，你就蒙吧，尽管去蒙。但一定要系紧点，别让布带子掉下来。"

于是，货郎子把布带子向大家扬了扬、抖了抖，然后走到小白马跟前，慢慢地给小白马蒙上了眼睛。杨三又走上来，伸手检查一下货郎子是否系紧系好。

这时，那边的三个草球，也由滚地雷、天照应、四海山分别在里面藏了一个物件，混江龙捧着三个草球，摆放在小白马跟前。

杨三这时说："小白马，你要仔细。下面请你将各位大柜的草球，分别送到它们的主人手里吧。"

蒙着眼睛的小白马好像听懂了杨三的话，又"咴咴"地叫了两声。

全场人都屏住了呼吸，不知道这匹蒙着眼睛的马能否办到。这时，只见小白马一低头，从地上叼起一个球，一溜小跑奔向天照应，把草球送到他手里。然后，它又奔回院子中间，叼起一个草球，又颠儿颠儿地走向四海山，把这个草球交给了他；最后，它叼起那剩下的草球，奔向了滚地雷。离滚地雷一步远时，它突然停下了，"咴"地叫了一声，一仰脖将那草球抛起来，甩给了滚地雷。在大伙的欢呼声中，滚地雷大柜站起来一下子接住了草球。

杨三说："请给小白马摘下罩子吧。"

货郎子走过来，给小白马摘下了罩子。

杨三又说："请各位大柜打开自己的草球，看看里边是不是你们自己的东西……"

这时，整个场院都乱套了，人们都围过来观看。只见滚地雷从草球中翻出了自己放进去的烟袋，天照应从草球里翻出了自己戴的烟荷包，四海山则把自己烟袋上的一个核桃坠子也找到了，一点儿不差！

大伙"嗷嗷"地欢呼起来，惊奇地喊着。滚地雷把杨三叫过来，说："杨三统领，你的马太神奇了，但本人还是不明白，它是怎么认出来的呢？而且，我们三个人每人放东西时都是偷偷地将自己身边的东西放进去，又都放的是烟袋上的东西，它怎么能分辨出来，这不是太奇怪了吗？"

杨三说："滚地雷大柜，这一点儿也不奇怪，马的嗅觉其实是很强的。大柜你想想，在你们开始往草球里放东西之前，我不是牵着小白马到你们每个人面前去嗅你们、亲你们了吗？其实在这时，它已经把你们每个人的气味都记在心里了。而你们所使用的东西，虽然都是烟袋一类之物，但其实上面已分别留下了你们自己的气息……"

"气息？气味儿？"

"对。所以，它很快便能分辨出来，这一点儿也不奇怪。"

大伙听着杨三的解释，都佩服地点点头。

这时，杨三也看出大伙的意思：都说这马快，但方才一系列的事只能说明这马聪明、有情谊。如何让大家知道这马跑得有多"快"呢？

混江龙看出了杨三的意思，也知道大伙的想法。他于是走到众弟兄面前说："大伙想看看这马是如何快的，是不是？你们中谁能说出一个地方的特产，让杨三兄弟骑马去取，怎么样？"

骑马去取特产，这个法子挺新鲜。但上哪儿去呢，取什么呢？

大伙举出了千奇百怪的各类特产，什么舟山的海鱼，福建漳州的荔枝，新疆的哈密瓜，还有人想到龙井的苹果梨……

这时滚地雷说："要说特产，全国各地多的是。我看，就吃咱们长白山龙井那疙瘩的苹果梨！"

大伙齐声说："中！中！"

"对，就吃苹果梨。"

大家达成了共识。

说起龙井一带的苹果梨，其实还有一个故事呢。话说有一个姓张的朝鲜族老汉，从朝鲜半岛逃荒过来时，他背着一棵苹果树苗，到龙井山上嫁接在一棵山梨树上结出的果，好吃极了，从此出了名。

混江龙瞅瞅杨三，杨三点点头。混江龙小声问杨三："多少里地？"

杨三说："一去六百二，来回一千两百四……"

混江龙有些担心。杨三说："放心吧，我只是去去就来！"

然后，杨三对在场的诸位弟兄们说："大伙点上烟，一锅没抽完，我就回来啦！大伙就等着吃梨吧。"

混江龙冲着大伙喊："去龙井一来一回，一千多里地呀……"

正在大伙议论纷纷时，杨三已翻身上马，只听见小白马"咴咴"地叫了两声，两条前腿往起一腾，身子像条龙一样往前一倾便飞上天空。接着，大伙抬头一看，杨三骑着马在人们头顶的上空打着旋，一旋、两旋、三旋之后，那马又"咴咴"地叫了两声，这才一蹿，驮着杨三奔东南而去了。

大伙连连叫好、叫绝。

有的人连忙点烟、抽烟，有的人又找人借烟、对火……

就在这时，大伙又听到空中马儿叫了两声。怎么没去？只见马儿驮着杨三又回来了。

那马儿打着响鼻落在地上，只见杨三手里已拎着一大筐苹果梨！什么？人家已经摘梨回来啦。

哎呀！大伙这一下可吃惊不小，一个个惊得目瞪口呆，直到杨三和混江龙把那新鲜、水灵、可口的大苹果梨放在大柜们面前时，大伙这才感觉这一切都是真的！

此时，只见杨三站在场院中间，双手抱拳对大伙说："混江龙大柜，各位大柜，各位兄弟们，我杨三和小白马感激诸位对我的营救，因义和团抗外寇重任在身，杨三在下就此告辞了！咱们后会有期。"说完，他跳上小白马。小白马一下子腾到空中，那马又是在众人头顶的上空盘旋三圈儿，众人齐喊："后会有期！后会有期！"只见小白马"咴咴"地叫了两声，驮着杨三直奔西方而去，转眼间就消失在天的尽头了。

第二十章 危机四伏

骑在马上的杨三，此时向下一看，只见此地多处起火，一队队的"苦力"被洋人的兵丁押着，他们戴着沉重的锁铐在泥泞的乡道上走着，每个人肩上都扛着铁锹、镐头等工具。他们是去干什么？奔往哪里？

原来，清政府在洋人的威逼下，同意洋人在东北修一条铁路，叫中东铁路，主要由俄国列强来监修。根据《中俄御敌互相援助条约》[简称《中俄密约》，这是光绪二十二年（1896）李鸿章同俄国财政大臣维特、外交大臣罗巴诺夫在莫斯科签订的]，允许俄国在黑龙江、吉林两省修筑铁路，通往海参崴。但俄国人借此条约，在吉、辽一带大肆开修铁路，俗称"中东铁路"。俄国沙皇特派中东铁路总工程师茹格维奇在哈尔滨签订了

《吉林铁路交涉总局章程》。《章程》规定，凡在吉林涉及中东铁路的一切事宜，统归交涉总局管理，总局的一般官员和兵勇由吉林将军委派，督办、会办应先征得总工程师同意后，方可委任。这样一来，俄国政府特别成立了中东铁路修筑和维护队，他们以此为借口，在先期派出大批俄军占领了辽东半岛的基础上，又迅速向东北平原火速增兵，在原有7000名兵员之上，又配备炮连，不久，又将护路队扩大为1.1万名。就在当年，进入中国东北的俄军已达十多万人。等杨三骑着快马赶回旅顺黄泥川古城时，正是俄军在东北以自己的利益受到威胁和清政府拍案叫板的时候。俄军一边镇义和团，一边抓了很多农人去修铁路，俗称"吃路饭"。杨三看到的就是"吃路饭"的路工。

杨三回到黄泥川，众人自然十分欣喜。最高兴的当然是小香。会首刘二哥说："那天，小白马突然挣脱缰绳，我们还以为是不祥之兆呢！后来听小香说，白马是去接主人。这回你回来了，我们要大干一场。但是，有一件事，得先办了。"

杨三问："什么事？"

刘二哥说："你与小香的婚事呀。"

小香一听，红着脸跑了出去。

杨三说："谢谢刘会首想着我们。但眼下战事连连，还请会首一切简办。"

刘二哥说："那也不能太草率了。一切听我的安排吧……"

杨三与小香的婚礼是在杨三回到黄泥川古城的第三天里举行的。主持人是刘二哥。刘二哥想到杨三是满族，得按着满族的习俗去办这件终身大事。考虑到小香是汉族，男婚女嫁要"三媒六证"。"三媒"就是天、地、人，通常说的是天为父，地为母，人为红叶。红叶就是牵线搭桥的红娘。

杨三和小香婚姻的"红娘"是谁，刘二哥想，就是小白马呀！它是要出席的。还要有"六证"。

六证，是指算盘、剪刀、尺子、蜡烛、斗、秤。这可是一场"满汉"结合的婚礼。

为什么要有这些个说道，刘二哥给大家讲了一个故事。从前有一户人家，男孩子聪明英俊，在学堂里跟师父学习。学业完成之后不愿参加科考，回家后写了一个"天下第一"的金匾，高高地悬挂在自家门上。他父亲怕他惹出是非，非让他把匾取下来，他就是不肯。

有一天，有个钦差大臣路过此地，他一看这个金匾，心想：只有皇上敢这么说，他的胆子也太大了。回到朝廷，他禀奏圣上，要惩治这"刁民"。皇上听了，果然龙颜大怒，立刻传下圣旨，他不是说自己是天下第一吗？让他献上武当山那么高的一堆灰面，长江那么粗的一股香油，不然就砍他的头。

钦差大臣连夜带着侍卫去传旨。可是这个小伙子不慌不忙地说："进贡好办，只要圣上能拿出'六证'就行。"

钦差大臣想，世上只有"四证"，多出的"两证"是什么呢？原来从前结婚，只有"四证"，皇帝老子也没听说过"六证"。

钦差想不出"六证"是什么，就回去禀报皇上，皇上也想不出，就把文武百官召集上殿。可文武百官也是大眼瞪小眼一问三不知，后来皇帝只好贴出榜文，谁能进献"两证"，要金给金，要银给银，不是官的封官，是官的加官晋爵。

这皇榜贴了好久也没人敢揭。有一天，乡里有个姑娘听说了榜文的事，心想：这有什么难的呢？于是，她拿了一把斗、一杆秤就揭了皇榜。圣上召见她，又让人把那个小伙子也找来问："是这'两证'吗？"

小伙子说："是这'两证'。"

皇帝说："那好，你就交来武当山一样高的面堆，长江一样粗的香油！"

小伙子说："行啊。但得先请皇上用秤去称一称，武当山有多重？用斗去量一量，长江的水有多粗多长。正好这位大姐带来的两样东西都可用上。"

皇上一听，不住地夸这个小伙子聪明，又夸这个姑娘心灵手巧。这不正好是天生的一对吗？于是，皇帝一时高兴，就亲自当了他们的媒人，促成了他们的姻缘。皇上下了一道圣旨，要求日后所有的婚嫁都要有"三媒六证"，从此民间百姓都流传开了，结婚实行"三媒六证"。六证的意思是：有斗证明有白米千石，有秤证明能称重斤两，有算盘代表钱财满贯，有剪子证明能裁百丈布匹，有尺证明办事有尺度，有蜡烛代表圆月照新房。

这时，那个姑娘上前谢过皇上，并说道：民女出嫁，只求皇上恩赐一间没有柱、没有梁、不要门、不要窗的新房。

皇上一听，心想，世上哪有这样的新房？

正在为难之时，小伙子说："皇上既然成全了我俩的好事，这样的房子我来修吧。"皇上同意让小伙子带人上山。小伙子呢，就让人在山崖上凿了一个洞，无柱，无梁，无门，无窗。修好房子那天，姑娘高高兴兴地当上了新娘，她和新郎一起捧着装满绿豆的斗，上面插上秤、剪子、尺、算盘和蜡烛，双双入了"洞房"。从此，民间结婚都要有"六证"，而新房叫"洞房"就是这么来的。

刘二哥让义和团的弟兄们也为杨三和小香准备了"六证"，并在山崖上找一个山洞作为他们的"洞房"，小白马的脖子上系着一朵大红花把两个人驮进了"洞房"。

杨三和小香的婚礼在刘二哥的主持下办得热热闹闹，义和拳的弟兄们练了一回义和阵，拳师们献上绝艺以示祝贺；红灯照的姐妹们耍了一回红灯，以闪闪的"灯阵"来为他们的新婚助兴。大家一直欢庆至深夜。

洞房里，杨三和小香依偎在一起。

小香说："杨三哥，从此我们再也不分离啦！"

杨三说："小香啊，你我能有今日，全靠那些好心人帮助我们，还有小白马！其实世上好人多。我们要永远和义和团一条心，杀尽洋人，迎来一个吉祥太平的天下！"

月光照进"洞房"，照在这两个幸福之人的脸上，多少年的苦难、奔波，今天终于有了一个好的结果。于是，杨三摸出自己的箫，吹起了在草甸子上放马时常吹的箫歌；而小香呢，也情不自禁地唱起了心底的歌：

一呀一更里呀，月牙出正东
想起了咱们俩呀，从小去打工
扛活打工苦哇，能听哥的声

二呀二更里呀，四野起了风

原来是那洋鬼子进了咱关东

杀人又放火，天下无太平

三呀三更里呀，哥妹同出征

战火硝烟总有情

哥骑战马，我擎灯，照遍天下红

歌声，箫声，伴随着远方隆隆的炮声，一对患难之人的婚礼就这样结束了。

杨三、小香、刘二哥他们没有想到，也不可能想到，一场恶战正在等待着他们。那时候，清政府已被洋人吓破了胆子，他们一看遍地起了义和团，心想：洋人就是外人，他们侵占我们，过一阵子，也许就走了。可这义和团、小刀会、红灯照，不但和洋人作对，也和朝廷作对，一旦胜了，就会赶自己下台，于是他们宁可投靠洋人。在朝廷这种旨意下，盛京将军增祺那时已缴械投降，吉林将军富林由于没有打败义和团和土匪绺子被免职，由长顺任吉林将军，可他也打起了白旗，只有黑龙江将军袁寿山顽强抵抗，但人单势孤。辽东总兵王哈自从在吉林九台其塔木被洋人阿列克塞耶夫骗了一把，在神不知鬼不觉中"放跑"了杨三，他也被吉林将军奏了一本，说他失职，朝廷也把他革职了。

再说旅顺总督阿列克塞耶夫，自从他以偷梁换柱的手段，在自己兵丁看守杨三时，偷偷掠走杨三，这才换回了自己的女儿和母亲，于是连夜匆匆赶回了辽东旅顺。他一气之下，把女

儿大骂了一顿，立刻把母亲和女儿撵回彼得堡了。这回，他也
静心了，他要与义和团决一死战。

由于朝廷和官府采取投降政策，使得俄国人阿列克塞耶夫
的气焰十分嚣张，他扬言要在一个月之内攻下黄泥川，剿灭义
和团，抓住杨三，夺下小白马。

就在杨三和小香结婚之后的第二个年头，阿列克塞耶夫、
图利诺等人纠集了辽东、辽北一带的大量俄军，还有所谓监管
修筑中东铁路的俄兵十多万人，联合进攻黄泥川。黄泥川虽然
有杨三和小白马日夜往来运送粮草，但枪支弹药还是不如洋人，
这一日，黄泥川古城东门还是被阿列克塞耶夫的军队攻破了……

那场仗打得极其惨烈。

刘二哥和义和团的弟兄们退守到十字街口的关帝庙前，等
待老铁山和白云山一带的援兵到来。可是，增援的义和团也被
阻截了。这时，阿列克塞耶夫的洋枪队逼了上来。

俄国人的洋枪队排着整齐的队伍，每个人后屁股上都系着
一个小凳子，他们有时在军官的指挥下，坐下来瞄准射击。

刘二哥让大家脱去上衣，前胸和后背都写上"符"，画上
"符"。大家手握大刀、长矛，等待刘二哥"上法"。

所说的上法，就是由刘二哥念咒，主要是讲说每一个义和
团弟兄，都有老天爷在照应，这样便可以刀枪不入。上完法，
就开始上阵。

这时，阿列克塞耶夫的洋枪队在外面奏起了军乐，那是进
攻的信号。音乐一响，俄兵们排着整齐的队伍，端着上了子弹
的刺刀枪，齐步向前。刘二哥拔出大刀，挥舞着喊道："弟兄们！

上啊。我们会刀枪不入！我们喝过'符'啦。"

于是，弟兄们齐喊：刀枪不入！刀枪不入！他们迎着敌人的枪口冲了上去。

阿列克塞耶夫的洋枪队枪响了，一阵硝烟弥漫，义和团的弟兄们纷纷倒下。

关帝庙前旗杆下的广场上，一时间血肉横飞。第一排义和团弟兄们倒下了，第二排照样顶上去，可是，依然一排排倒下。洋人就像练靶子一样！偶尔有一两个弟兄冒死冲上去，也是倒在了洋人的脚底下！看来，大刀对付不了洋枪啊。

这场恶战直打了三天三夜，坚守在黄泥川的刘二哥和大部分义和团弟兄们都阵亡了。俄国人阿列克塞耶夫一把火烧了黄泥川古城，杨三、小香与一些弟兄们冒死突出重围撤到了东鸡冠山上。

那个时候，整个大连、旅顺一线都被俄兵占领，旅顺口又落入了俄国人的手里。他们在大连、旅顺一带村落搜索，一发现有义和团的人，就把全屯子人绞死。为了不连累村民，在一个月黑风高的夜晚，杨三带着小香骑上小白马直奔东边逃亡而去。

清光绪二十六年（1900），俄国人修筑的中东铁路已近尾声，只剩下拉林河一线没有最后接通。一个狂风怒号的夜晚，在靠近拉林河边的一条古道上，走来了一队人马。他们扛着枪，背着弹药，全副武装，但显得疲惫不堪，一副溃不成军的样子。士兵们撕破的军大衣在夜风中飘摆着，磨露脚趾的马靴，时不时地钻进一些小石子，惹得他们一阵粗野地咒骂。他们每个人手上拎着、背上背着大大小小的包袱，尽管疲惫不堪，但这些东西他们决不撒手。这些包袱有的已经破了，从里面露出漂亮的丝绸、蓝印花布，或掉出农家妇女头上戴的金银首饰。无疑，这是一伙强盗！而这些人正是在《中俄密约》条款下，打着"同盟"旗号，来执行修筑铁路特权的俄国人。

一个脸和下巴上长着络腮胡子的家伙，用枪把子狠命地击打拉着花轱辘车的老牛的屁股。那牛猛地往前一蹿，使得乱七八糟地躺在车上的一些家伙大骂起来。因为他们疲倦，都想睡觉。这时，一个家伙大骂道："你们这帮混蛋都精神点，快到目的地了！"这个大喊大叫的人是谁？他正是阿列克塞耶夫。

阿列克塞耶夫这家伙是俄国沙皇的红人，他不但在辽东旅顺一带经营多年，还因剿灭辽东、旅顺一带的义和团有功，在黄泥川战役结束后不久他便被沙皇授予"占领东方"有功的勋士奖章。光绪二十六年，他又被沙皇派遣修筑中东铁路的总工程师茹格维奇看中，奏请沙皇派阿列克塞耶夫为中东铁路护路队总司令兼执行队长，专门招募修铁路"吃路饭"的人，并最后完成"拉林河一线的铁路通车"。沙皇当时考虑到阿列克塞耶夫多年生活在中国东北辽东一带，熟知那里的风土人情，便同意了。

阿列克塞耶夫心里清楚，虽然自己在东北经营多年，对那里的风土人情也谙熟，但他深知那些地方的什么"团""会"都敢于和洋人对抗，他不是没领教过，自己的女儿就险些落入"虎"口，真是太可怕了。但是，他又有些舍不得中国东北这块"肥肉"。

在他家里，藏有大量东北的宝贝，什么岫岩的宝玉，辽西的鸡血石，松花江的东珠、浪木，还有乌拉缸窑烧制的一些土缸，甚至还有关东山里的人参、鹿茸以及珍贵动物貂、狐狸、黑熊、虎、水獭等的皮张。

阿列克塞耶夫是一个古董迷，他恨不得能拥有中国民间和东北的各种宝贝。他想：如果能把中国东北"安"上一个轱辘（轮子）推到家里就好了。中东铁路护路队总司令的官职虽然比旅顺总督的职务要小，但实际"油水"更大。他知道，就单单招募"吃路饭"的修路工这一项差事，就有捞不完的油水，何乐而不为呢。

再加上东北这个地方他有许多朋友，有什么难处都可以帮他一把，所以他就答应了这个差事。眼下，他带领先遣兵队开往科尔沁一带，一是招募"吃路饭"的筑路员工，维护中东铁路的治安，防止一些"刁民"来破坏和骚扰俄国人修筑铁路工程；二是那里有许多村屯不肯搬迁，沙皇命令他不管使用什么办法都得让这一带的百姓让出村屯，以便铁路能通过这里。

那时，中东铁路是边修边推进。所以，阿列克塞耶夫率兵先是从旅顺乘火车到达辽阳，然后连夜步行往北行军，再加上他们边走边抢，携带的东西也就越来越多，所以个个疲惫不堪。

第二十一章 伸进苇子沟的魔爪

风，吼叫着，在荒凉的古道上卷起了浓浓的尘土。这些夜行的俄军一个个裹紧军大衣，抵挡着刮来的砂石。

吓人的风吹刮了大半夜，天近三鼓，才渐渐地小了下来，那裹挟着巨大风圈的圆月挂在夜空上，照着这寒冷而空旷的荒野古道。俄兵们来到一个突起的沙丘旁边，不管阿列克塞耶夫愿不愿意，他们都横七竖八地倒下了，有的头一挨上沙丘就立刻发出像猪一般的鼾声。后面赶上来的留着两撇小黄胡、头戴着大盖帽、腰挎马刀的就是图利诺。由于他熟知东北地情，旅顺战役之后，他也随着阿列克塞耶夫前来，出任中东铁路护路队副司令。这次是他与阿列克塞耶夫一同奔往拉林河，前去招募"吃路饭"的苦力。现在，他发现有人睡下了，就大叫道："起来！统统起来！这里不是睡觉的地方。"

"图利诺先生，请你消消气。"一个留着红色胡子的家伙拉住了他，"你来看看地图，急躁有什么用？"

图利诺这才把抽出的刀插回了鞘，在士兵托玛斯的劝说下走了过来，说："照这样的速度，我们何时能赶到拉林河？"

这时，整个沙丘到处响起了鼾声，那些疲惫的家伙已经不再理会头目们的喊叫，呼呼地睡去了。图利诺和托玛斯两人蹲在一个沙丘后面，托玛斯掏出一个碗状的电筒，打开电筒，照在沙地上展开的那张地图。

托玛斯看了一眼地图，忍不住骂道："拉林河！拉林河！我们到那里还得有一百多里地。这种恶劣的天气，我们何时能赶到？"

这时，一个叫李什科夫的士兵突然呵呵地笑了起来，他沙哑的声音很像东北村落里大泡子中的麻鸡在叫。他说："傻瓜托玛斯，急什么到达目的地？这是多么好的旅行啊！这是个富饶的国家，还有漂亮的娘们儿，难道你不想碰一碰吗？哈哈哈！"

远方，突然传来了狗叫。

他们三人停止了谈话，机警地坐了起来，同时瞪起绿色的小眼睛遥望着远方。

一切又恢复了平静，只有那狂风过后的微风，吹动着细小的沙粒，在夜的寂静中发出单调的沙沙声。突然，托玛斯拉住图利诺说道："你快看……"

图利诺顺着托玛斯用手电筒的光指点着的地图上看去，在光亮的照射下，上面出现了"苇子沟"三个字。图利诺说："怪不得有狗叫，原来是快到村庄了。"

"啊！终于快到村子了！"托玛斯手舞足蹈地叫道，"这回我可要痛痛快快地玩上一玩。"

前边的村子，叫苇子沟。它坐落在靠近科尔沁沙地的地方，村子周边都是湿地、草甸和沙丘，一到春季，许多苇子生了出来，把整个村子紧紧围住，因此有了这个名字。这儿处于吉林和盛京的交界处，离中东铁路拉林河段只有一百多里。拉林河是一条古老的河流，它西与辽河接流，北与嫩江的三岔河水相连，又汇聚了霍林河、文牛格尺河等，是一条重要的水上交通要道。所以俄国人预谋已久要打通这里的陆路交通，使中东铁路从此穿过。

天，渐渐地亮了。

苇子沟村里的雄鸡鸣叫也没有叫醒这帮疲于奔命的夜行人，他们倒是被一个匆匆赶来的人的脚步声惊醒了。

来人四十出头，长得不胖不瘦，个子不高不矮，圆脸小脚，穿一件蓝色紧身小袄，外罩着一件碎花紫色坎肩，头上打着疙瘩鬏，上面插着一朵小红花。熟悉前清年间农村风俗的人一眼便可以看出，这是乡下的媒婆，人称"花婆"。花婆，是专门为说和婚姻而整天忙碌的人。

这位花婆，一大早便匆匆忙忙地从苇子沟村出来，她有何贵干？

原来，苇子沟村里老赵家的儿子今儿个要成亲，没过门的媳妇是离苇子沟五里远的蔡家桥拳行蔡师傅的独生女儿笑姑，定好今日将拜堂成亲。可万万没有想到，就在昨天夜里，赵家的儿子赵刚突然患暴疾不治而亡。人故去了怎么能接花轿啊？这一大早，花婆是急着去送丧信的。

话说花婆正往前赶路时，突然发现眼前的沙丘旁有一些睡觉的人和一辆一辆的花轱辘车。花婆正在疑惑，这些人是哪儿来的，干什么的呢？

睡觉的那些人里突然传出一声吆喝：

"干什么的！站住……"

花婆一看，这是一些大鼻子、蓝眼睛的洋人，吓得撒腿就跑。

沙丘后边的人大喝一声："站住！"

花婆回头一看，顿时大吃一惊，只见七八个红胡子、蓝眼睛的外国洋人端着大枪，恶狠狠地向她追来，一会儿，这些人就把她撵上了，并团团将她围住。"花娘们……哈哈哈！"他们把枪推向背后，然后一个个笑嘻嘻地撸着胳膊朝花婆围了过来。

"住手！"

图利诺喝住那些家伙们，他眯起一只眼走过来。强盗们望着他们的头儿，强忍着愤怒闪到一边去了。

图利诺来到花婆跟前，围着花婆上下打量了一番，然后一扬手叫道："李什科夫！"

图利诺问花婆："你这是到哪里去？"

李什科夫将图利诺的问话翻译了一遍。花婆从未见过这种模样的人，心中早有了几分戒备，而且也很害怕。前几天，她听村里的人风言风语地说，很多人已与洋人签订了合同，要去"吃路饭"，莫非这些人的到来和人们要去修铁路有关？她还听说，这些人经过的地方，男人被掠走，女人统统被糟蹋。今天，她咋这么倒霉，碰上了这些人，可怎么办呢？但她心中有一丝侥幸，我今天是有天大的急事要办，有急事，他们总不会不让我走人吧。

于是，花婆便把她出门要办急事的经过一五一十地说了一遍，又加了一句："这是万分焦急的事，不然，一会儿花轿就来了……"

通译李什科夫眉飞色舞地把花婆的话翻译给了图利诺和一旁的那些家伙们。

"啊，这真是好极了！"托玛斯捻着他的小胡子，连声叫道。

围在一旁的哥萨克都发狂地笑了，他们又蹦又跳地高喊：

"抬来！"

"抬来！"

"大姑娘越多越好。"

"哈哈哈……"

花婆吓得后退了一步。她不知道他们说了些什么，但从他们一个个十分得意的表情上她意识到，坏了，要出事。她想得赶快去送信，不能让他们把"新娘子"抬来。于是，她向那些人解释，有急事，她要赶快去办。

"啪——！"她的话还没有说完，就挨了图利诺一个巴掌。图利诺说："你想去送信？别去了，别去了。"

花婆说："不，我得去告诉人家！"

图利诺说："不用了，不用了。新郎已经死了，那就由我们去给新娘试试体温吧。哈哈哈！"他们狂笑起来。然后图利诺下令："把这个老花娘给我捆起来……"

花婆转身便逃，可是哪里跑得过这些人，有七八个老毛子抓住了她，转眼间就如恶狼似的把她按倒在沙丘上。

"救命啊……你，你们都轻点！哎呀，别，别这样……"花婆的衣服、裤子早被这些人用刺刀挑个干净，只剩下赤身裸体的她倒在那里，无能为力地挣扎着。可是，一点儿也没有用。那些强盗一个个恶虎般骑在花婆身上，争吵着、狂笑着糟蹋着这个可怜的女人。花婆不时地发出一声声惨叫，图利诺却在一旁叼着烟斗，听着惨叫，看着地图。渐渐地，花婆的叫声小了下去，最后，连一点声息都没有了。

苇子沟是一个不大不小的屯子，屯子里住着两百多户人家。为了应对兵荒马乱的世道，两年前全屯的男女老少出钱合力修起了一个土围子……

围子，在东北就是土墙、土院子之类的意思。每一个叫"围子"的地方，四角都要筑有炮台，冲南面的围墙中间有一个"围门"，以便人们出入。围子四角的炮台要由屯民们轮流组成民团日夜巡逻，以保一方平安。这苇子沟也是如此。现在这里守围子的头领是前清归野的武状元二十四爷。二十四爷在苇子沟是大户，虽然祖上官职不大，但在苇子沟这穷乡僻壤之地也算是个人物了。

这天早上，二十四爷吃完早饭，端起水烟袋准备抽上两口。这是他的习惯。可是，二十四爷刚抽了一口，突然有家人来报："二十四爷，不好了！围子外突然出现了一些老毛子。"

二十四爷微微一愣，接着放下水烟袋，他命家人给他拿过长袍，戴好顶戴花翎，由家人陪着登上城围子。

这时候，阿列克塞耶夫、图利诺和李什科夫等人已停在两百米远的地方。由于连夜的奔波，他们显得很是疲惫，看上去有些可怜。这时，李什科夫陪着图利诺走到城围子门前，停下来，恭恭敬敬地站在那里。图利诺在李什科夫耳边低语了几句什么，李什科夫就打着手势喊："大人，我们是去拉林河一带执行招收路工人员任务的。我们与你们国家有合同。现在我们太累了，也太饿了，我们很辛苦。求您打开围门，我们进去避避风，解决一些粮草，然后就会离开……"

二十四爷想，去拉林河招募路工，确有此事，苇子沟也听说了，而且苇子沟也在准备招募。从这儿到拉林河至少还有一百多里路，于是他自言自语地说道："既然是过路人，就让他们进围子里来歇歇吧。"

这时，一个家人说："二十四爷，听说西边的几个堡子也曾遇到过这些人。可一切都不像他们说得那么好听！"

"是啊，大人，不可不防啊！"

大伙说啥的都有。

二十四爷微微地沉思起来，他有些犹豫不决。这时，托玛斯沉不住气了，要去摸别在腰上的撸子（一种老式手枪），李什科夫急忙瞪了他一眼。于是，图利诺对手下的士兵们说："人家不让进，咱们就地休息吧。"

这些人便遵照图利诺的命令，就地坐下去，有的打开随身带的水壶，一口一口地喝起来。二十四爷被下边这些人的举动感动了，他想：不管怎么样，人家是初次和我二十四爷打交道，不能慢待了远来的客人。再说，我乃一屯之长，开门要紧。他让守门的人向外喊话，准备开门。接着，二十四爷整整衣冠，走下围子去迎接。

消息一下子传开了，二十四爷开门放进洋人啦。围子里的人怀着惴惴不安的心情奔走相告。村口上的几家小酒店和杂货铺、老作坊都慌忙地上了板，摘下了店幌子……

二十四爷威严地走到围子门口，亲切地说："远方的客人，带领你的弟兄们请吧。不过，家有家法，村有村规，我不能不有言在先。村内妇女老幼甚多，还望兵家多多爱护，不得有违规之事。"

图利诺给通译李什科夫使了个眼色，李什科夫立刻上前，说："大人请放心，我等只是奉公行事，在这里办办公事便要走了。如有违章越规者，愿受村规处罚。"二十四爷点点头，又说："来人哪，帮助客人进围子。"就这样，善良的苇子沟村民把这些"远道客人"放进了围子里。

与此同时，苇子沟外的古道上出现了一队送亲的人马，喜庆的喇叭吹得正欢，小轿颤颤颤颤，直奔苇子沟而来。来人是谁？不说大家也知道了，这便是蔡笑姑。

蔡家桥是离苇子沟最近的一个村子。往常，两村之间一有个大事小情，来往捎个信、传个话，不到一袋烟的工夫也就知道了。两个村子就像分散居住的同村人家一样，相互信赖，彼此了解。前几天，蔡家拳师的女儿笑姑要嫁往苇子沟的事已是尽人皆知了。今天早上，笑姑梳洗完毕，准备好行装包裹，可迟迟不见接亲的人来。笑姑的老爹、六十二岁的"蔡老拳"急得不行，一个劲儿地骂没过门的女婿："这小子，喝了什么迷魂汤，老爷（太阳）都起来一竿子高了，咋还不派人来？到底想咋的！"

女儿笑姑红着脸说："爹，你看你，急个啥，他会派人来的。"

说是不急，那是瞎话。喜事嘛，要踩着时辰走才行。可是等到寅时三刻，笑姑也有些沉不住气了，门前的轿夫们也着急前去喝喜酒。于是，笑姑就说："爹，我看我们还是动身吧……"

乡下办喜事有个规矩，拜天地这个日子，女方的爹妈不能到场。蔡老拳就说："那你们就动身吧。说不定在半路上就碰上了来迎亲的人，你就数叨他们几句。"笑姑答应一句，就上轿走了。

从笑姑的轿子一上路，抬轿的人便快步如飞，赶着时辰直奔苇子沟。笑姑不停地打开轿帘向外张望，可路上偏偏不见一个人。不知不觉，他们来到了苇子沟。进了村里，花轿抬到赵家院前，就听前面哭声连天。笑姑一愣，想要下轿去看个究竟，只见一个人跑过来报信。

那人对笑姑说："可不好了，赵家摊上事啦。"

笑姑问："咋啦？"

"昨天晚上，赵刚突然遇疾而亡！"

"什么……"笑姑只觉得眼前一黑，顿时昏倒在花轿里。

这时，赵母含泪奔了出来，拉住笑姑的手说："我的孩子呀，你咋来啦？没接到咱家的丧信吗？"

笑姑慢慢睁开眼睛说："娘，快领俺去看看他。"

这笑姑为何管赵母称娘？只因为笑姑和赵刚两人从小青梅竹马，笑姑的父亲蔡老拳是义和团的拳师，因打得一手好拳，交结了不少义弟，其中最投心对意的要算赵刚的父亲赵大千了。后来义和团兵败，他和赵大千两家千里迢迢从山东老家逃往东北，这才在这一带落了脚。赵大千有一年得了重病，临死前和蔡家许下一个心愿，而蔡老拳屋里的（妻子）也在临故之前，看到自己的女儿和赵大千的儿子两小无猜，于是这门亲事从那时便一点点地促成了，而平时笑姑见了赵刚的母亲便以"娘"相称。

赵刚的尸身就停在赵家的东房里，那原来是打算做新房的。这赵秦氏见独生儿子突染疾病而亡，眼前也没了亮处，心一横把儿子停在新房里，只想发送完儿子自己也不想活了。笑姑哭着走进停着赵刚的新房，围观的邻居也都含泪退去了。这时，赵家院里只剩下几个抬轿的，新房里也只有秦氏和笑姑。

笑姑走到停着赵刚的板榻前，掀开盖在赵刚身上的被，看看自己的意中人，禁不住放声痛哭："赵刚哥，你咋走得这样急呀！笑姑来看你，你也不知道。爹爹还埋怨你，怎么还不派人来接我，谁知你这样离开了我们。赵刚哥，你睁眼看看笑姑吧……"说着，悲伤地哭了起来。

笑姑这一哭，赵秦氏的眼泪也像开了闸门的洪水，泪流满面，大喊大叫着儿子的名字。谁知，一个奇迹出现了！

就在这母女二人大哭大喊之时，忽见赵刚深深地叹了一口气，嘴唇一动，说："快……快递给我一碗水喝。我，我是渴坏了。"

笑姑和秦氏一看，不觉大吃一惊。

常言道，自己人不怕自己鬼。

笑姑一看赵刚醒了，急忙端来一碗水，递给他，又扶着他，把这碗水喝了。

赵刚说："我这是在哪里……"

笑姑说："你这是在家里。"

赵刚问："你是……"

笑姑说："笑姑啊，还有娘！"

赵刚说："就是头昏昏沉沉的。"

赵秦氏突然一拍大腿，说道："哎呀！保准是你昨晚怕冷，我把柴火填多了，炕洞子里的烟熏着你了。要不是笑姑赶来揭开被子一哭，你呀，还真就过去啦！"

老太太转哭为笑，接着一扭身跑到外面张罗着做喜饭去了。

屋里，这时候只剩下赵刚、笑姑二人。

两人你瞅瞅我、我瞅瞅你，真是悲喜交加，于是二人又抱头痛哭起来。过了一会儿，笑姑说："来，给你换换这身衣裳吧。"说着，笑姑到柜里给赵刚找衣裳。正在这时，院子里却传来争吵声。

原来，自从图利诺兵团开进苇子沟后，驻扎在村中的一所私塾学堂里。这些强盗，自从在半路上糟蹋了花婆后，心里还一直惦记着蔡家桥那没过门的新娘。卸下辎重，他们便上村中闲逛，其中有两个家伙一眼发现了赵家门口的轿子。就这样，几个俄国兵不约而同地靠近了赵家。

托玛斯毕竟是图利诺兵团的一个中尉，几次要喝退那两个兵丁，可是这类事，有时当官的命令并不灵。于是，士兵和中尉便争吵起来。赵家门前的轿夫拦住他们说："你们谁也不许进去，人家摊上事啦！"

"哈哈，就因为有事，这才请我们来的。"其中一个家伙说。另一个家伙又说："你少管闲事吧！"

轿夫无奈，便向屋里喊："老赵家！来人啦。"

听到喊声，赵秦氏一打门帘走了出来。

她见来人没个好样，就说："你们不要进去。有什么事和我说。"

"一边去吧！"

三个家伙根本不听赵秦氏的，他们把赵秦氏扒拉到一旁，然后直奔新房而去。但是，他们打错了算盘。

这蔡笑姑可不是一般人家的孩子。光绪九年的秋天，蔡老拳家生下这个丫头。那个年月，当朝腐败，根本不管人民的死活。为了抗击八国联军，各地义和团、大刀会风起云涌。笑姑一生下来，蔡老拳就命人将她死死地捆在板凳上，那是一种练拳法，孩子的小手小脚一个劲地蹬，痛得哭声不止。有心软的老奶奶，指着蔡老拳的鼻子说："你也太狠心了，这么点的孩子你就让她'上拳'？你不心疼吗？"说着，就要解绳子。

"慢着！"蔡老拳用手一拦，说，"奶奶，你看看咱们当今这个天下，哪个国家都想欺负咱们中国，动不动就来一条什么条约！朝廷不管，咱们不能干看着。我要让孩子们练几手武艺，赶跑那些个欺负咱们的人，不然，中国不是完了吗……"从此，他苦心育女，把祖传的拳法绝活，都传授给了女儿。

这时候，赵刚正在屋里换衣服。

笑姑从窗户往外一看，见有几个老毛子要闯进屋来，就来了气。她让赵刚自己换衣裳，她几步便来到外屋，站在门口大喝一声："来人止步——！"接着，一步便迈到了院子中。

正要往屋里闯的托玛斯和另外两个俄国兵，听到笑姑的呵斥，抬头一看，愣住了。他们发现眼前站着一个如花似玉的大姑娘。他们先是一愣，接着就像屎壳郎见了蜂窝，顿时喜笑颜开了。"啊哈！是个娘儿们——！马达木上高——！（我要和你亲近一下）"说着，托玛斯已被年轻漂亮的笑姑的模样吸引得无法自已，笑得脸都走了形，龇牙咧嘴地朝笑姑扑了上来。

赵秦氏一看不妙，赶紧上前一步挡住了笑姑。笑姑轻轻地将婆婆推向旁边，她一手掐腰，一手指着托玛斯的鼻子说："老毛子，你给我放规矩点。你若再靠近一步，我就打瘫了你！"

托玛斯三人见笑姑发怒，反而哈哈地笑了起来。他们那贼眼更是紧盯住笑姑，欣赏起笑姑那因发怒而变得红扑扑的脸蛋，还有由于生气而一起一伏的丰满的胸脯，一个个急得直咽吐沫……

笑姑见他们不听，便挽起袖子，三个老毛子也挽起了袖子，双方交战一触即发。轿夫们一看不好，两个人撒腿就跑，直奔蔡家桥给老爷"蔡老拳"报信去了，其余的一些人不是好声地大喊："不好啦！老毛子要欺负中国人啦！"

说时迟，那时快，三个老毛子一齐向笑姑扑来。只见笑姑身子往下一蹲，顺势来了个侧步运身法，一下子闪出三个人的包围圈。三个老毛子正在一愣神儿，寻找人在哪儿时，笑姑已回身来了个扫堂腿，两个老毛子"啊"的一声，先后摔了个嘴啃泥，只有托玛斯在笑姑下腿时，他来了个兔子跳垄，躲过了笑姑的扫堂腿。

这托玛斯是个中国通。他年轻的时候，为了实现他侵略世界的野心，曾经跟日本人的黑龙会里的浪人学过日本的武术，又和希腊人学过拳击，前清时他曾和哈巴恰夫等人组织远征队来过中国，在黑龙江和挠力河一带做军事刺探，专门在村落、部落、部族间搜集各种情报。在深入中国村屯期间，他不知糟蹋过多少中国妇女。有一回，他和哈巴恰夫袭击了一个鄂温克部落，遭到部落猎人的猛烈反击，他从地上捡起一条军毯披在身上，躺在地上装死。当部落的人追击哈巴恰夫时，他又偷偷地爬起来，点着了部落的所有帐篷，又把头人的女儿糟蹋致死。由于此次功劳，老沙皇曾经授予他一枚银质奖章。

可是他哪里晓得笑姑的底细，这笑姑可不是一般人家的女子。当托玛斯侥幸躲过了笑姑的扫堂腿时，笑姑已一个"弹拳"打掉了他的三颗门牙……

三个家伙见一个到手的中国姑娘就是摸不着，急得眼珠子发红，嘴里哇哇乱叫。托玛斯顺手摸出了他的"大眼撸子"手枪，趁着笑姑和另外两个士兵交手的时候，瞄准了笑姑……

"孩子，躲枪……"

赵秦氏在一旁看得清楚，她大声喊着，同时一闪身挡住了笑姑。"砰——!"的一声枪响,赵秦氏一捂胸口,应声倒下了。

"娘——!"笑姑一看赵秦氏倒在血泊中,回身扑在她身上,痛哭起来。

托玛斯嬉笑着,把枪别在腰上,一手捂着淌血的嘴,和另外两个家伙又向笑姑扑来。

就在这时,赵刚已换完了衣裳,他虽然有病在身,却是怒不可遏。他顺手摸起菜刀,一步跨出屋来,大声喝道:"住手!"

三个老毛子一看,见一个男子冲了过来,他们大吃一惊,其中两个人伸手去摸枪。笑姑手疾眼快,猛地站起来,左脚起,右脚飞,"啪啪"两下,两个家伙的枪同时飞上了天。托玛斯又伸手去掏枪,笑姑一把抓住他的手腕子一扭,把他的枪抢了下来,接着就是一掌,托玛斯哀叫了一声,翻身倒在地上。一个家伙从马靴里突然抽出一把牛耳尖刀,向笑姑扑来。笑姑一闪身来了个"片脚勾",那家伙顺势扑在地上。赵刚不等他爬起来,一个飞腿踢在他的太阳穴上,那家伙口吐鲜血不动了。

"啊呀呀——!"与此同时,另一个家伙手握尖刀直奔赵刚刺去。笑姑急喊:"躲刀——!"赵刚一侧身,那家伙扑空了,还没等他回过身来,笑姑一个箭步蹿了上去,花腕一扭,把那家伙的刀夺了下来,接着又一拳击打在他的后心上,那家伙往前一歪,赵刚从前边照他脸上补了一拳,那家伙满脸开花,往后一歪倒在了地上。

托玛斯吓傻了。他看着倒在地上的两个同伴,吓得赶紧后退慌忙逃出了赵家院子。

围观的邻居们急忙抢救赵秦氏。她的枪伤很重,脸色像纸一样苍白。几个邻居一边帮忙，一边出主意说："赵刚、笑姑啊，这回可不好了，快想想办法吧！"

"这可咋办呢？"

"快去找老爹想想办法。"

……

"哼，别怕！"有人一声断喝，"豁出这条老命去了！"大家回头一看，不知从什么时候，笑姑的父亲"蔡老拳"已骑着一匹青骢马赶来了。他从马上跳下来，直奔女儿走过去，说："孩子，他们伤着你没有？"他看了看姑爷，随手把马刀插进鞘里，走过去看赵秦氏。

此时，赵秦氏已经奄奄一息了。大家一阵呼喊，她才慢慢地睁开眼睛，声音低缓地说："老拳啊，刚儿就交给你啦！他爹死的时候就是这么个意思，往后的日子，就靠你去指点啦……不过，天……天下，不太平啊！我……我不放心啊……"赵秦氏还想再说什么，可是脸向旁边一扭，就咽气了。

就在这时，听到村头起了一阵骚乱，有人在街上大喊："不好了！老毛子来了。"

第二十二章　重出江湖

话说蔡老拳见赵秦氏含恨而死，手握刀把儿发誓要报仇雪恨。这时，忽听村里起了骚乱，他走到门前向外一望，只见村头学堂方向冲过来一队人马，为首的正是鼻青脸肿的俄国人托玛斯。

原来，托玛斯调戏笑姑的美梦不成，反而损失了两名士兵，他气急败坏地回到了学堂里的司令部，把这个消息报告了图利诺。图利诺一听，气得把他臭骂了一顿，责怪他无能。可图利诺又一想，这倒是一个导火索，从这里要抓走一些"吃路饭"的人，正找不到借口呢。他于是问道："他们共有多少人？"

托玛斯说："连死带活也不过两三个人。"但他连忙又补充道："不过，那个大姑娘可会邪术。你看我这牙，我和她交手，不出两个回合就被打飞了。"

图利诺听后，得意地一笑，说："她再会邪术，也架不住我这火枪。集合人！"

自从俄国人进了苇子沟，老毛子个个是手脚发痒，早就想痛痛快快地砍杀一顿，玩儿个痛快，这时听到了要动手的命令，一个个端起大枪来到了院子里。不等队伍站齐，图利诺就训开话了："哥萨克的士兵们，我们的人让这里的刁民给打死了。我们马上出发，先打那个娶媳妇的，然后再杀砍全村。动手吧！"于是这些人一窝蜂似的拥出学堂，直奔赵家而来。

在门口眺望的蔡老拳一看不好，急忙关上大门，回头对笑姑和赵刚说："事情要闹大了。眼下敌众我寡，干脆咱们去蔡家桥躲躲吧。"

笑姑说："爹，躲也不是个事。再说，我们一走，他们能放过乡亲们吗？"

赵刚也说："是啊，老伯，咱不能走。"

蔡老拳说："孩子，你们不知道哇，我是那种软性子的人吗？可咱们现在手里的马刀、红缨枪抵不过人家的火枪火炮。苇子沟的几条枪，都放在二十四爷的民团里。我们没有准备，怕一时伤亡会大。"

赵刚说："干脆，咱们找二十四爷，让他和咱们联合。他也是中国人哪！"

蔡老拳犹豫了片刻说："我也这么想过。不过，眼下这股洋人是他'请进来'的！孩子们，啥也别想啦，你们快走。回到蔡家桥，马上领人加固墙围子。"

笑姑说："爹，咱们一块走！"

蔡老拳说："不，一匹马驮不了三个人，你们快走！我在这里有事处理。等事情办完了，我便会赶回去！"

"杀呀！"这时，老毛子呼喊着，洪水一般冲过来。笑姑和赵刚还想说什么，蔡老拳拉过马，手一托，把他们推上马，又在马屁股上一拍，那马扬脖朝天长叫一声，四蹄腾空，便从赵家后墙一个豁口处飞跃而去。与此同时，老毛子的洋枪也"砰砰"地响开了，赵家的老房顿时燃起了大火，蔡老拳顺势奔进碾坊，一猫腰钻进碾盘底下。这时有人喊："跑了！跑了！往东南跑了——！"

老毛子兵分两路，一队去追赵刚的马，一队闯进赵家，苇子沟顿时乱成一团。

图利诺的先遣筑路招募队大闹苇子沟一事惹怒了赶上来的阿列克塞耶夫，他派人将图利诺叫到设在围子外边的帐篷里，大骂道："你这个混蛋，一切计划全让你给打乱啦。本来，咱们是想在这一带招募五百名'吃路饭'的，这样一来，谁还愿意为我们出力……"

图利诺摸着自己被打得火辣辣的脸说："可村里人打死了咱们两个人。"

阿列克塞耶夫说："你是一个成事不足、败事有余的家伙！"

被训斥的图利诺想了想，又说："但是他们的头人眼下对我们的印象还算好，我们可以通过他去招募'吃路饭'的……"

阿列克塞耶夫说："也只有这样了。我们多给那些被招募的'吃路饭'的苦力钱，每个人增加一倍。中国人爱钱，有钱他们就会来干活啦。你这个混蛋，这回事情可不要办砸了。"

图利诺答应一声，走了出去。

其实在苇子沟，二十四爷是消息最不灵通的一个人。这是因为他的宅子在村里的西南角，是一片二十多间屋子的大院套，结构与苇子沟的土城一样，也是设有"城门"，又有小炮台。平素，除了村中有什么重大的事情之外，他是不出自己的小围子的，几乎与村人隔绝。当托玛斯枪击赵秦氏时，家人曾禀报二十四爷，"许是枪走火吧……"二十四爷并没有在意。现在村子里突然枪声大作，家人来报"洋人在村子里动手了！"

二十四爷一愣，怒道："他们怎么有法不循。来人哪！"

"在。"

"递过我的顶戴花翎。"

二十四爷穿戴整齐，威严地迎着枪声走出院子。只见村里已乱成一团，一些俄国兵正在打人、抢东西。二十四爷大怒，说："把他们的头领给我找来。"

还没等手下人动身，李什科夫领着托玛斯等人抬着两具被打死的俄国兵尸体来到二十四爷跟前。李什科夫说："屯长大人，你看看吧，你们的人把我们的人打死后逃走了，现在我们要追查凶手。"

二十四爷吃了一惊。他上前看看，真是两名俄国人。本来二十四爷是想指责俄国人在村中放火闹事，可现在，人家倒先来告状。于是二十四爷想了想说："请问，这两位贵军是什么人打死的？没有原因，我们中国人是不会打人的。"

托玛斯刚想上前指责二十四爷，只见图利诺匆匆走上来。图利诺猛地抬手给了托玛斯一个大嘴巴，然后怒斥道："下去！"

托玛斯和几个士兵将那两具死尸抬走了。见他们走了，图利诺上前对二十四爷施了一礼，说道："大人，都是我等不好，是我们管教不严。他们伤害了村里的女人！他们罪有应得。我在这里向您老人家赔罪……"说着，图利诺还单腿跪地叩拜二十四爷。然后，他对站在一旁的李什科夫说："集合队伍，回学堂休息，不要在村里四处游荡。"李什科夫答应一声，赶紧集合队伍，回到学堂驻地去了。二十四爷一看，事情到了这种程度，人家又是这样的姿态，于是一回身说："请，请到我家中一叙。"于是，图利诺跟着二十四爷进了他的小围子。

商议的结果，图利诺愿出五百万羌票招募 200 名"路工"，二十四爷一口答应下来。二十四爷相信他以当地头人的身份出面招募工人还是可以办到的。一来他是地方上的头人，各村屯之间也信得过他；二来由于那年月中东铁路开建，这一带的土地大多已被俄国人占了，许多失去土地的农人没有生计，也只好去当路工"吃路饭"。很快，图利诺便招募到 200 名"吃路饭"的路工，并顺利出发，开赴筑路前线拉林河中东铁路段。

拉林河位于松嫩平原科尔沁与老宽城子西公主岭、四平一带交接处。那时，中东铁路支线已从哈尔滨通到这里，而另一条主线从哈尔滨经过宽城子，再经范家屯、公主岭、四平、铁岭、盛京（沈阳），直达旅顺，支线必须连接主线。那些招募来的"吃路饭"的人在俄国人的安排下，在拉林河铁路工地的东侧盖了一片窝棚，俗称"路棚子"，二十人住一棚，每棚选一名"棚长"，棚长负责到中东铁路筑路工程科领取工具和羌贴（路款）。

图利诺招募的路工住在拉林河这些棚子里等待施工，阿列克塞耶夫招募来的路工也赶到这里，有三百多人。工程已进行了一个月，这一日到了"发贴"（工钱）的日子。可是，从彼得堡开来的运款车迟迟未到。

当初，从苇子沟一带招募的路工"棚贴"（工钱）是图利诺在那种特殊情况下先期垫付的。如果他当时不出钱，二十四爷不会答应他们。就因为二十四爷答应帮助招募路工，遭到乡民百姓的反对。但毕竟还得吃饭、生活，于是失去土地的农民也只好进了路工队，开赴拉林河一线。可是到开饷的日子，俄国人的款车却迟迟不到，这使得路工们消极怠工，工程一度停了下来。

在二十四爷的说和下，蔡老拳答应了俄国人提出的条件。赵刚和笑姑发送完赵秦氏后，也来到了拉林河铁路工地。

那时，赵刚当了一个棚户的棚长，他和几个棚长一块到俄国人筑路工程科去领饷，这些棚长坐在那里，等着俄国人款车的消息。

在俄国人的"棚帐"里，图利诺也正在焦急地等待着款车的消息。李什科夫坐在他身边。

图利诺通过电话向哈尔滨方面询问款车到达的地点，突然，只见图利诺边摔电话边大骂："笨蛋！你们一群笨蛋！"

李什科夫一惊，问："问题出在哪里？"

图利诺说："款车被抢了。"

李什科夫问："在什么位置？"

图利诺说："榆树台子那个鬼地方！"

李什科夫又问："什么人干的？"

图利诺说："强人一律都骑着马，那马来无影、去无踪……你，你先把他们劝走，我们再研究吧。"

李什科夫出来对赵刚等棚长说："各位，我们的款车被抢了，是你们的人抢的。发饷的日子只能再拖延三天，大家回去上工吧。"

路工们说："什么抢不抢的，这我们管不着，我们得吃饭哪，我们得养家糊口啊！"

这时，托玛斯等人从腰上拔出刺刀说："干什么？你们想罢工？按照合同，如果你们闹事，我就砍了你们！"

"你敢！"

"你动动试试——！"

路工们也不示弱，工棚里一时混乱起来。这时赵刚站了起来，说："弟兄们，咱们先答应他们三天。"他又回身对图利诺说："三天之后款车再不到，我们就坚决停工！"于是，他带领大伙走了。

路工棚长走后，图利诺叫来托玛斯，命令他带人连夜出发，去榆树台一带查明，那些抢款车的都是什么人。同时，他又与阿列克塞耶夫联系，看看是否可以与中东铁路另一支线哈尔滨至牡丹江中间的一面坡（五恰司）铁路总处联系一下，借一个月的款项发给西线拉林河的路工，不然工程就进行不下去了。

那时，俄国铁路筑路公司运送款项都是专人专车，通常以铁路火车为主。而且，消息极其保密，是把款箱垛在火车厢里，然后密封，运往筑路一线。奇怪的是，在拉林河一线，不但有保密的车厢，还有阿列克塞耶夫和从彼得堡派来的守路队，但不知为什么，筑路款项总是被抢。这让阿列克塞耶夫十分头疼。

这天，图利诺正在等待消息，他派出去打探消息的托玛斯等人回来了。托玛斯向图利诺禀报，一切已弄清楚，抢款车的是榆树台子一带一个叫杨三的人干的。

图利诺听到杨三这个名字，开始他愣了一下。杨三，这个名字咋这么熟悉呢？突然，他想起来了，难道是骑着一匹快马到处给义和团运送粮食的那个人吗？他的双腿有些发抖。他又问托玛斯，你听准了，是叫这个名字吗？

托玛斯对天起誓，说自己找的是当地人，说得根本没错。而且他听说此人从前是吉林其塔木一个叫杨坡的大地主家的长工，后来得了一匹宝马，专门为义和团运送粮食。

图利诺一屁股坐在地上，连连用手拍地，大叫："完啦！完啦！一切都完啦。"因为他深知杨三的厉害。

当下，他立刻骑马赶往阿列克塞耶夫所在的拉林河北路工程基地。那时，阿列克塞耶夫正在一筹莫展，他想不出什么人有这么大的能耐。正在这时，图利诺来了。

图利诺见到阿列克塞耶夫后说道："队长，一切已经搞清。

抢款车的人是杨三。"

阿列克塞耶夫说："杨三？那就抓呀。"

图利诺又强调一句："是杨三！"

阿列克塞耶夫说："管他杨（羊）三、马三，抓呀！杀呀！"

图利诺急得直跺脚，说："就是那个绑过你女儿洛科娃的杨三……"

"啊？是他……"

阿列克塞耶夫叫道："天哪！我怎么又碰上了他呢？"

原来，那个总是在中东铁路沿线闹事、抢运钞车的人真是杨三，就是九台其塔木的快马杨三。他怎么又来到了科尔沁草原拉林河一带了呢？

说来话长。那一年，旅顺黄泥川古城被俄军攻陷，刘二哥阵亡，杨三和小香在白马的救助下逃出虎口，奔往东方。到哪里去呢？他思来想去，眼下只有去投靠救命恩人混江龙韩义。可是到了那里才知道，原来吉林将军长顺在朝廷严令下，在两年之内先后剿灭了混江龙、四海山、滚地雷绺子。杨三无处可去，突然想到了天照应大柜的队伍。

当年为了救自己，天照应曾为混江龙绺子"递枪"，这才促成了阿列克塞耶夫被迫用他换回了自己的女儿和母亲。于是，杨三领着小香来到了天照应绺子。

天照应一见杨三，非常高兴，真是做梦都想见到杨三哪。天照应非常敬佩他，任命杨三为自己绺子的"粮台"（绺子中掌管钱财的大柜）。当时混江龙和四海山等人被打散的部下，也都投靠了天照应绺子。而这一带，正是俄国人中东铁路支线经过的地方。

天照应很气愤，俄国人也太无理了，竟然在我天照应的地盘上修铁路，我不能让他消停。

天照应于是派人去打探消息，还混进了"吃路饭"的一些棚子里，什么消息都探听到了。特别是探听到俄国人每隔一个月就有款车从彼得堡经西伯利亚、赤塔，经满洲里入境，然后再经哈尔滨向各路段的路工们发放款项。

这一日，天照应把杨三找来，一五一十地把自己的打算说了一遍，又说："这些款车每月初三经过咱们的地盘，你看有什么法子把钱弄到手？"

杨三说："大柜，你能不能让火车停下来？"

天照应说："这是小菜一碟。到时候我让人把铁道给他扒啦，火车就会停下来。"

杨三说："大柜，能否探清放款的车厢？"

天照应说："这是小菜一碟。俄国人会派重兵把守放钱的车厢，这样一来，就等于告诉咱们款项在哪里了。"

杨三说："只要这两条你能做到，剩下'取'钱的事归我。"

就这样，俄国人修中东铁路的款车经常被抢。

因为每当款车行至拉林河一线，这等于把钱送到了天照应的家里一样。他先是派人把铁道钉拔掉，使得火车不得不停下来，然后俄国护路兵往哪节车厢跟前一站，天照应他们便知道了路款放置的地方，接着就开始发动袭击。趁人马混乱的时候，杨三立刻上到款车顶，让人把款箱子递给他，他双手一提，骑马而去。

这个消息就像一把利剑一下子把阿列克塞耶夫刺倒了，刺在这个老牌的沙皇军官的心窝上。他坐在地上，自言自语地说："我不干啦，我要回彼得堡去向沙皇请示。杨三这个人太厉害了！我就一个女儿，我不能再让他给琢磨了去。这……这可怎么办呢？"他彻底被这个消息震住了。

图利诺尽量使自己保持平静，尽管心中也对杨三打怵，但是为了前途，他要做一次最后的挣扎。他看着上司阿列克塞耶夫可怜的样子，便说："队长，咱们总不能没和他杨三较量，就退缩了吧？"

"什么？没较量？"阿列克塞耶夫不满下属这种轻蔑的态度，于是发火说："还怎么较量？你没有女儿被他们绑过，你说话像放屁一样！"

图利诺说："不不！这我知道。我说的不是这件事。"

阿列克塞耶夫气愤地说："不是这事又怎么样？我们的款车被抢，这不是较量了吗？"

图利诺说："不不，我说的是直接，面对面。"

阿列克塞耶夫问："怎么个面对面？"

图利诺说："我们这回还没有见到他。"

阿列克塞耶夫说："我不想见到他！"

图利诺说："队长大人，你先消消气，休息一下，一切让我想想办法。"

阿列克塞耶夫想了想，也觉得自己太失态了，于是长叹一口气说："图利诺先生，我的兄弟，我不是怕杨三，而是太怕他的马了！"

图利诺问："马？"

阿列克塞耶夫说："对！他的马太厉害了。这些年来，我之所以在北方，不不，整个俄国都知道我，就因为在我的地面上有一个叫杨三的人，知道他有一匹快马，搅得世界都不安宁……"

图利诺说："好了，好了，您先去休息吧。"

图利诺退出阿列克塞耶夫的帐篷，回到了自己的帐篷里。他心里有了一个主意，关于如何对付杨三和他的马，他想到了一个人，那就是苇子沟的二十四爷。

第二十三章　不祥的预兆

离拉林河南岸不足百里便是位于科尔沁边缘的榆树台子，这里有一片大榆树林子，里边住着天照应绺子的弟兄们。这天，天照应大柜正在炕上抽着水烟袋，他抬眼向外面一望，只见一匹快马奔进院子，后面还跟着二十多匹马的马队，马身上都系着一对一对的皮箱。那些俄式皮箱，紫红发亮，用两道绳子捆绑在马身上，马打着响鼻，有人上来帮着卸皮箱，院子里立刻热闹起来。

天照应望着那些装钱的皮箱乐得合不拢嘴。想想他天照应真是被老天"照应"了，因为他不但没被官兵剿灭，反而又得了杨三和他的快马。

自从那次帮混江龙"递枪"，解救出杨三后，天照应就回到了自己的地面。后来他听说，滚地雷和混江龙连遭不测，只有他因为离松花江一带较远才幸免于难。官府也曾发兵追剿他，但官兵一来，他就领人马进入西部草原一带的乌兰塔拉，那儿属于蒙古王爷的地盘。等官兵一走，他又回到榆树台子。自从杨三所在的黄泥川义和团被俄国人和官兵联合剿灭，刘二哥阵亡，杨三带着小香投奔此地，并在天照应的绺子里当上了"粮台"大柜，这使天照应有了干一番大事的想法。但是，他没承想，死对头俄国人阿列克塞耶夫又充任中东铁路建筑和保卫部队的司令兼工程队长，而重点施工地点恰恰又是拉林河一线与榆树台子只有不足一百里的地段上，这又是他天照应的地盘。

起初，天照应和杨三并不知道被派来监工修筑中东铁路的是阿列克塞耶夫的部队。那时在拉林河、三江口、保康、玻璃城、八面城子一带的村屯百姓生活非常苦，自从俄国人下令修筑中东铁路之后，大批的农人失去土地，流离失所，他们被逼着"归屯"，也就是离开铁道线三十里以外。农人对此十分气愤，但由于是清政府同意的，农人也没有办法，只好忍气吞声地离开家园，往西、东和南迁移，这样便渐渐地靠近榆树台子。

在清晚期，朝廷曾利用义和团去制止洋人入侵，协助清廷共抵外寇。后来，朝廷被洋人吓破了胆，转而同洋人一道镇压自己的百姓。面对逃难的百姓，杨三和天照应异口同声地说，咱们天高皇帝远，联合百姓与俄国人斗，不能让他们安安稳稳地在咱们中国土地上修什么铁路。

随着俄国人招募的"吃路饭"的人越来越多，杨三和天照应也改变了策略。一来，农人的土地已被俄国人所占，他们种不成地了，也得找个"吃饭"的辙儿；二来穷人越集越多，这也使得天照应的队伍壮大起来。所以很多人表面上是修中东铁路"吃路饭"，暗中却是天照应的绺子成员。

这时，院子里的皮箱都已卸完。天照应大柜在屋里喊："杨三大柜，进屋上炕，抽口烟吧。"

杨三走进来，一脸的兴奋。

天照应问："棚户们怎么样？"

杨三说："棚户们全反了。他们一堆一伙地坐在铁道旁，不挖地基，不铺枕木！这下俄国人可毛了。"

天照应说："这下可好了！我叫你上人家的地面上修铁路！我叫你尝尝中国人的厉害。"

杨三说："我听说，他们为了安抚路工，打算从哈尔滨总部再拨一批款项，这几日咱们还有'买卖'……"

天照应抽了一口烟，点点头说："杨三大柜，你快回屋好好歇息去吧！好好喂喂马，好好歇歇！咱们准备再给俄国人点颜色看看。"

"谢大柜！"杨三走出了天照应的上房。

杨三牵着马回到自己的住处，小香迎出来接过缰绳，把马牵到房后的马圈。那马圈是杨三专门为小白马盖的，紧挨着杨三家的后门，马槽子是杨三专门从长白山选来的一棵大曲柳凿挖成的，底下用井字木架支起来，正好够小白马吃料。杨三家马圈两侧是天照应弟兄们的马圈，那是些大马槽子，一个棚子里拴着几十匹、上百匹马，专门由一个叫徐太的人喂水、添料，而小白马由杨三和小香自己喂养。杨三在马圈旁还养了两条狗，一个叫大黑，一个叫二黑，每日兢兢业业地看守马圈，已和小白马成为好朋友。一见小白马回来，大黑、二黑就冲它叫两声，仿佛在说，你辛苦啦，有功啦。小白马呢，也"咴咴"地叫两声，打打响鼻，发出"噜噜"的声音，低头去舔大黑、二黑，好像在说，怎么样，我行吧。仿佛它们是一家人。

小白马的草料是由徐太从料仓里端出，再倒在杨三家的马槽里。由于杨三骑着小白马往返奔驰，没有时间停在草地、草甸子上喂它，让它去啃啃青草，常常由徐太和小香去草甸子割回一捆一捆的青草，回来用一个大铁铡刀切碎，拌在马料中，小白马吃得很香。

由于杨三在天照应的队伍里安了家，他的饮食起居完全由小香来服侍，不随弟兄们吃大锅。小香添完马料就回屋给杨三端饭，他们一起吃饭安歇。

这天，杨三刚刚喂完马，坐探来报，说俄国人的款车已从范家屯一带起动，正在运往拉林河工地。这一次，为了防范出事，图利诺派出托玛斯的一个连在车上押运。

为了确保杨三能平安地靠近款车，天照应特派出两百马队跟随杨三一起出发。当时，从哈尔滨至拉林河一带的铁路刚刚铺上路基，火车不敢快行，往往是停停走走，俄国人护路士兵们不敢怠慢，时刻端枪瞭望。

这天，当列车一过刘房子，突然从铁路旁的高粱地里蹿出一些骑马的。俄国人护路队一见马队便惊叫："是杨三——！快，快打——！"他们已被"杨三"和"快马"吓蒙了。

于是，那些俄国护路队士兵一个个急忙开火，可是，马队转眼又钻进高粱地里不见了。当俄国人想坐下来歇一会儿，马队又出现了，就这样使得护款车的俄国兵一刻不停地盯着外面的马队，而这时，杨三已上了俄国人款车的车顶，他趁双方交战的时候，从车顶爬进车厢，悄悄把俄国人的款袋子背了出来。这时小白马跳到窗口处，杨三一跃而上飞奔而去。一声呼哨，马队转眼间就撤走了，俄国人这才发现款袋又不见了！

他们惊呼，这杨三啥时候光顾的车厢都不知道！由于款车不断被抢，拉林河一带的路工已经开始罢工。他们一伙伙地坐在工地上，举起铁锹和镐头喊："要钱——！要钱——！吃饭——！吃饭——！"总监工棚子里，阿列克塞耶夫正在和图利诺发火，图利诺说："队长大人，你还是先消消气，一切会有意外的惊喜！"

阿列克塞耶夫问："意外的惊喜？"

图利诺狡诈地点点头说，是一个意外的惊喜。是什么惊喜呢？

其实，图利诺与二十四爷往来不断。那次，当二十四爷以自己的仁善之心把这些疲于奔命的家伙放入围子，他们却干了一系列杀人放火之事，这使得围子里的人对二十四爷疏远起来。但二十四爷还是按与俄国人所定契约，从周边几个村屯招募了一些青壮农人去"吃路饭"，他对自己的做法十分满意，认为这样做才是世间处事之正道，这一切都被图利诺看在眼里。图利诺心中明白，制服中国人还得从中国人身上打开缺口。他决定从二十四爷那儿下手……

当初，图利诺和二十四爷约定，他每招募一名到中东铁路修筑工地"吃路饭"的，俄方给他"人头"费五百羌票作为酬劳，三个月一结。如今，工地上的工人不开饷，二十四爷也得不到这笔意外收获了。

这天，二十四爷正躺在炕上休息，一面抽着水烟袋，一面让家医"药匣子"朱祥为他配制调理身体的药方。

那还是几年前二十四爷去东山里收购山货，看见一家中药铺，有一个中年医师坐堂为人把脉，并开出一张张药方，再到药柜中抓药，生意很是红火。后来他一打听，坐堂医师叫朱祥，精通中草药的配制，还精通各种兽药的配制。于是，他通过朋友把朱祥以高价聘为私人家医。

朱祥那年五十多岁，且身体健硕，满面红光。他来到二十四爷家后，在二十四爷隔壁建了一间中草药药房。二十四爷和家人每有身体不适，便由朱祥把脉、开药，往往药到病除。围子里和南北二屯、蔡家桥、郭家炉、马家油坊，甚至远在百里外的玻璃城子、拉林河一带的庄户人家也知道二十四爷家有个"药匣子"，是名医，可医治各种人病畜疾，有个大病小情便前来投医，这使得二十四爷也有了知名度。

那一日，图利诺和李什科夫来到二十四爷家，他们是想来探听一下中国民间有没有什么草药可以使马吃后醉倒，这样不是可以制住杨三的快马吗？毒招儿都让他们想绝了。

那天，图利诺带来少许"人头"费。

在图利诺给二十四爷"人头"费后，图利诺说："二十四爷，我们已是老朋友啦，不瞒您说，这次送来'人头'费，以后可就不一定能如数送来啦。"

"这是为什么？"二十四爷问道。

图利诺说："如今地面上的土匪马队不断袭击我们的工程

筑路队，已使筑路工程无法推进下去。我们对他们真是防不胜防啊！所以我想向您打听一下，不知中国民间是否有一种草药，马吃下可以使其醉倒？"

二十四爷说："醉倒？"

图利诺说："对对，就是吃后醉倒它们。有这种药吗？我们可以高价收买。"

隔墙有耳啊。图利诺同二十四爷的谈话内容，被正在隔壁抓药配药的朱祥听了个一清二楚。图利诺走后，二十四爷喊朱祥，让他来给自己把脉，并配一服能使其心平气和的药。朱祥来后，二十四爷还是气呼呼的。

朱祥故意问："老爷，因何生这么大的气？注意气大会伤身的呀。"

二十四爷便把事情的经过一五一十地说了一遍。"朱祥啊，民间有这种药吗？可以使马醉倒？这，你应该知道。"

朱祥说："老爷，您问的是醉马草吧。"

二十四爷说："对对，就是这种草药。"

于是，朱祥便详细地向二十四爷讲述了关于"醉马草"的来历和生长、药用等。原来，在东北的山野里还真有这种醉马草，土名叫鹿脸。鹿脸为多年生草本植物，生命力和繁殖力极强，具有超强的耐旱力。而且它排斥其他草生长，在鹿脸生长的地方，就不会有其他植物生长，羊啊、牛呀、马呀只要吃了鹿脸草，还会"上瘾"，逐渐不愿意吃别的草，致使牲畜中枢神经受到麻痹，一点点地变瘦，最后倒地死亡。特别像马等大型动物，若采食过量后，心率加快，走起路来步态蹒跚，就像一个喝醉了酒的老头，这是食"鹿脸"之后的醉状，所以把这种草称为"醉马草"。这种草，春夏之交毒性最大，牛、马、羊和骆驼食用之后"眼皮"立刻耷拉下来，接着便昏昏欲睡……

"啊啊！这么厉害。"二十四爷听后连连说道，又问，"这种鹿脸长在什么地方，什么样子呢？"

朱祥说："有点像韭菜的叶子。到了秋天，它就老了，马和牛就不愿意吃了。但可以扎笤帚。"

"扎笤帚？"

"对呀。"

"就是那种扫地扫炕的笤帚吗？"

"正是……"

朱祥故意问："老爷，您问这个有什么用吗？咱家的马牛，有专人饲养，不会误食。"

二十四爷说："啊，是俄国人来打听此事。但他们想干什么，本人一概不知。他们似乎还想出高价买这种草药。但这是一种毒药，他们想干什么事呢？"

说者无心，听者却有意。朱祥暗暗记下了二十四爷的话。这天，他向二十四爷告假，说去关东山里收购草药。"你去吧，快去快回。"朱祥听到二十四爷的嘱咐，连连答应着，套上马车，领着两个仆人走了。

朱祥每年都进一次关东山采购草药，拉回苇子沟，再经过自己的加工，制成种种成药，贮在药匣子里。那是他的绝活，所以围子里的人都称他为"药匣子"。药匣子朱祥这次急于进山，是因为他看夏伏已过，再拖几天，一些草药就会过性，发老，发柴，发皮，不能成为最佳药材了，特别是鹿脸。鹿脸十分应节气，一立秋，它们的外皮立刻发白、打滑，好看但不能用了，特别是药性也过了。

朱祥这样急于进关东山进药，是他从二十四爷的话中已听出弦外之音。那二十四爷历来惧怕洋人，而又在族人面前表现出自命不凡，做下坏事往往说是别人所为，这是他的秉性。现在，朱祥听出他的本意，不想直说想要得到鹿脸，却又点明了他内心的希望。这一点，聪明透顶的"药匣子"能品不出来吗？一旦他能为二十四爷做成这件事，二十四爷肯定会感谢他，并重用他。所以，他要让二十四爷知道他今年上关东山另有用意。

关东山里的辉南、老爷岭一带有不少草药市场，最大的要算梅河口山城镇市场了。每年秋天这里都有热闹的"药市"，朱祥便是奔这"药市"来的。这次朱祥与往常不一样，他先到山城镇大十字街口的义和大车店住下，然后让店掌柜的给打听着卖药老客，他便告别店主只身一人进山了。

原来，他知道东山有一个叫鹿脸沟的地方，那里漫山遍野长满了鹿脸草，一片一片的，别说牲口吃，就是牵着牲口走，迎风二里地都能把牲口熏倒。他当年从父亲那里学来一手"闻药"绝活，他就是凭借这"绝活"找到这块"绝地"的。

当年，朱祥的父亲朱成义是山城镇一带著名的马贩子，专门"吃集头子"。这是一种混事的本事。比如有人牵来一匹马上市，明明要五块大洋，朱祥和父亲故意给人家压价，最后以三块两块的价格买下，把牲口从集市的这头牵到集市的那头，再以十块八块大洋的价格卖出去，每天也不少挣。他看上的马一般看上去很弱，有的马匹还生了病，到了朱氏父子手里也能卖出高价，因为他们有自己的绝招。这绝招之一，就是用棍支马。有的马，已经病得不轻，他父亲牵来，从腰上摸出一根筷子往马的前腿下的腋窝里一别，那马立刻精神起来，但一出集市走不到三里地，那棍一掉，马立刻不行了。买马人后悔也不赶趟了。还有一招，便是给马"嗅"鹿脸。嗅，其实比吃都厉害。他父亲从山上割来许多鹿脸，扎成一把把小笤帚，不能把鹿脸草一头对齐，要使鹿脸草之间错开一定距离，这样扎起来的小笤帚又光滑又好看。别人明明牵来了好马，他们父子便上前讲价，还不停地用鹿脸小笤帚给马扫身子，扫鬃毛上的灰土，看上去是清理马匹，不一会儿，那马的眼皮就耷拉下来了。于是，明明一匹好马，也只好便宜卖掉。这一招便充分发挥了鹿脸笤帚的独特作用。

　　眼下，朱祥想起了老父亲的这个绝招，也想到了父亲常领他去的那个鹿脸沟。

　　鹿脸沟在山城镇以东四十五里处的一座大山里。夏秋，这片山谷总是雾气腾腾的，风一刮，一股子"山韭菜"味儿呛得人直掩鼻，许多野兽都不敢走进鹿脸沟。太阳一出，沟里的雾气渐渐散去，各种花草一开，非常的清凉爽快。沟里有许多打猎、采药和采野菜的山里人。朱祥早有准备，他戴上早已准备好的"罩眼"，把嘴和鼻子罩上，然后背上背筐，拿着镰刀走进沟去。

　　此时漫山遍野的鹿脸正由嫩变老，这时草药劲正佳。他快速地割下一捆又一捆，背到临近沟沿的一户养蜂人家，他把割下的草放在蜂箱旁，又买了一些椴花蜜，并雇这家的老人帮他扎笤帚。扎好了两把鹿脸草笤帚,他把买来的鲜椴蜜浇在笤帚上,这时那两把笤帚枝就有如一个个的大蘑菇一样,湿淋淋的。

他又在地上挖了一个坑,把一块烧热的石板放入坑内,然后将两把笤帚摆在石板上,盖上一层沙蒿,立刻填土将笤帚埋了起来。三天之后,他起开土坑,只见那两把笤帚上结满了小"豆豆",他再把笤帚拿起来,一晃,一甩,上面的小"豆豆"都脱落了。于是,这笤帚成了一把干干爽爽、蜜香浓郁,带着山林田野的芬芳,又很是惹人喜爱的小笤帚。

白露节到来的时候,朱祥背着这两把笤帚和其他几种草药便下山了。

第二十四章 明争暗算

在北方,立秋一到,一早一晚天就凉了。

平原地带,天空的大雁哏嘎叫着,一队队在头雁的带领下日夜朝南飞去,盛开的花草会在一夜间被寒霜打落花蕊和叶子,北方草开堂了……

草开堂,是寒霜将万物击倒,草木枯黄,大地亮堂起来了。这时,在拉林河中东铁路工地,"吃路饭"的人们仍然坐在路两旁的路基上。大家不动工,抗议筑路公司不按时发放路饷,这可急坏了阿列克塞耶夫和图利诺等人。这个时节应该是铺轨筑路的最好时节,干起活来不冷不热,工程应该进展很快,等再过一段时间,天降大雪,寒风刺骨,工程将会进入停滞期。但是,他们没办法,各处"棚户"的人都很齐心。

棚户里，每二十人为一棚户，那些棚户一排排一片片挨着搭建，形成棚户区。棚户区里形成了南来北往的"街道"，可通往"东片棚""西片棚""南片棚""北片棚"，每个棚里都有"领棚人"，又称为"大爷""棚大爷"或"棚头"。各棚户路径之间都有专人把守，往来需要盘查，对完"棚话"，方能通过。

那些"棚话"，都是些秘密的语言和手势，吃饭叫豆开，衣服叫叶子，帽子叫顶天，鞋叫踢土子，狗叫皮子，狗咬了叫皮子喘了。俄国人催棚户们去上工，要先对每一个棚户中的大爷、棚头喊话。

在这一带，有二百四十多棚户，密密麻麻地布满在山冈、河岸和草地上。

这天早上，太阳已升起一竿子高了，工地上还是不见上工的人影，许多人坐在棚门口，或仨一帮俩一伙地坐在过道上抽烟、下棋，就是不上工，这被称为"起屁"。

起屁就是一伙人一起干一件事，让对方明白。

阿列克塞耶夫和图利诺带着哥萨克护路营的人马，站在拉林河东岸上向工地瞭望，只见棚户区安安静静的，就是不见干活的人影。

阿列克塞耶夫问："他们为什么不出工？"

李什科夫说："他们又起屁了。"

"起屁？"

"对，就是集体罢工……"

阿列克塞耶夫拔出长刀，说："冲进去！逼他们上工地！"

李什科夫摇摇头说："您这一招不灵。他们都听棚头的。而棚头手里有咱们的合同,咱们不能按时发放款项,他们就不上工。你想来硬的,他们会'炸棚'……"

阿列克塞耶夫问:"炸棚?"

李什科夫说:"对。"

阿列克塞耶夫又问:"如何炸?"

李什科夫说:"他们会一哄而起,整个拉林河棚户都闹翻,让你一刻都不会安宁。"

李什科夫又说:"这一切,都是因为那个叫杨三的所为。他的马太快,我们的款车多次被他率人所抢,就是把全彼得堡的钱都运来,也供不上他抢啊!"

阿列克塞耶夫的马靴狠狠地跺着地,叫道:"杨三!杨三!我要与你较量,拼个你死我活!"

清光绪年间,由于常年的战乱和洋人的侵扰,民间涌起了许多组织,如民团、哥老会、天地会,这些人混入"吃路饭"的人群中,住在棚户里。这些人行踪隐秘,加之得到"吃路饭"人的保护,他们轻松隐藏在人群中,使得俄国人的追捕无法下手。在"吃路饭"的路工里,也有赶"套子"的,就是专门赶车拉枕木的,他们拖枕木上路基旁的枕木场,把枕木堆得跟山一样,等待着路工们一根根抬到铺好的路基上,再架设铁路。

这些专门赶大平板车拖拉枕木的套帮把头有一个共同的标志,每个人后屁股上都挂着两把小笤帚,这表明他们是吃"套帮"这碗饭的。对于铁路工程的进展情况,这些套帮最知底细,一有大批枕木要运进,不久铁路便会往前延伸,为此,天照应在"套帮"里交了好些朋友,关于款车和工程进度全靠这些人给送信、传信，其中和他关系很靠的一个套帮头叫朱吉，这也是天照应的老朋友了。看到这里读者也许会想起，这朱吉原先在混江龙绺子里，由于他精通草药，有医治各类牲畜疾病的本事，曾在混江龙手下当过"卧底"（以兽医为职业探听地面上的信息），后混江龙绺子被洋人、官兵联合剿灭，他只身投奔天照应的绺子。俄国人把中东铁路修到拉林河一带时，天照应为了掌握俄国人修路和款车往来之事，就派朱吉打入吃路饭的筑路队中，专门以"套帮"的身份与俄国人打交道，以便掌握更详细的俄国人情报。他经常以联系马匹和木材之事出入俄国人的筑路工程队、马市、铁匠炉、绳铺作坊等地，他混得相当熟，别人一见他都招呼道："套户大柜来啦！"

秋季，拉林河中东铁路工地传来了消息，俄国人从美国芝加哥铁道机车制造厂购进的火车头就要开进拉林河一线，俄国筑路总部命令在拉林河一带担任筑路并防务的阿列克塞耶夫一定要确保按时通车。

这天，朱吉来到天照应绺子。

"到屋！到屋。台上拐着（炕头上坐着）——！"这是绺子里的最高规矩。只有尊贵的客人，才被让到绺子里大柜的炕头上坐。

朱吉是混江龙绺子里的熟人，当然也是杨三的朋友了。

一见朱吉来了，杨三也前来问候。

想当年，杨三在混江龙绺子里养伤时，起居、饮食，都曾经得到朱吉的精心照顾，所以二人也是一见如故。而朱吉这次是有重要事项要亲自向天照应大柜来说明，天照应就让杨三也进来，三人一起议事。

寒暄之后，朱吉说："大柜，根据可靠消息，俄国人从美国芝加哥运来的火车头就要开过来啦。"

天照应问："拉林河通往八面城的路基打通了吗？"

朱吉说："俄国人正日夜铺设'拉八'（拉林河至八面城）线路基，在上冻前必须通车。因为火车头已经从赤塔往哈尔滨运输了……"

天照应问："路工们肯干吗？"

朱吉说："钱一发，不干也不行。这不，前些日子，他们怕款车再被抢，就想出一个绝招，他们把钱由哈尔滨和宽城子的道胜银行转换成支票，发给工人。这样再不怕有人抢啦。"

天照应说："这一招挺损哪！"

朱吉说："可路工们不干，他们还是要现钱。什么支票不支票的，中国人不买他的账！现在挺多事都僵在那里。不过，这个芝加哥火车头可是个好玩意儿，一旦把它搞到河里去，俄国人可气死了！"

杨三说："我们能派上啥用场呢？"

朱吉说："马队能用上。"

天照应不解："马队？"

朱吉告诉天照应和杨三，俄国人在铁路还没有铺设好之前，先不让芝加哥火车头开动，而是先用马队拖着进入现场，这样既省设备又保险，而且已与朱吉说好，冬至前三天，他的"套帮"要出三百匹骡马，去拉林河一带拖火车头。朱吉说："弄到这个火车头可是好机会，一旦俄国人失掉这个火车头，他们也就完了。

这个事，比你们抢多少钱都有威力！"

在天照应绺子吃完饭，朱吉要回去。临下炕，杨三一眼发现了朱吉屁股上的小笤帚。那是两把十分精致的小笤帚，不但扎编得手艺好、精巧，而且笤帚的每股上还箍着镶金的金箍，黄闪闪的，十分可人。

杨三说："多漂亮的小笤帚哇。"

朱吉说："我每天刷马，一年不知用坏多少把这种小笤帚……"

杨三自从有了小白马，他时刻不离身的是那把他从老家就带来的马莲草编的小笤帚，一旦用坏了，他就亲自从草甸上采马莲来编，但对朱吉的小笤帚，也是很眼热。朱吉看在眼里，就说："我让人给你也编上一把……"

杨三说："那就谢谢啦。"

故事说到这里，大家可能已经隐隐约约地感受到，一场厄运已经不可避免地降临在杨三头上。因为，想要得到小白马的人太多了，这朱吉便是其中的一个。你知道这朱吉是谁吗？

大家还记得当年老杨坡抓住了杨三，混江龙绑了阿列克塞耶夫女儿的票，并要以此换回杨三，朝廷惧怕洋人，派官兵攻打小沙河，混江龙求人"递枪"，帮忙解救了杨三的事吗？在那次庆功会上，滚地雷大柜突然抽刀压在杨三的脖子上，要买小白马，被大家拉开了，说他是因为喝多了，又死了一些弟兄，所以心情不好。后经混江龙说和，杨三同意让小白马给大家表演了一番绝活才罢休。其实事情并没有过去。

当时，滚地雷是借着酒劲以刀相逼，要买杨三的马，但是他并不是真醉了，他太喜欢和太想得到这匹马了。后来杨三为大家表演了马的绝技，事情也就过去了。

后来，吉林将军督兵进剿松花江、长白山一带的各种绺子，双方进行了一场猛烈的交战，滚地雷被官兵击伤，临死前他对"搬垛"先生（在绺子里专门测算行动、时辰的掌柜）交代，一定要设法弄到小白马献祭在他坟前，也好了却一生的愿望，说完就咽气了。

这个"搬垛"先生是谁，就是朱吉的父亲。

当年，朱吉的父亲去世时，把受滚地雷大柜相托之事告诉朱吉，嘱咐他想尽各种办法将杨三的小白马弄到手，以献祭滚地雷大柜。后来，朱吉终于打听到了杨三和小白马来到了天照应的绺子，于是他以"套户"之名投靠到天照应的绺子，他所做的一切，都是为了接近杨三。这一切，杨三根本不知道。

让杨三万万没有想到的是，这个为天照应绺子送情报的"套户"头子朱吉和在二十四爷府上做事的朱祥是一对堂兄弟。就在俄国人以重金收买二十四爷，想以"醉马草"药倒杨三的小白马时，朱祥已在二十四爷的默许下进山去寻找"醉马草"去了。而朱吉也是想到了自己的堂弟朱祥通晓兽医，是否可以帮自己用草药将小白马麻倒，然后到滚地雷大柜的坟前祭祀一下。唉，世上不知有多少人在打着杨三和小白马的主意呀！

这天，朱祥押着草药车从山城镇的药材市场回到了苇子沟，二十四爷设宴为自己的家医接风洗尘。酒过三巡，菜过五味，家医朱祥从腰上解下一把小笤帚来。

这是一把十分精致的小笤帚。表面看去，厚实的糜子整整齐齐地压在一起，而且前厚后薄。后边的把儿压得硬硬实实，把儿与糜子草处用一个一个小铁环箍着，拿在手里一扫，十分应手，而且还散发出一股淡淡的野草甸子的草味儿，这让二十四爷有些爱不释手了。

二十四爷说："这不是一把扫炕笤帚吗？"

朱祥说："叫这个名，但不能扫炕。"

二十四爷问："为何？"

朱祥说："用它扫炕，猫见猫死，狗嗅狗亡……"

二十四爷惊讶得睁大了眼睛。

朱祥认真地说："东家，这些年来，你老人家待我不薄，我才下此苦心，为您扎下了这把笤帚。但我有考虑……"

"您说！您说！"

"我是想，这个东西既可以让你在俄国人的手里得到钱，又不至于伤害了小白马，并能得到小白马。"

二十四爷心里一惊，接着问道："此话怎讲？快说说。"

朱祥说出了自己的全盘安排和打算。原来，他是想用这把"鹿脸"（醉马草）编的小笤帚先把小白马醉倒，这样俄国人的款车不会被抢，二十四爷便可以得到"人头"费，然后当杨三一筹莫展时，他再用"解药"解除"鹿脸"的药效，迫使杨三答应将小白马送给二十四爷骑一骑、玩一玩，也好让老爷子风光几天，得意几天。

朱祥说着便从包袱里掏出自己在山里用一种叫"石茶"的草药编成的另一把小笤帚。他对二十四爷说："马醉倒以后，如果用这把小笤帚一扫马的鼻孔，它又会欢跳如初了！"

二十四爷高兴至极，连连点头，夸奖朱祥安排得妥当。他让朱祥收拾好这两样"宝贝"，赶紧下去安歇吧。

再说朱吉，他从天照应大柜的绺子出来，并没有回"套帮"，而是直奔苇子沟的堂弟朱祥家而去。

他与弟弟已经好久不曾见面了。还是在弟弟被二十四爷请去做家医那次，哥俩聚了一回，由于拉林河与苇子沟之间道挺远，所以哥俩也不是常常见面。

"哥！你怎么来了？"一见朱吉深夜来访，朱祥急忙给哥哥开门，又沏上热茶，端了上去。

朱吉说："想你了呗。"

朱祥马上让家人给哥哥炒菜，又烫上酒。当二人面对面坐下时，朱吉对一旁的弟妹说，"你累了一天啦，快回屋里歇息去吧，我与弟弟有点事合计合计……"

弟媳离开之后，朱吉开门见山地说："兄弟，我这次来，是有事求你。"

朱祥说："哥，有话你只管说，只要我能办到的。"

朱吉说："这事，也只有你能办到，别人办不明白。"于是朱吉把自己的打算和盘托出。然后，他又说："兄弟，弄一种草药把马麻倒，还得有一种草药，让它解去药力，你可以做到，只有你能行。"

朱祥瞅瞅哥哥朱吉，他愣了，哥哥难道已经知道了自己进过关东山？可这事任何外人不会知道。二十四爷也不会轻易对别人提起。他从哥哥的表情中判断出，哥哥根本不知道他进山的事。于是他说："哥哥，你先吃饭，吃完了再说。"

谁知朱吉却说："你不答应，我就不动筷子！"哥哥的牛脾气也上来了。于是朱祥说："好好！哥哥，我答应你，这总行了吧。"

朱吉也留了一个心眼儿。当二人边吃边唠时，朱吉向弟弟打听并索要一种能使马儿"醉"倒的中草药，但他并未说是对付杨三的马，而弟弟知道哥哥赶"套"拉枕木，经常到马市上买马，可能用于生意和买卖，也没有感到有什么奇怪。但让他不解的是哥哥来得真是太巧了，因他用"鹿脸"扎的筥帚只有两把，哥哥这番来得真是时候。于是，朱祥说："哥，你来得正好，我这儿有一把'鹿脸'筥帚……"

朱吉问："什么鹿脸筥帚？"

朱祥说："鹿脸，就是醉马草！"

朱吉问："那筥帚呢？"

朱祥说："这是醉马草扎成的筥帚。我选的醉马草是毒性最大的时候采下来的，扎成筥帚，便于对马施用。这筥帚一旦在马的脸上、鼻子上一划拉，马的眼皮会一下子耷拉下来，萎靡不振，任人摆布了。"

"啊！这么灵？"朱吉说，"就一把吗？"

朱祥说："我的哥哥，你真贪心。这还能多吗？这种醉马草还要经过特殊处理才能达到如此功效，一把已经很难制成啦。"

朱吉笑着说："谢谢兄弟！谢谢兄弟！"

朱祥说："不过，我还要给你一把筥帚。"

朱吉说："怎么还有一把呢？"

朱祥说："这一把，与那一把不一样。这一把是马醉倒后，如要让它清醒过来时，立刻以这把笤帚去扫它的脸和嘴，马便可以清醒如初。"

夜深了，杨三正在给小白马梳理长毛。自从杨三得了小白马，他总是在夜里为自己心爱的小马梳身、洗身、理毛、刮毛，各种器具，均是杨三自己做的，特别是那把马莲草的刷子，还是杨三刚到天照应的队伍时，挖马莲根做的，如今已成了一把笤帚疙瘩，好在小白马对于杨三为它刷身子，显得很是舒坦，不停地"咏咏"地叫上一两声，表示对主人的亲近。

杨三一边刷一边说："老伙计，别着急，过两天我给你弄来一把新扫帚，给你刷毛、理毛、松松身子……"

小白马"咏咏"地叫两声，仿佛听懂了他的话语。那时候，杨三已搬到靠近马棚的一间房子里，确切地说，是和自己的小白马同住在一起啦。小香也喜欢这么做。因为这样一来，小白马的一举一动都能在他们夫妻的照看之下。自从结婚以来，杨三和小香一直没有后人，所以二人几乎将小白马当成了自己的孩子，真不知道怎么疼它好了。

这时，杨三对小香说："咱们快睡吧，明天得早点起来。我看见河东沿的草甸子土坝上来了一窝狼，我明天早上得早点起来，把这窝狼端了。不然，狼多起来，咱这驻地的许多家禽人畜，都要被它所害。"

小香也说："那好，我们睡吧。"

第二天早上，杨三穿上猎服，拿上扎枪准备去草甸子上打狼，到马棚一看，小白马不见了。查看缰绳，发现是小白马自己咬断的！他心里觉得奇怪，它干什么去了呢？谁知，正当杨三着急的时候，忽听院子里传来小白马"咴咴"的叫声。杨三急忙推开门走到院子里一看，原来是小白马回来了，只见它的嘴上叼着一只大灰狼，已被它咬死了。这下，杨三惊得说不出话来，小香乐得一蹦老高。是啊，太神奇了，这马也太通人性了！昨天晚上夫妻二人唠嗑，说今天早点起来去甸子上掏那窝狼，谁知小白马竟然听懂了二人的说话，它起大早到甸子上把狼咬死叼了回来。小香和杨三乐得立刻走上去，搂起小白马亲起来没完。

第二十五章　白马悲歌

中东铁路拉林河段最后通车已到了关键时段。那时，沙皇铁路修建总监罗尔夫从彼得堡赶来巡视铁路进度，他从哈尔滨来到拉林河工地，召见中东铁路南段总管阿列克塞耶夫，询问大连到八面城和拉林河铁路对接情况。罗尔夫对阿列克塞耶夫发出指令，芝加哥火车头已从赤塔运到哈尔滨，停放在哈尔滨铁道机车库里，单等八月十五那天由哈尔滨开出，到达八面城，与大连方面的铁路对接；在车头经过拉林河大桥时，要停下照相，以便把照片发向全世界。罗尔夫说："这证明俄罗斯帝国已占据了世界的东方。你听明白了吗？"

阿列克塞耶夫说："总监大人，我听明白了。"

罗尔夫说："而且，你要保证一切计划都万无一失。听说，你们那里出了一个什么快马杨三？"

阿列克塞耶夫说："是的，总监大人。此人太厉害了！特别是他有一匹了不得的马。我领教过，深深地领教过！"

"别说了！"罗尔夫不耐烦地说，"为了确保这次通车顺利进行，防止杨三的快马队伍的偷袭，我给你调来五百哥萨克骑兵和五百火枪手，这些人都归你指挥。"

"真是太感谢了！罗尔夫总监先生。"阿列克塞耶夫说，"请大人放心，我们一定让芝加哥机车顺利通过拉林河大桥。"

送走了罗尔夫，阿列克塞耶夫立刻召集中东铁路西部支线全体修建、护卫人员开会，他传达了罗尔夫下达的命令后，又特别留下图利诺、托玛斯和李什科夫等人。阿列克塞耶夫主要是想听一听图利诺针对杨三所做的布置。图利诺便把他如何通过对二十四爷的威胁利诱，二十四爷如何派人到长白山里找到了一种专门能"醉马"的草药，并已秘密安排人员潜入天照应的队伍之中，赶在八月十五芝加哥机车通过拉林河大桥那一天，麻倒杨三的快马，使通车仪式顺利、安全进行的计划说了一遍。然后，他说："请司令先生放心，我们不怕他不落入我们的圈套。我已安排了火炮连的哥萨克炮手，头一炮，要冲着马群发射石灰弹。这种石灰弹一炸，马眼睛都被石灰粉迷住，于是马的骑手必须要用笤帚去扫这些马的脸和鼻子，这样一来，他们就中计了。"

图利诺又伏在阿列克塞耶夫耳边说："一切万无一失。"

俄国人的计划和安排也真是煞费苦心。在试车前夕，他们已通过二十四爷说服了兽医朱祥进入天照应的绺子，名义上是帮助他们查看他的马队战马的状况，实质上是准备对杨三的小白马下手，以确保小白马不能参战。这一招真毒啊！

阴历八月十二这一天，朱吉把俄国人预备在三天之后于拉林河大桥上通车的情况报给了天照应。临走，他在院子里碰上了杨三。他对杨三说："杨三兄弟，我答应过你，送给你一把像样的刷马笤帚。这不，我给你带来了！"说着，他从腰上挂着的两把小笤帚中摘下一把，交给了杨三。

杨三说："谢谢兄弟！"

朱吉笑笑，走了。

朱吉的计谋就这样实现了。这种用"鹿脸"编扎的笤帚是"醉马"的绝妙工具。用它去给马刷毛、扫脸，开始马不觉得怎么样，但一点点的，特别是三天之后，那马先是眼皮耷拉下来，接着四肢无力，最后失去了奔跑能力，变成一匹真正的废马。杨三根本没想到会有这一手。

在天照应的队伍和驻地中，笼罩着大战到来的紧张气氛。本来，天照应起局建绺，打的旗号是杀富济贫，抢大户人家，给弟兄们弄俩钱花。可是这些年来，他天照应被官兵追杀过，被洋人追杀过，唯一和他一条心的是穷苦百姓。他天照应虽然是胡子、土匪，报号"天照应"，是指应着老天的旨意而生，希望有"天"来帮助他。可是天是不存在的，这些年来他懂了，哪里有天？天就是他自己。他看到多少义和团、红灯照、小刀会的义士侠女们，一次次被朝廷所骗，被洋人所杀，但他（她）们临危不惧，大义凛然，这使得天照应明白了一个道理，人活着就要活出一个样来。因此他接收了如杨三、小香，还有许多从混江龙、滚地雷、四海山队伍里逃出来的弟兄们，他要来个"替天行道"，他的大旗上就写着"替天行道"。

眼看着俄国人在中国的土地上修什么铁路，这"地"是"中国地"，这"土"是"中国土"，不能让外国人平平安安地修什么铁路。俄国人的款车虽让他们抢了个够，但俄国人还是四处筹措款项，硬是把铁路修到了这一带。但这一带属于他天照应的地盘，他要露一手，给俄国人来点厉害瞧瞧。

天照应把四梁八柱等重要台柱子都召集到一起，大家商议如何与俄国人决一死战。那时，他的人马已分成了好几股，虽然当时东北的义和团已被朝廷和洋人联合剿灭了，但天照应按着义和团的兵备管理，也把他的人马分成若干组，分别由各部的统领（也就是四梁八柱）来分别带领。杨三是骑兵统领，他的马队共二百八十八匹马，小香组织起一支"红天照"侠女队，也持刀握枪上阵参战。

天照应在院子里检阅了自己的队伍，并将人马分布开，一部开往拉林河以东的苇塘地带，以利箭控制俄国人的马队；一部开往拉林河大桥以西的草甸子上，以土雷和串雷袭击架桥的俄国人监工和守备部队；天照应和杨三在正面与俄国人对峙，不能让芝加哥机车顺利通过大桥。

天照应又告诫大家，千万注意别伤了架桥的中国"路工"。

在八月十五到来之前，阿列克塞耶夫的部队也在频频调动。为了防止天照应和一些可能来袭的人马靠近铁路和大桥施工现场，图利诺已派出兵丁把铁路沿线三十里的村庄、窝棚、堡子的百姓人家统统地赶走了。这叫"坚壁清野"。一时间，整个东北平原，到处乌烟瘴气，火药味儿浓浓的，老百姓背包推车，挑着挑子，四处逃难。

秋风起了，北方的大地开始凉了。小香为丈夫杨三缝制了一件砍肩，同时，她也在缝制一件小孩的小袄。这天杨三从外面走进来，一下子看见了，杨三惊喜地看着小香说："小香，你那是给谁家的孩子缝的？"

小香的脸一下子红了起来，她幸福地说："杨三哥，告诉你一个喜讯，我有了……是冬日的月子！"

杨三禁不住拉住了小香，小香顺势扑进丈夫的怀里。小香说："杨三哥，等把俄国人赶跑了，天下太平了，咱们就回老家九台其塔木去，好好地过日子，咱们的孩子也该享享福啦。"

杨三说："小香啊，你说得对。到那时，你在家做饭，我上甸子上去放马，咱们的小白马多好啊！我要让小白马带上咱们的孩子到天下各个地方去走走，想到哪儿就到哪儿，想走多远就走多远，那该多好啊！"

这时，院子里吹响了集合号，是天照应要检阅他的片刀队，杨三和小香赶紧放下手里的活计出去了。

大战的日子到了。八月十四这天早上，天照应院子里的人马都已集合起来，小白马正在吃草料。在此之前的几天，朱祥和马夫负责对所有马进行检查，他用自己的小笤帚给马槽子扫上一遍然后放料，小白马吃得也很香，看不出有什么变化。出发这天早上，杨三用自己的笤帚给小白马刷刷身子、扫扫毛发，可是他发现，小白马有些发蔫，不够精神，杨三就说："小白马呀小白马，大战的时刻到了，你可千万精神着点……"

小白马"咳咳"地叫着，拼命地扬起了头。

杨三带着他的马队走出院子，他们要先期开进拉林河正面的那片苇地里隐藏起来，等着天明。接着是大片刀队、土枪土炮队，红天照女侠队也在小香的带领下走出了院子，随后是天照应带领主力部队浩浩荡荡地开赴拉林河前线。他们都要在头一天事先埋伏起来。

俄国人的步兵和马队行动更快。为了确保拉林河大桥安全通车，八月十五日一大早，托玛斯率领一队火枪手正在大桥工地上做最后的检查，他让路工们在那本来已架好的桥墩上再加固一层支木，以便更加牢靠。领着"吃路饭"干活的人是赵刚，他们都被俄国人戴上了脚镣子，生怕不玩活，而朱吉依旧赶着大平板套车拉木板、木料，一些持着枪械的哥萨克兵不停地对每一名工人搜身，生怕他们把什么危险物品带进大桥工地。

铁路两侧，新近从西伯利亚、彼得堡、伊尔库茨克、赤塔一带开来的哥萨克兵一车一车地前来，他们迅速持枪分散开，占据了有利位置，保护着大桥的施工现场。野战炮团在大桥西侧的一处高地上布置了炮位，从彼得堡带来的军乐队也在工地的路基上站好。

阿列克塞耶夫等人穿戴一新，换上了崭新的军服，军帽上的红边显得很鲜艳，马刀的黄穗迎风飘荡，他正陪着远道而来的罗尔夫先生站在高处检阅部队。

太阳升起一竿子高时，从正北的哈尔滨方向隐约响起了"轰隆隆，轰隆隆"的机车的响声，只见一辆金光闪闪的机车鸣着汽笛驶来——那正是俄国从美国芝加哥定制的机车车头。它要耀武扬威地通过"拉八"（拉林河至八面城）铁路，开往大连、旅顺，从而象征着俄国人修筑的中东铁路已全线贯通。火车头一出现，俄国军乐队立刻奏起了军歌。再看火车头上，在那高高的大烟囱两侧，悬挂着俄国的国旗和军旗，五六个持枪的士兵或坐或站在机车头上，挥舞着帽子，并向工地上呼喊："乌——拉——！"

芝加哥机车向空中吐着白烟，呼呼地响着，缓缓地停在大桥工地的接头处。

就在这时，工地东边的芦苇塘里突然响起"轰隆——"一声，天照应他们的土地雷在机车前边的枕木上炸响，只听枕木"咔咔"响着，眼看着机车车头向前倾斜下来……

啊，是土匪绺子来啦！是杨三他们来了吧！

俄军立刻慌乱起来。阿列克塞耶夫冲到一堆枕木上，大喊："快！保护罗尔夫先生！哥萨克的家伙们，赶快开火！开火呀！"

他的话音刚落，东北边的草甸子上和东边的苇塘里，冲出一群天照应的人马，他们与赶上来的哥萨克交起火来。枪声，大片刀和马刀的碰撞声，立刻在这片旷野上响了起来。这时，突然从正面传来喊杀声，还有马蹄敲打大地的响声。杨三率领马队，举着马刀冲了过来。

阿列克塞耶夫一看，立刻对身边的图利诺说："快！快快！你的石灰炮呢？"

图利诺说："别忙，让他们再靠近一些……"

阿列克塞耶夫骂道："你是在找死，现在是罗尔夫将军在这儿！"

图利诺说："好！好！"说着，只见他手中的一面小黄旗一甩，就听"咕咚"一声，俄军的石灰炮响了。顿时，前面的天空中出现了一片白色的土风，那些白土、白灰子什么的先是扬上天空，接着迅速落下来，一下子覆盖了正在往这里冲来的马队。

那些冲锋的马，头和脸、鼻子都变成了白色，有的看不见方向，"扑通"一下被绊倒了，有的打着响鼻停了下来。冲在前边的杨三一看小白马的脸和鼻子都让石灰给迷住了，于是他摘下挂在腰上的小笤帚给小白马刷了起来……

可是，他突然发现，他的笤帚一挨近小白马，小白马就不安地使劲摇头，并且躲避着笤帚。但杨三不能眼看着它的眼睛被眯，就拼命去给小白马扫。他越扫小白马越躲，而且越来越没有精神，最后，只见小白马眼皮一耷拉，歪斜起来，有点站不住的样子啦！

作为头马，小白马一停下来，整个马群立刻乱了套。马的骑手们也慌忙地打扫石灰，有的举刀前行，但被前边的马队挡住了路，真是一片混乱。这时，图利诺仰天狂笑起来，他高呼一声："哥萨克们！冲上去，给我狠狠地杀。但那匹小白马，一定要抓活的……"

这时，俄国兵蜂拥着向杨三、小白马和马队包围上来。

这边出现的情况，让天照应惊呆了，他命令刀手和炮手集中火力，把芝加哥火车头击沉，以分散俄国兵的注意力，全力救助杨三。

杨三被困的情况始终被一个人看在眼里，这就是朱吉。自从朱吉送给杨三那把"鹿脸"小笤帚后，他就后悔没把解"醉马草"毒的小笤帚交给杨三。他本来想得到小白马，让死去的滚地雷大柜在阴间也能瞑目，可总不能自己得不到还让俄国人弄到手啊。

一看杨三马队乱了，他冒着枪林弹雨向杨三和小白马拼命跑去，大声喊着："杨三——！我来啦！"

但当他跑到杨三跟前，那匹小白马已奄奄一息了！

朱吉来不及解释，急忙从腰上摘下自己的这把小笤帚去扫小白马的脸、鼻子和口处，渐渐地，小白马清醒了。

小白马清醒后的第一个动作，却是上去一口咬住杨三，咬得他浑身是血。因为这时，杨三已从朱吉口中得知了事情的经过！这不等于是自己害了亲爱的小白马吗？杨三肠子都悔青了！而小白马咬一口、叫一声，仿佛在说，主人哪！你咋这么粗心大意？你咋这么干呢？你呀……

于是，任凭小白马咬他，杨三就是不还手，而且紧紧地抱住小白马的头，流下了后悔的泪水。他哭喊着："小白马，你咬我吧！咬吧……"小白马这时却给他舔着身上及脸上的血，小白马也流下了大颗的泪花……

突然，"咣"的一声，一颗炮弹飞了过来，正从小白马的肚子上穿了过去，小白马的肠子立刻流了出来，它躺在了地上。

……

"轰隆"一声，那辆从万里之外费尽周折运来的火车头，一下子滚落到大桥下边的那深深的拉林河里去了。沉重的机车坠河激起的烂泥、浑水一下子溅起几十米高，遮住了天上昏黄的太阳……

听到这轰隆巨响，俄国人拼命炫耀的芝加哥火车头已沉入大河，他们一个个跺脚发怒，罗尔夫狂怒地将阿列克塞耶夫打倒在地，又一脚把他踹到拉林河里去了。随后，罗尔夫命令所有枪手、火炮一齐向四面八方狂射，拉林河工地成为一片火海。

这场激战一直持续到黄昏。由于俄国人兵多、武器好，天照应绺子的弟兄全部阵亡……朱吉拉来一辆大平板车，把受伤的小白马和杨三抬到车上，拖了出来。

拉林河工地已彻底瘫痪了，俄国人恨恨地带兵撤回哈尔滨去了。整个旷野，尸横遍野，太阳落山之后，一片凄凉景象。据说，罗尔夫回到彼得堡就被撤职了，图利诺也被绞死了。

那天夜里，朱吉拖着木板车走出战场、死人堆。他向前拉着，车上是奄奄一息的小白马和伤痕累累的杨三。

可是，上哪里去呢？

杨三说，还是回老家九台其塔木吧。

在寒冷的秋夜里，秋风呼呼地刮着，杨三抱着小白马的头，低声地哭泣着。他说："小白马呀，我的好伙计！都是我不好，害了你呀！"这时小白马已没有力气"咴咴"地叫了。它睁开眼睛，一串儿大大的泪又流了下来，也永远流淌在杨三的心里。

杨三搂着小白马的头，流着眼泪唱道：

正月里，正月正，
杨三扛活上了工。
进门先挑两缸水呀，
吃完早饭扫马棚啦巴嗯哎哟。

二月里，到惊蛰，

我拉小马到草坡。
青草遍地起呀，
小马乐呵呵啦巴嗯哎哟。

三月里，是清明，
关东起了毛子兵。
我和小马去送粮呀，
马儿累了我心疼啦巴嗯哎哟。

四月里，到十八，
我和马儿快出发。
抢来财宝送乡亲呀，
地主老财干抓瞎啦巴嗯哎哟。

五月里，是端阳，
我落敌手你断肠。
三番五次来救我呀，
吓得坏人四处藏啦巴嗯哎哟。

六月里，数三伏，
天长夜短日头毒。
几月不见你的面，
你我心中都在哭啦巴嗯哎哟

七月里，七月七，
天上牛郎会织女。
神仙都有团圆日呀，
咱们何时能团聚啦巴嗯哎哟。

八月里，月儿圆，
西瓜月饼敬老天。
多亏江湖来营救呀，
咱们终究又团圆啦吧嗯哎哟。

九月里，立了秋，
老毛子铁路通满洲。
不能让他好好走呀，
咱们去把款车偷啦巴嗯哎哟。

十月里，十月一，
关东寒风吹大地。
都怨我粗心又大意，
害了我的好伙计啦巴嗯哎哟。

十二月，整一年，
一年又一年。
千年悔万年怨呀，
在杨三心间没个完啦巴嗯哎哟……

回到九台其塔木半年之后，小白马死了，杨三专门为小白马埋起了一座坟。杨三活到了七十二岁，他死后，根据他的嘱咐，把他和小白马埋在了一起，并起名"快马杨三"之墓。这个地方就是今天的其塔木高家窝棚屯。后来，"文化大革命"的时候（1966年），红卫兵把"快马杨三"的墓给掘了。据说里边没有马骨，也没有杨三，只有一把杨三用过的片刀。马匠杨三呢？小白马呢？不得而知。再后来，也就只剩下这个传说啦。

人参朝贡道

岁月有一种牢固的自然基因，到了下雪的日子，真就下起纷纷扬扬的大雪，见到雪和北风，就像进山拖木拉套的牛马急切地用蹄子刨地催促主人快走一样，我默默地备好了狗皮帽子、棉鞋和出行的背包……

雪静静地落下。黎明之前，人们还在沉睡。我不便惊醒他们，背起包袱走出楼道，在黑暗中感受着风雪天的寒意，一出门就和朦胧撞在了一起。天已渐渐地亮了，冬云漆黑一片，雪花不知从何时刮起来，沙粒子般抽打下来。雪花密密匝匝，像碎玻璃碴子，直往人的脖领子里灌，冰冷扎肉，又像一道墙隔住人的路线。我用两手推着"雪墙"，走向来接我的车。钻进车里，发现司机小苏一直开启着雨刷器，那"呱嗒呱嗒"的雨刷器一刻不停地刮着雪……高速公路已处于半封闭状态，我们刚刚过了收费站，后面的车已陆陆续续被挡住了，车行驶在风雪弥漫的通向长白山的路上。

不知怎么，我突然想起了冬虫夏草。据说冬虫夏草在自然的作用下，为了自身的生存，拼命攻击其他物种，而完成自身的存活。其实大自然的每一种不同形态也都造化出一种新的物种，冬虫夏草也是如此。早春和初夏，山林和地表温度适宜的时候，各种虫子应时而出现，正当它们伸腰展翅繁殖生命、传递基因的时候，突然，冰雪降临了，一转眼，大山披上了一层白雪，虫子被冻僵了，它们的一切形状都被自然凝固了，有的在交配，有的在吃食……凝固，使自然界产生了新的景象的组合，但重要的是，这时生命的因子还活着。于是，在北方的自然里，活着的和消亡的同时存在。可能人们直观看到的生命被严寒凝固了，活着的该逝去啦，可是活着和消亡又都变化了，只是一转眼间，那种在山峦和森林上覆盖着的雪又一下子不见了。原来是风，把雪带来的冷气卷走了，就这样雪融化了。

春雪，秋雪，或夏雪，渐渐地化成点点滴滴晶莹而纯净的水珠，从刚刚被冻僵的枝叶上滴落下去，滚落在被雪冻僵的虫子身上，渐渐地，这水滴把虫儿生命的一部分从逝去的漫漫旅途上唤回。奇妙的森林水滴，闪着透明的天和森林的颜色，轻轻地飘落下来，在叶子和虫儿身上激起千万滴细小的水花，发出轻柔而微弱的声息，只有昏睡的森林虫儿能听到这种声息，可是它们那僵化的身体已不可能动了，只有壳肉的生命开始苏醒。

在生命苏醒的那一刻，四周寒冷与温暖相伴，渐渐地，虫子睁开了自己仿佛沉睡了一个世纪的眼睛，去打量周边，于是它们发现，有的同伴还在沉睡，有的半睁着眼睛，有的正在吞吃下一棵草的茎叶，有的在雪落的瞬间被草刺穿，或者……总之，那是千姿百态的自然存在，可是，那是一种被永远固定的存在，它们可能还不知道，它们已变成了另外一个物种，都因为风雪的缘故。长白山的雪在早春和初夏突然飘落又突然化去的特性造就了虫草这个奇特的物种。人们看见山林突然间变成雪山雪林，于是赶紧去摸相机准备记录，可是再一看，披雪的山林不见了，莫不是发生了错觉？这不是错觉，那是一种新的物种在诞生。这种物种只能生长三个星期。

每一种冬虫夏草都攻击一个物种，这为它形成新的物种具备了新的基因。在自然中，它们有一千多个物种，都鲜艳极了。甲壳虫红色的背在变成新的物种前非常鲜艳，甚至闪着赤红色光泽，而嫩绿的幼虫在成为新的物种时也绿得万分可人，那是一种让人意想不到的艳绿，就像帕米尔高原上刚刚开采出来的和田墨玉绿宝石，只是那些千姿百态、千颜万色的虫儿们头上都慢慢长出一棵草来，人类叫它"永远消失的闪现"……

然而它只有三个星期的生命历程，人不去采它，它就自己倒下，腐烂掉了。可是山里人知道有这个物种在这样的日子里突现，于是奔向那山雪瞬间飘落又瞬间化去的地方。山里人不会放弃这些珍贵的物种的。

在遍地都是奇异生命的地方，老冬狗子（长白山里一些永远说不清自己年龄的老人）开始变得活跃起来了。

他们熟知这里的纬度和地貌，他们长年在山上等，只要一见那种雪落下又突然化去的山峰，他们就奔向那里，他们采起一棵，吞掉一棵。有人喊，等一等，我看看啥样啥色，可是他已经吞下去了。他们的身体渐渐地强壮起来。这个地方原来叫清水香，现在叫清水乡，一个纯粹的古地名，水又清又香。再说，两千多年前的渤海时期，这深山老林里哪会有什么乡，一字之差，改变了千年的影像和记忆。这里到处都是现实的和逝去的记忆，我要亲自嗅一嗅清水香的记忆气息。

车在茫茫的灰色冻雾中穿行，雪粒子砸在地上，迅速形成"雪粒子河"，就像风吹水流一样在路上流淌打旋，车轮碾过这些雪流和旋涡，小心地驶向远方。过伊通时已看不见近在咫尺的大孤山，过营城子时也看不清收费站的门脸，雪末子贴在车窗上面，像刷上一层白灰，过辉南和靖宇时已渐渐走上久远岁月的渤海时的朝贡道。

朝贡，一个极庄严的词。我惊讶于地名带给人的神奇记忆和联想。地名所蕴含的人文意境，哪怕不是记载人类活动本身内容，也是通过人的生存实践后高度概括形成的。朝，是敬仰的朝见；贡，要带去地方上最好的特产，送给人们所敬仰的大唐。那么古人生存过的聚居地和走过的驿道，今天还会留下什么痕迹呢？顶礼膜拜，也就是一会儿的事，为了这样一个举动，一个地域、一个民族、一个部落的人该怎样的筹划，然后千里迢迢，关山万重，骡驮马载，风雪飘摇，到达一个叫长安的地方……

长安，十三朝古都，是万国朝贡之地，唐渤海时的北方民族更是仰望这座强大的都城，然而到达那里，几乎是一个梦。但梦终究是人做的。梦是人以精神去认知去实现的一种追求。脚，人体细微的神经末梢，老化之后，就成为细碎的硬骨。人成为骷髅千年后，脚的硬骨粒仍然坚硬如石，它从细小细胞化为人脚骨那一刻，娘胎的血脉使其成为这个角色，必然要驮载起生命踏向若干地方，最终到达梦想的地方。梦，也许随做随忘了，但梦留下了自己的载体，那就是道。

老子曰：道可道，非常道。道是一种思想，又是一个具体存在。人先于梦中去寻道，然后又落在道上，"道"实实在在地刻在北方这片苍茫的黑土之上，去朝拜，去朝贡，表明自己的根在长安。

当时渤海国文王大钦茂时期著名诗人、归德将军杨泰师曾写道："昨夜龙云上，今朝鹤雪深。怪看花发树，不听鸟惊春。"

朝贡的驮队不舍日夜地行走在通往长安的古道之上，一夜间，驿道从高高的插入云端的山顶跌入峡谷，黎明醒来，洁白的雪已厚厚的覆盖在道上啦，行人以奇异的目光看去，树怎么开花了？原来，这是东北长白山里的树挂。花已开了，却不见春鸟飞往，这是怎样的春天呢？

冬雪，厚厚的覆盖着长白山腹地——抚松。我们在抚松的朝贡道故地新安村停下来，在人类与自然的一个固定的人文记号点去寻觅长白山人参文化的久远，可眼前是茫茫冰雪和冷落的新安村落，哪里有人参文化？

站在抚松的风雪里，面对冰封雪冻的头道松花江，让人在冷落中突然沉静下来。这时候，记忆穿越风雪，追溯至久远的年代，展开《唐·渤海国志》，那尘封的历史一下子鲜活起来。渤海王向往舒适奢侈的中原宫廷生活，他要带上礼物去朝拜神圣的长安，自从渤海与唐王朝建立了紧密的联系，贸易活动的空前繁荣，一时间渤海与周边民族、国家的往来，非常频繁。在这里，竟然有五条"贡道"穿越北方，通达四方，到达中原，甚至翻越帕米尔，到达中亚、西亚。

那时抚松肯定是人流熙熙攘攘，店铺鳞次栉比，整日能听到朝贡道传来驿马"咴——咴——"的叫声。

冒雪出来接我们的新安村铁匠温纪东说肯定能听到。他抄着手站在长白山寒冷的老风中大声嚷着，然后引我们走进他的院落。铁匠的家坐落在老道旁，一进院就是拴马桩，那桩子的树木早已开裂，漆黑的色泽已看不出是长白山里的老椴木，一根一根桩子插在那里，使人想起"背林子"。

说起背林子，还有一段令人惊悚的故事呢。那时，北方贡往大唐的主要贡品是人参、虎皮、松子、昆布、白附子……为了朝贡，长白山人就去挖参。

挖参人整日钻进茫茫老林子去寻参，企望能发现更多的人参。可是在茫茫原始森林中人渺小得如一只山蚂蚁，于是就有了严格的规矩，牢牢地规范着人的行为。为了使人集中精力去寻找人参，山林规矩要求人进山林不能随便说话，谁说"错"话了，就惩罚谁。如遇见蛇，你说"蛇"就不行，要说钱串子，不然你就得捧起蛇。遇见树，你不能照实说这是桦树、椴树、松树、黄菠萝、水曲柳……说了，你就得背着。为了表示惩罚你要"背"着树，可是树拔不下来，又背不动，于是把头就会折下一根树枝子，插在说错话人的脖领子里，这叫背林子。

一个初把（第一次进山采挖人参的孩子）由于忘性大，总是记不住把头的嘱咐，于是他的脖领子里被插满了长的短的粗的细的树枝子……

孩子哭哭咧咧地在林子里艰难地走着。

别人望着他"背"起的"林子"，也心疼他，但谁也不敢卸下这些"林子"。从早背到晚，从春背到秋，孩子的肩头和脖子开始溃烂，蚊虫和蚂蚁都挤着驻在他的皮肉里，孩子最后变成一架白骨，站在驿道尽头的林子里。

铁匠老温说，他的祖辈进林子砍拴马桩，见过这些白骨架。

这些白骨架，都不倒，只有等皇帝东巡进了山，说一声：白骨白骨，你有功，岁岁代代立关东；今日朕来见了你，封你成为老关东……

老温说，只要皇帝一发话，就会听到"哗啦"一声，那副白骨架奇迹般地坐下了，坐在那一尊尊被伐完树的树墩子上。所以，山里的树墩被称为老把头的凳子，活人不能坐。因为那是东北林子里的神和鬼吃饭的"饭桌"，哪能随便坐"人家"吃饭的饭桌子呢。

渤海时期的朝贡道又称东北亚丝绸之路，它诞生在东北广阔的平原和山林江河之间，它连接着中原并延伸到东西南北周边的国家。东北亚丝绸之路的朝贡道共有五条，第一条称为"鸭绿道"，就是由渤海都城前往京师长安，先到西京鸭绿府（今临江），然后乘船顺鸭绿江而下，抵达泊汋口（大浦石河口），再循海岸东行，至都里镇（今旅顺），继而扬帆横渡乌湖海（渤海海峡）到登州（今山东蓬莱）登岸，然后从陆路奔往唐京长安。第二条称为营州道，又叫长岭道，是渤海与唐朝东北地方管理机构之间政治经济往来的主要路线。营州（今辽宁朝阳）是唐王朝经略东北地区的重镇，唐中期以前都督府就设在营州，后为平卢节度使的驻地，代表唐朝管理渤海等东北少数民族，唐代贾耽称之为"入四夷之路与关戍走集最要者"。其路线是从渤海都城出发，经长岭府（今吉林桦甸苏密城），沿辉发河，至新城（今辽宁抚顺），然后经现在的辽西北镇抵达营州。第三条为契丹道，又称扶余道，是渤海与西面诸民族往来的交通路线，从渤海都城出发，越过张广才岭，抵达海西重镇扶余府（今吉林农安），再往西南行进入契丹地区，至辽河流域的契丹腹地（今内蒙古巴林左旗一带）。这也是当年耶律阿保机率领契丹军队自扶余府攻打渤海上京的往返路线，也是渤海与室韦、乌罗候、达末娄等部交往的重要交通干线。第四条为日本道，又称龙原道。龙原道是渤海赴日本的重要通道，先由渤海都城到达东京龙原府（今吉林珲春东），继续南行至盐州（今俄罗斯符拉迪沃斯托克）港口，由此乘船渡海去日本。海路有两条，其一是筑紫线，自盐州出发，沿朝鲜东海岸南下，过对马海峡，到达筑紫的博多（今日本九州的福冈），当时日本处理外交事务的太宰府设于此。其二是北线，从盐州出发，东渡日本海，直抵日本本州中部北海岸的能登、加贺、越前、佐渡等地。752年首创这条航线，是渤海与日本之间最近的航线。这条航线，只要掌握好季节风，海难事故会大大减少，这条航道成为后期渤海与日本之间主要的航线。第五条为新罗道，又称南海道。南海道是渤海与新罗的交通线。渤海去新罗必经南京南海府，有陆路与海路两条线路，海路始发南海府的吐号浦，沿半岛东海岸南行，直达新罗各口岸，途程较短，又紧靠海岸，是一条较为安全的航线。陆路由东京至南海府，向南渡泥河（朝鲜龙兴江）进入新罗界。唐代贾耽在《古今郡国志》中记载，从渤海东京龙原府到新罗井泉郡（今朝鲜咸镜南道的德源）中间有39驿。唐制30里为一驿，全程

1200里。这条交通路线峰峦起伏，关山险阻，是一条崎岖的交通线。渤海郡在几条主要交通干线上设置驿站，负责政令、军情的传递，往来官员、使者的接待，以及驿马的管理、车船保养等事务，而且建立了"乘传"制度，由驿站为来往官员、使者提供"传马"或车辆。

北方民族朝贡的贡品本来不光有人参，可后人偏偏叫它"人参朝贡道"，特别是来自长白山抚松地方的人，这儿的人参早就以《神农本草经》中的"中药三宝"之名流传于世了，李时珍在《本草纲目》中记载："人参益气也。"气乃"精"，补足"气""精"，人便有"神"。宋代理学大师朱熹非常孝敬他的母亲，他曾修书一封奉劝其母："慈母年高，当以心平气和为止，少食勤餐，早疏时伴，阿胶丹参之物，时以佐之，延庚续寿，儿之祈焉。"曾国藩也在家书中说："父母大人金福万安……高丽参半斤，托人带回与母。"慈禧在咸丰年间患"血症"，几经御医治疗终不见效，经户部侍郎陈宗妫推荐，服用长白山人参后血止病愈，并顺产一男婴，就是后来的同治皇帝。

老温说，背林子的孩子如遇不上皇帝"封"他为老关东，他就"坐"不下，永生永世地站在那里。可皇帝才来过吉林几回，老温掰着指头算着，康熙三回，乾隆两回，还有嘉庆、道光，加在一起也才十回，并且他们也未进入林子，所以那些林中的白骨架大多依然还都站在那里呢……

我们考察组的同志忍不住问当地的村人，还有别的法子让白骨坐下吗？不能他们活着时站着，死了还站着啊。

老温又说，如果这些"背林子"人的爹娘发话，也可以坐下。

听了老温的话，我们不由得转过身眺望那茫茫白雪覆盖着的老林，总感觉那里还站着白骨架，林林总总的白骨架。

朝贡道，那是一段充满忧伤的沉痛过往。

爹娘喊话，白骨落座。这是中华民族远古的民俗，就像鲁迅先生讲述的美女蛇的故事一样，美女蛇要吃人前，先将人的"魂"摄住，而摄住的唯一办法是以爹娘或亲人的声音和身份去召唤这个人的小名，美女蛇在背后，被唤之人在前，它一喊，小三儿！狗子！领弟！前边的小三儿、狗子、领弟一答应，魂已被锁住，想跑已万万不能，于是美女蛇就会一口将他吞进肚子里。这种传说其实是延续了一种古老的民俗心理，人处在陌生之地，如果听到有人呼唤自己的小名，不要轻易答应。出了山海关，莫抽对火烟（人的面孔易被陌生人识别）。可是，人的生命一旦进入另一个世界，孤魂枯骨依然需要亲人的认领，这是民俗的巨大力量。民俗就是人类从懵懂走向成熟的心路历程。

我们在渤海的抚松朝贡古道上认识了新安古驿的老桦头，他说他的老舅去老林里呼唤认领过白骨。老桦头的表兄弟小亮子只身从山东莱阳闯关东到长白山里拿"大叶"（人参），后来音信皆无，疑被把头"背林子"成为站立的白骨啦。那时他姨妈年岁大了，想儿子，于是就打发他老舅去东北的老林子里寻觅外甥小亮子。

于是老桦头的老舅来到了抚松的额赫讷音（抚松的松江河，又叫松香河，这里出一种老蒿子，点燃后升起缕缕青烟，做成贡香，用之敬请肃慎祖先的到来），他知道，那里有许多站立的白骨架。

老桦头的老舅来到林子头（进林子的道口），他往里望去，只见一排排的白骨站在那儿，泪水从老桦头的老舅苍老的面颊上淌下来，他想起了失去儿子的更加苍老的姐姐，便抽泣起来，然后噙着热泪呼唤道："亮子，我的儿，我替你娘来唤你——几十年了，你一直这么站着！你娘想你，眼都哭瞎了！现在，你该听到老舅在唤你吗？亮子！你听到了吗？你听仔细呀——"

接着，老桦头的老舅大声地、更凄楚地叫道：

"亮子——！我的儿——！坐下吧——！坐下吧——！"

这时，他停下来，不错眼珠地盯着林子里的动静。

寒风在呼呼地吹着、刮着，林子里静静的，四外的大山静静的，还在传递着他呼唤的回声。那声音渐渐地远去了。

许久许久，突然，只听"哗啦"一声，只见一副矮小的白骨架，一下子落了下来，"坐"在了一个枯旧的树墩子上……

渤海国统治集团很早就接触了中原的封建文化，同时又继承了靺鞨文化的传统，并受到高句丽、契丹、突厥等族文化的影响。渤海文化表现出强烈的唐文化烙印，充分体现了车书本一家的文化特征，成为具有一定民族特征和地方色彩的唐文化组成部分。"疆理虽重海，车书本一家。盛勋归旧国，佳句在中华。定界分秋涨，开帆到曙霞。九门风月好，回首是天涯。"晚唐诗人温庭筠的《送渤海王子归本国》，述说了渤海与唐朝的亲密关系，赞誉了渤海接受中原的民俗文化。认为渤海国已把唐王朝的民俗融进了自身的民族习惯中。

早在大祚荣令徒生六人前往唐都的国学就读深造以后，渤海王曾陆续派"留唐生"到长安学习，每一批"留唐生"少则数人，多则十余人。他们在唐朝学习儒家的典章、古今制度，参加朝廷举办的各种科举考试，如乌炤度、乌光赞父子及高元固等人皆进士及第……

"亮子——！"

老桦头的老舅又呼唤一声，踉踉跄跄地奔向林地，他双手扶住"坐"在树墩上的"外甥"泣不成声。

这瘦弱的没成年的少年的骨骼，应该就是外甥，就是亮子。他拿出姐姐给儿子做的小红棉袄，给白骨披上了。

这是一件老女人含着泪一针一线给白骨做的棉袄，上面有一片一片老娘的泪痕，永远也不干的泪痕。他轻轻地系上了小红棉袄上的红腰带，可是，就在他扶着这副不大的白骨架哭泣时，突然，他听到"哗啦""哗啦"连续两声清晰的回响，只见不远处，又有两副白骨在老林里落了架。

他感到有些奇怪，这是怎么回事呢？他暗想：白骨与我也有血缘关系？

唐太宗贞观二年（628），契丹大贺氏首领摩会曾率领诸部归附唐朝，唐太宗赐给摩会象征权力的旗鼓，旗是鲜红的旗，鼓是金黄的鼓。从此这旗鼓成为渤海生活和信仰的重要标志，鼓一响，旗便传动，鼓停息，旗传到哪里，哪里的人便被推举为"王"。当然也不排斥事先定的"王"，再以击鼓传旗的仪式把"王"当众定下来。大贺氏部落联盟最初是在契丹八个部落平等联合的基础上建立起来的，八部酋长称为"辱纥主"，意为大人。如果推举一人为联盟长称为"王"，建旗鼓以统八部，必得击鼓传旗，每三年一会（换届），以旗鼓立。

若遇到灾害瘟疫，畜牧衰微，则认为是联盟长不贤上天震怒之故，于是八部诸大人紧急召开会议，另立新主传以旗鼓，旧主退位，被取代者依原约如此，不敢怒，因鼓已敲响，旗已立于新王身后。契丹人认为旗乃神圣之物，特别是那旗的姿态和色泽。旗飘动时如云霞翻滚，红色乃血浪，象征着生命征战之所得。萨满教是一种原始传承下来的民间信仰活动，流行在东北亚广大地区。各北方民族相信万物有灵，天、地、日、月、星辰、山川、河流、草木、鱼虫皆有神灵，同时崇拜神仙鬼仙，祈求各种神灵的保护、祛病、祈福、驱灾、避邪，信仰天地自然的观念。朝贡道上出现任何神异现象会立刻传到长安，挖参人白骨听到娘舅喊名字会立刻"落座"之俗使唐王室更加珍惜千里迢迢运送至长安的人参。那些贡参人都会讲述渤海故事，尤其是娘亲手做的红棉袄披裹骨架，然后入匣（也许是一棵树的空筒，山里人以这种空树筒为烟囱）架于树上（这可能是最早的树葬）安葬的习俗，令唐王朝上下为之唏嘘。

老桦头的老舅，看到外甥的骨架落座，另外两副骨架也落架了，于是请来新安驿的驮子把头（又称垛子把头）胡山，胡山把头又请来"放山"把头（进山挖参人的头）。这才得知，那两副骨架与亮子是同一伙挖参人，他们也想"回家"了（家，指的是关里），可能生前就是本乡本土，沾亲带故，一听到老桦头的老舅呼唤外甥，也跟着落了座。

挖参把头告诉老桦头的老舅，放山挖参，即使不认识在山林里见了面，也得道一声"快当"（你好），如今它们听见乡音了，认乡亲啦，没别的，一块安葬了吧。老桦头的老舅遵照朝贡古道上的风俗，去镇集上的布店买回两块红布，让人做了两件小棉袄，披在白骨上，又取木匣装好，总算了却了外甥和乡亲的心愿。朝贡古道上的故事和习俗，如今依然在抚松一带流传。

渤海那些事，都深深地埋藏在老林和黑土之下了吗？随着千百年的冰雪和冻云飘走了吗？从考古发掘出的物件可以认定这些风俗。抚松那时是渤海国五京十五府六十二州的丰州，下辖一百三十县。《渤海国志长编卷十四·地理考》载："丰州，一名盘安郡，在京东北二百一十里，邻县四：安丰、渤恰、隰壤、碔石。"

不带任何固有的印记去考证那千古传承的习俗来自然表述岁月留存的可能，也许并不容易。丰州（今抚松）作为西京鸭绿府（今临江）朝贡道上最大的驿站，该不会完全消失吧？唐、宋、元、明、清，直到近代，这里一直是一条重要驿道。那为车轮毂打上铁钉、为骡马挂上铁掌的只有铁匠，我们不能放弃对温铁匠手艺和记忆的捕捉……

温铁匠的铁匠炉为抵挡直面吹来的长白山西面的山风，特意让炉棚门冲北开着，这使得西北吹来的风可以从侧面吹旺炉火。炉火呼呼响，那一只只通红的铁块仿佛在炉火里晃动……于是我问他，给驮载牲口打上铁掌自古都一样吗？铁匠没有回答，却笑了。我知道，他是在嘲笑我们。

他好像发现我们在探寻他嘲笑的内涵，但还是不回答我们，只是大喊一声："德子——！操锤——！"

德子是他的徒弟，正在外面的木桩子旁给一头拴绑牢的黄牛割削蹄壳，他手上那把歪把儿割刀"唰唰"地响着，老牛蹄壳上的废皮雪片般飞溅，转眼间落在木桩下又黑又厚的硬雪上。德子听到师父召唤，扔下割刀奔往炉间。此时，师父已一手握着小锤一手拎着钳子，从那熊熊燃烧的炉火中拎出一块红铁，按在了炉架前一块古旧的砧子上。于是，师徒二人大锤小锤交相抡动，火星四溅，新安古村落的上空响起了"叮叮当当"有节奏的锤点。我相信，锤点是驿道的音符。

小锤叮叮，大锤当当。

小锤又叮叮，大锤又当当。

小锤配大锤，叮当响响叮当。

最后是大锤配小锤，当叮当叮，当叮当叮。

我忽然觉得，锤点好像在说着什么。可是，锤点在说什么呢？

老温憨憨地笑着，诡秘地打量着我们。突然间，他问，听到了吗？

我们说，听到了。他说，听到了什么？我们说，叮叮当当打铁声。他说，不对，是歌子。这使我们更加惊异，哪有什么歌子，分明是叮叮当当的打铁声。

老温又笑了，更加得意地笑了。他非常肯定地告诉我们，这是铁锤的"节奏"唱出的打铁歌……这，我们就更觉得有意思了。那么，锤子唱出的是什么样的歌子呢。

你当王八，你当王八；

我不当，我不当；

不当不中，不当不中；

我就不当，我就不当；

不当也得当，不当也得当；

那也不当，那也不当；

你不当谁当，你不当谁当；

当就当吧，当就当吧，当就当吧……

温铁匠，硬把打铁的锤子节奏说成是歌子时，我们再去听那大小锤子的打铁声，可不，锤声真的就变成一首戏谑之歌了。这时候你会深深地感到，其实人类不能不去佩服生活，特别是当生活变成一个故事或一首歌谣时，它便会在自然和历史中被整个固定下来，又经过一代一代的传承，于是形成了完整的生命史。这是文化的生命史。文化生命史可以跨越千年，从远古走来，穿过今天，走向更加遥远的未来。在渤海朝贡古道上传来的浓浓的古驿气息，让人感受到唐风古韵的存在。如今那些唐风古韵真的成了歌谣和故事了，这些民间文化、行业习俗，时时在这条人参古道上流传。在抚松，许许多多美丽的传说都深深地融入贡道两侧那茫茫的老林之中了。在甸子街（抚松旧名）有许许多多的山被命名为"爱情山"，每座"爱情山"都有一个故事和来历。有一个地方叫"倒插沟"（或叫倒岔沟。长白山里的沟沟岔岔众多，倒岔或倒插，都是指沟谷在正常走向时，突然从旁边岔出另一条沟。于是有了这个名字)，而生活中的"倒插"，是指婚姻，如果女"娶"了男，便被称为"倒插"。人参文化中有大量关于憨小伙想姑娘，又不敢动手，于是被"把头"辞退的故事。这些故事永久地印刻在人们的记忆中。有个《姑娘参》

的故事是这样的：一棵人参相中了挖参小伙，它变成一个姑娘，站在林子里，别人谁也看不见，只有把头和小伙能看见。把头让小伙上去抱住她，就能得"参"，可是小伙子以为那是一个大姑娘，男子汉岂能去"抱"不认识的姑娘。小伙越不抱，姑娘越认准了小伙子的朴实和厚道，把头见他三次都不抱，气得将小伙剥光衣服绑在树上"穿花"（让长白山里的蚊虫叮死他、咬死他），人参姑娘救走小伙，领他"倒插门"进了"人参"山林，二人成了恩爱夫妻。

民间留下的所有记忆和文化符号都给人类提供了一个全新的文化发现。当人从岁月沉梦中醒来，才发现现实如梦幻般神奇，这些记忆和光阴的过往都深深地留下了女人的生命和情感，决定着男人的生命和情感……以至于东北小戏《五哥上工》《春哥上工》《小春扛活》《五哥打工》中都有同一个情节：小春（或五哥）爱上了地主家小姑娘二丫，有一天，二丫的爹妈去赶集了，二丫赶紧把大门二门都插上了，对小春（或五哥）说：前门堵，后门插，紫蓝裤子往下扒（其实是她自己脱下来的），叫声春哥你快动手，不动手你才是个大傻瓜，我爹我妈没在家……

二丫的激情和泼辣，正是北方"大姑娘美来大姑娘浪"的原始形态。传承了久远岁月母系氏族社会的生命情愫，那是自然和生命的一种渴望，在抚松新安乡古州驿道和驿站，也会有销魂的过往吗……

《隋书·东夷传》记载，靺鞨人，妇人服布，男子衣猪狗皮。俗以溺洗手面，于诸夷为最不洁。悦中原风俗，请被冠带，与汉人装束相近，以束为头戴幞头或系抹额，身着圆领长袍，腰系革带，足蹬黑靴或麻鞋，女人粉面朱唇，梳髻，戴红披首，颇似盛唐妇女，为一夫一妻制。在择偶方面，当时表现为自愿婚习。渤海男女到了求偶年龄，可以自由交往谈情说爱，男女定情后，女子不必告知父母便可随男子而去，男子娶妻也无须先征得父母同意，婚后过一段时间，男方才备礼"拜门"，婿到妇家执"子婿之礼"。这种婚姻（女方同自己的意中人同居后再看望老人）不仅得到男女父母的承认，这种自由择偶的风尚，被传统观念认为理性婚姻。

丰州（今新安村）传有故事《一俊遮百丑》。一大户人家，雇有小工（类似《春哥上工》）扛活，小工与其女暗中结好。季节至二月二，小工去外劳作，丫头与嫂子在锅灶前烀猪头、猪爪，熟后，香气可人，姑嫂二人便于灶前边烀边啃。嫂见其小姑嘴唇油汪汪，便笑着说，你猜像什么，小姑听后一乐，一下被含在嘴里的猪爪骨卡住，一口气没上来憋死了。深冬早春，无法挖土葬人，就攒一口"白茬"料子（不正常亡故之人的棺材，不上色）装上丫头，抬往村外，摆放在冻土之上，以便开春解冻再深埋。小工回来知道二丫"已走"（已死），心下系念不忘，绝不信活生生一个人怎么能说"走"就"走"了呢？于是奔往坟地，开棺恸哭。却见二丫气色如初，禁不住上去摇动、哭唤，不料一动一晃，卡在二丫喉头处的猪爪骨头一下子滑落了下去，二丫叹了一口气，睁开眼说，呀！这不是小半拉子（小孩子或小青年给大户人家扛活时的名称）吗？小工一见二丫"活了"，吓得起身便跑。二丫坐起来在后面喊，半拉子，你等等俺呀。

他岂敢"等"，急步快跑，不敢回东家，只好跑向离新安三里远的巴里莫村的自己家，进屋藏进"炕琴"（北方一种摆在炕上的大柜，可盛装衣物、杂物）里。

二丫攥不上小工，只好一步一移地回到自己家。到家时天已近午夜，敲门喊：妈呀，开门哪，我是二丫。

娘也听出是女儿二丫的声音。

娘颤抖着说，二丫，你走吧。天亮，妈给你到坟上烧纸、送钱。

二丫哭着说道，我没死。

娘死活不敢相信。

还是爹胆大，他突发奇想，说道，二丫，你把手指头从窗户伸进来，中不？

在北方，民间有习俗，只要用针扎在人的指尖上，看出不出血，便可验证和判断来者是人是鬼，是活着还是死啦。鬼没血，人有血脉。

二丫只好用舌头舔破自家的窗户纸（那时，东北人家都是窗户纸糊在外，以备风雪迎面刮来残雪不落在窗棂上，不然开春或屋内火炕热气一升，窗纸易在窗框内烂掉，沤坏木窗。这是北方一种聪明的生活方式），把中指（别的指头不算数，二丫也知道这个俗理。据说中指血又避邪，又能验明正身。这成为生活中不成文的规矩）伸了进来。

她爹是男人，胆子大。他手执银针，跪在炕上蹭过去，在女儿伸进窗的手指上轻轻扎了一下，就见一滴鲜红鲜红的血珠真的冒了出来。

爹说，开门！这是咱们二丫。

娘再也不敢犹豫，急忙奔往外屋，拉开了紧紧插在屋门上的插棍，女儿一头扑进娘的怀里。

二丫泪水涟涟地说，娘啊！小半拉子把我给糟践啦。

啊？半拉子把女儿给糟践啦？

娘一听，傻啦。

爹一听，乐啦。

爹说，来人！

又有长工等在外边，答声：在。

爹说，你骑一匹马，再牵一匹马，快去巴里莫，把半拉子给我"请"回来。记住，要好生请回来，千万别吓着他。

答声：知道了，东家。

于是，两匹马的马蹄声，奔往巴里莫屯了。

到了巴里莫，来人喊，出来吧，你祸闯下啦，藏也没用啦。

小春妈知道儿子惹了大祸，东家来人了，藏也没用了。于是打开炕琴门说，去吧，祸是你闯下的，人家来"取"你来了。小春无奈走出自家，骑在马上跟人去了。进了东家门，二丫爹说，别吵吵，别吵吵，听我说。现在已经是二月二了，立马就清明了。村头有二十垧"蝲蝲蛄"地（不太好的地），你用大车拉上种子，拉上二丫，和你媳妇过日子去吧。咱们这叫一俊遮百丑。

新安这地方仿佛就是为"道"（朝贡道）而落成的。黑夜，不论夜有多深，有人敲门、喊门，主人问，你是谁呀，只要来者答，"道"上的，主人必得开门。常常也有"拉杆子"（土匪、胡子、响马、马贼）的家伙们趁着夜黑风高到新安这里吃口道上饭，这口饭好吃，他们白天不敢进屯子，夜里三五一群混进新安，闯进屯里人家住一宿，吃点喝点就走，他们也不太敢胡作非为。一是他们是在荒山野林里游荡的游子，其实也离不开村屯人家，过于放肆日后对人对己都无好果子；二是这条道也是他们常来常往的道，人过留名，雁过留声，人过不留名不知张三李四，雁过不留声不知春夏秋冬。走道有影，说话有声，他们也怕在"道"上留下不好的念想，终日被人耻笑咒骂，不得安生，所以并不在"道"上各驿过度造次。古道民风淳朴，也使歹人在这条道上心虚。在这里，早已约定成俗，在外行走之人，只要你渴了、饿了，进屋上炕就吃饭，没人撵你；如果人家家里没人，那你就得自己动手做饭了。但做饭做菜时两样东西你别动，一是酒，一是红糖。在这条道上的人家，酒不是专门给人喝的，那是人家用来杀菌治伤的"药"（当然，主人让你喝是另码事）；红糖是人家留给自家女人生孩子后熬小米粥拌进去食用。别的一切食物、菜蔬任其所用。吃完饭离开人家时，要在地上捡起一根草棍儿，别在人家门上。道上的人家出去办事回来只要发现自家的门上别着一根草棍儿，往往会惊喜地叫道，呀！咱家来客（读 qiě）啦。

"道"上，也会发生误会。那一年，一个"驿书"（专门在道上传送驿书驿信之人）叫秦栓柱，他是新当差的，不太知道"道"上的规矩，他从上京（镜泊湖）东京城起步，奔往西京鸭绿府（临江），再从那儿坐船到山东蓬莱，再上岸去往长安。驿书骑马传书奔跑了一天，大汗淋漓地来到丰州已是又饥又渴、气喘吁吁，想先找口水喝，就见一个女人正在院子里打黄豆。旁边一堆金灿灿的豆粒儿闪着黄澄澄的光芒，又一堆蓬蓬松松的豆秆碎末堆在一旁，姑娘正举着一把"连杆"（一种上部能悠动的农具）"啪叽""啪叽"作响地打着……

姑娘抬眼一望，是"道"上的公驿，知道他要水喝，连忙放下手里的农具说，你稍候。

姑娘快步进了屋拿出一个葫芦瓢，又在门口一个盛满清水的木桶里舀了一瓢清水，驿书这时舔舔已干裂的嘴唇，看着她手里的那瓢清水，想着那瓢凉水如果一下子喝下肚去的清爽滋味儿，禁不住幸福得眯上了眼睛……

谁知，就在他睁眼一看时，却见那女人在端瓢经过那堆打豆剩下的豆秆堆时顺手从上面抓了一把碎豆皮儿撒在那瓢清水上。驿夫本想等着痛快地喝下那瓢水去，却见那女人递上来的是一瓢漂着碎豆皮儿草末的水，心里这个气呀，心想，你这是欺负我这个初"上道"的人哪。

再一看，女人却笑眯眯地扭过头，以袖掩面低声说道，官人哪！快喝了吧，渴坏了吧。

驿书心下暗骂，多坏心眼的人哪，欺负外来人不说，还说得如此好听。可是，气是气，骂是骂，口渴难耐，于是他只好接过这瓢漂荡着草末子的水，边吹着上面的草末边慢慢喝。心中却想，你等着，等我从长安回来，我定要到西京鸭绿府告你，告你个欺负道上驿书之罪。

喝完这瓢水，他把葫芦瓢往地上狠狠一摔，打马走了。临走，他甩下一句话，你等着我，刁蛮女人。

那时从西往东、从东往西各条"道"上都有一个规矩，各道上村屯家家都是"驿舍"，不单分客店、客院，除娱乐场所"踏院"（一种专门跳舞欢乐的地方）外，各家都有接待南来北往驿夫、驮队、马帮、垛子的责任，而且要热心款待，绝不可怠慢。如有谁人谁家胆敢怠慢或惹怒了"道"上的，那将处以重罪，渤海律法专有"道律"，对触犯朝贡道之罪者将严惩不贷。这个媳妇见驿者摔瓢气呼呼地走了，吓得一屁股坐在地上。

当年，从西京去往长安要隔年而返，驿者往往是在头一年的春季或秋季雨季来临之前或雨季结束之后才上路，以便平安，到第二年的这时节才能返回原地，而驿车和驮子队返回就更慢了，有时三年甚至四年才得一返。这驿书秦栓柱是第二年的秋天这个时候才从长安经蓬莱，到达西京鸭绿府，又来到丰州时已是深秋。那时抚松已是五花山时节，到处姹紫嫣红，色彩绚烂，大雁南飞，秋风瑟瑟，驿书来到去岁摔瓢的人家，却已物是人非。驿书站在人家墙外，却见一女子手捧一封书信在等他，原来那个递水给驿者的媳妇是这姑娘的母亲，已于今夏过世，在世时一再让家人向驿书解释，她往清水中撒一把土面豆梗，是为了让他边吹边喝，免得喝炸了肺。

古驿人家，一片好心却成了驴肝肺。驿书为报这一瓢土水之仇，已通过鸭绿府驿档官将老太太的儿子发配苦役，使那女人的姑娘成了"踏娘"……

踏娘，一些丰乳肥臀的女人，在当地以跳"踏锤"为役，不得有闲，是驿道州府专设的官地场所伴舞者。

踏锤，渤海时的一种音乐舞，继承了靺鞨人的歌舞风格，又吸取唐朝、日本舞乐精华，成为具有渤海独特风格的乐舞，被称为"渤海乐"。渤海乐以箜篌、琵琶、笛、笙、箫、鼓、拍板起乐，音调主要是伴舞乐，这是一种规模宏大的舞乐，有"马上之声"、作"曲折多战斗之容"的武舞，有悠扬委婉、娓娓动听的文舞。渤海乐经北丝绸之路辗转传至日本，受到日本宫廷的喜爱，他们曾派人到渤海专门学习渤海乐。渤海灭亡后，渤海乐却流传下来，在辽金王朝成为宫廷礼乐的标准内容并定为"行大礼乃始用之"。名曰踏锤，是说渤海舞乐在北方民间以其活泼热烈的歌舞相伴，众人狂跳不止而"忘形"，《王沂公行程录》载（见程妮娜著《东北史》）："渤海俗，每岁时聚会作乐，先命善歌者数辈前引，士女相随，更相唱和，回旋宛转，号曰'踏锤'。"这是在渤海人岁时节日活动中的一种集体歌舞，有点像西南藏区的"锅庄"舞，没有人数和场地的限制，大家边歌边舞，气氛十分热烈。"踏锤"舞被视为"秧歌"的祖先。

踏，是指人在跳舞时，脚板要不断在地上跺地、踏地，使土地为之动，山川为之摇；而锤，是指人把身体的力量集中在腿上，使劲地锤向大地，砸向土地，那是一种"嗵嗵"山响的砸地声。如果众人一起去顿足，会使这种地震般的舞蹈震撼袭来，人沉浸其中，完全忘却了自身的存在。

这其实是一种经历灾难、痛苦、死亡、悲楚之后的人的全身心的释放，也是对自己全身心付出得到幸福吉祥的祝贺与回报，而最神奇的是有"踏娘"陪伴。

渤海时朝贡驿道上的"踏娘"名称因跳"踏锤"而来。唐时选名艳美女本以丰乳肥臀为标致，而跳踏锤，则更需选那些有力有形的女子，腰身婀娜，个个有形。每当跳起踏锤，她们身上每一部位都要甩动、飞扬，使身上的各个部位"锤"向彼物。

选踏娘，首先是乳要圆挺，且可上下左右甩动，指哪儿砸哪儿，以使踏锤舞更加激烈宏阔。

在唐时的长安，来自西域或西亚的舞蹈都属于阳刚性质的健舞，身手矫健，高昂旷达。白居易诗说："胡旋女，胡旋女，心应弦，手应鼓。弦鼓一声双袖举，回雪飘飘转蓬舞。左旋右旋不知疲，千匝万周无已时。人间物类无可比，奔车轮缓旋风迟。"杨贵妃最欣赏柔中带刚的《霓裳羽衣舞》。开始跳时，绣衣重重，但伴随着鼓点愈来愈激烈时，舞者便一件件脱去外衣，跳到最后竟成了半裸体。舞到高亢兴奋时，唐玄宗竟击碎了羊羯鼓，可见其舞是多么激情四射。

跳"踏锤"前，踏娘先要由"踏班"（管理踏娘的班头）端来一碗"踏汤"，喝了这碗由人参须、叶，掺上哈什蚂油、椴树蜜熬成的"踏汤"，踏娘们立刻神采飞扬，狂放的舞姿引得驿夫们情不自禁地走进踏场。这是些常年奔波在驿道上的孤苦汉子，根本见不着女人，如今女人正在向自己招手，于是驿夫们一个个急不可耐地揽住踏娘丰润的腰身。随着踏舞，驿夫们兴奋得嗷嗷叫唤，忍不住捧起巨乳做饮状，踏娘们瘫软地躺倒在驿夫的肘弯里，被驿夫汉子们如搬运米袋子一样扛走……

辛苦的驿夫们也只有在州驿歇休这几天里伴随疯狂的音乐品尝狂放的情爱，于是这里成了驿夫们日盼夜想的乐土。

早春，长白山林间还铺着厚厚的冰雪，可是通往丰州的山道上已经忙碌起来啦，马帮、垛帮帮头的吆喝声，垛子上铃铛的碰撞声，日夜在寒风中飘荡。

在北方，整个冬天，雪都在讲述自己的故事。雪让北方人对冬季产生诸多的联想。雪是季节的颜色，刚刚表露出洁白，像沙粒一样晶莹和松散，可是一过正月雪就会渐渐地发黏，然后表皮被春风抽成硬壳，再后来，太阳光把这些冰壳一张张打开，待早春时节，残雪就会变成一片片薄薄的冰片儿，风时而把这些冰片吹刮向空中，这种晶亮的冰片会随着春风一片片飞飘着。驿道上的冬天奇妙无比，那些自然绚丽的轮回往往是悄悄地出现，当你发现和注目它的时候，山林已经开始泥泞了，一早一晚，大地上飘动着乳白色的春雾，一种苦涩涩的雪的气息浓浓地裹住刚开化的土层，道上人说，这是"闹套"（垛子不好走了）啦。年复一年，人们盯着雪，人们盯着道……

垛夫们出发的季节往往是冬雪悄然融化着但残雪依然留在山冈上的时候，一早一晚，道路被冻得硬邦邦。晌午有些地方又化得泥泞，但垛夫们的脚和牲口的蹄子已经踏上了被春阳晒得开始干爽的土道，不可能等到山中泥泞完全消失。那时道旁和林子里的草还都枯黄着，各支驮队的人马就要由县里出发，奔往州府，再由州府录事（州府地方上掌管垛夫的小官）从各垛子中选出一位垛爷然后组成驮队上道。在等待各路驮队到齐和选拔垛爷的日子里，是丰州最热闹欢腾的时日。这时新安驿每晚都有踏锤舞，那美妙的音乐和如洪水般滚动的踏地声日夜响彻长白山，吸引着垛夫和驮队从四面八方赶来。

而这种日夜狂欢的踏舞也只能进行十天至半个月，一旦路途残雪开始化净，一旦驮帮都到齐，一旦各垛子的垛爷都已选定，就该到了歌停舞歇垛子出发的日子了。垛子出发的头三天，踏娘们默默地回到各自的踏棚去了，不再与垛夫们照面，这是规矩，也是习俗。

每年的冬至和春分时节是踏娘们陪伴垛夫最热烈也是最后的高潮。冬至过后，也是各路驮队和垛夫们从长安、契丹、新罗归来的日子，丰州夜夜举行踏歌狂欢舞，又称丰州踏锤节，是为"以阴补阳"。据《黄帝内经》载，"春夏养阳，秋冬养阴"，这是"奉阴者寿"的观念。冬至阳气蓬勃生发，阳易生而阴难长，冬至为一年中的至阴之时，阴极阳生，此时人体与冬至有异曲同工之处，大地由阴转阳，万物随之。丰州古俗在此时举行踏锤歌会，一是顺应天地之气，二是为犒劳从驿道上归来和即将出发的各路驮队和垛夫，等春分一过，丰州便静下来了，这时，垛子都走了，踏娘们前去西京等待上船垛子，丰州变成平常的山林村屯，一切与外界没有多少区别。那一年，从上京去往长安传递书信的驿书已升为录事，掌管着支配踏娘和选定垛爷的大权，他深知自己错怪了给他舀水并往水上撒土面豆皮的妇人，观其家女儿已沦为踏娘，心下不安，便去求从王位，允其不去西京，留在丰州家里。

从王位呼尔塔和录事秦栓柱从前就是道上的朋友，皆因多次出使长安立下汗马功劳，双双被渤海王委任为录事和从王位官衔，彼此心中都有结缘之情，所以当秦栓柱向呼尔塔提出让丰州踏娘青兰离开踏娘团归家，从王位呼尔塔立即答复，准青兰留在丰州老家。

春夜，踏娘由兵丁押解奔赴西京鸭绿府各县留守处，只有青兰被录事带出，随秦栓柱走出踏院。

不知是感到幸运还是感激，青兰嘤嘤地哭泣着。那时节，踏娘的父母已不在世，哥哥和嫂子都被盘安郡派往营州服役，家里只留下她爷爷领着她哥嫂的两个孩子过活，一旦她被留守别县，孩子和老人将无以为靠。现在录事秦栓柱将其留在丰州，踏娘青兰感激不尽……夜色里，青兰跪拜谢恩。

录事秦栓柱心下有愧，上前扶起踏娘："一切皆因吾起，今后你就留在丰州本地，不随其他踏娘转踏别县。我每年或隔年，都要经过丰州，会来看你……"

踏娘青兰哭着说："还望大人不要弃我呀。"

录事秦栓柱说："终究不会。"

踏娘青兰说："大人，如此说来，俺还有一事，不知当讲不当讲？"

录事秦栓柱说："快快说来。"

踏娘青兰说："那日从王位发话，朝贡道沿道人家谁家有奇参或其他贡货，定要上报。我家有一'怪参'……"

录事秦栓柱问："怪在何处？"

踏娘青兰说："那还是我父在世之时，有一年秋天去老东山里所得。此参称为'告舌参'。平素如有何难解之谜，只要对其讲，它便告知你去处和所在。"

录事秦栓柱闻听大惊。

踏娘青兰连连点头称诺："大人，不信，随我去一看便知。"

当下，踏娘青兰领着录事秦栓柱在长白山早春时一个飘着凉爽薄雾的夜间向家里走去。此刻，一轮明月时而钻出薄雾，由洁白变为橘红，时而又隐入薄雾之中，山野由明亮变为朦胧，四野沉静，气息神秘……

渤海时北方民约，山人如采挖到奇参宝参，先献于国，定有重赏，渤海王定会将奇参贡送长安，送参者会得到重赏或被委以官职。秦栓柱从驿书升为录事，呼尔塔由录事升为从王位，都是由于带去了奇参宝参献与唐王而得，现在踏娘青兰言说自己家藏有异宝奇参，录事秦栓柱真是喜不可言。当时，录事秦栓柱决定随踏娘青兰去看个究竟。她家住在新安驿后山，三间木屋，一座院落，障墙全以木桩圈围，有鸡、鸭在里边走动，院落西南角有一木棚，上无盖，冬季覆以树枝遮雪，春夏敞开，以迎阳光照射。来到这里，录事发现了奇迹。

早春的山野，残雪还没有化尽，风中还透着严冬的寒冷。青兰特别叮嘱录事秦栓柱，爷爷特别不爱言语，你千万别见怪。踏娘青兰家是山里那种穿堂院落，从大门进去，便是外屋，穿过外屋才能进入后院的居室，她家的参园子紧靠着北面居室，平时阳光可以随时照入参园，但人要进入参园必先经过外屋过道。进得院落，录事见青兰家外屋过道亮着灯光，走近前才发现有两个老头在饮酒，一位一缕山羊胡须垂在胸前，似雪样白亮，一位连鬓胡子圈住脸庞，挓挲着如一只刺猬。青兰低声道，那银亮胡须者便是自己的爷爷，另一位是"伐头"，他常年在林子里伐木，冬天山场子活完了，他就下山来我家和爷爷闲坐。

走至近前录事才看清，两个老头各坐在一个木头墩子上，他们中间也是一个木头墩子，只不过那木墩子底小上大，像一朵大蘑菇的样子，墩子上面树的年轮清晰可见，密密细细足有千条。树墩上撒着一小堆"无腿大海米"（俗称"盐豆"——以盐炒过的黄豆），二人各执一盛满"老烧"（北方小作坊酿造的土酒）的海碗，喝一口，拾一粒盐豆放入嘴里，也不见他们说话。

经过二老身前，青兰弯腰施礼，说这是丰州录事，要来看看咱家的"告舌参"。青兰爷爷抬眼望望录事，从树墩子上捡起一颗豆粒，扔进嘴里，"咔吧"一声，又猛喝了一口酒，没有吱声；伐头竟连头也没抬。

录事显得很尴尬，急随踏娘低头弯腰穿过外屋过道，进入内院。青兰不好意思地说，你别怪他，他们就是这么一对人，不说话的，一年说话是有数的。爷爷是伐头最要好的朋友，伐头一冬天进山场子伐树，四五个月才下山一回，二人见面也还是喝酒，没话。可是，一旦要说话，也能把你冲死。有一年夏天雨大，一天爷爷上山采药材回来，只见一过路人站在他家门洞的过道上避雨，爷爷火了，大声说道，你站在这里干什么，我给你气受啦，你不进我们家屋吗？

躲雨人连连解释，不是那意思，我是见你家里没人。

进了屋后，爷爷转身又出去了。那人本来饿啦，可一想，人家留你避雨，已经很不错了，饿也无法开口，于是头朝里倒下便睡去。

不一会儿，爷爷回来了。那时，青兰上山里的"蕨菜营子"（一种专门住在山上采山野菜的窝棚）采春菜没回来，爷爷便到邻家去借了一些大饼子，以皮袄兜裹着回来了，一见那人在睡觉，气得叫道，起来！不吃饭就睡，我供不起呀……

过道人连忙回道，不是这样。我以为避雨已经够叨扰你家啦。

爷爷扔下饼子，又急忙上山干活去了。雨季山上易出"水蘑"（一种迎雨而生的真菌）。

谁知，那雨一连下了三天，躲雨人几次想走也走不了。第四天头上，雨停了，天晴了，躲雨人想走，可又一想，不对，人家好心好意招待自己三天，走时也得与人家道个别呀。这时，爷爷从山上回来了。一进屋，见躲雨人还没走，气得说道，你是死人哪，天晴了还不快走，想让我养你一辈子呀。他就是这样不会说话的。

青兰的话让录事差点笑出声来，这真是丰州道上的怪老头。

这时，二人已来到了院落里的参园。那是一个以粗木楞搭成的棚子。刚刚开门，里面光线昏暗，录事什么也没看见，只隐隐约约地见到木棚中间的地面上堆放着两块大石头，足有磨盘那么大，哪里有什么人参呢。这时，青兰已从棚门口的一块木板上取下一盏灯笼，她擦动火石点燃，木棚里渐渐亮堂起来。顺着灯亮看去，秦栓柱见地上的两块石头有些不一样，一块黑中略略发红，一块灰中暗暗透白，又似半黑半白。那半黑半白的石头酷似一面磨盘上扇，呈天然圆形；旁边另一块略微发红的巨石，也有磨盘大小，只不过成椎状，上面满是孔洞，是那种火山岩玄武石。看着看着，录事秦栓柱纳闷儿了，哪里有什么人参呢？

青兰早已看出录事的心事，于是说："你再细看……"

录事心想，我已经十分细致地看了，哪里有什么人参呢，再说，就是有人参，它不长在土上，又怎么能生在石头上呢？

可是青兰一再说，你一定要细看时，秦栓柱忍不住从青兰手里接过了灯笼。他举着灯笼，走到两块巨石跟前，弯下腰去，再举灯笼一照，不禁大吃一惊。原来，他终于发现了"人参"。只见在玄武岩磨盘石的最中间一个孔眼中伸出一棵参秧。那参秧从石孔中钻出，弯弯曲曲爬过玄武石，一点点钻入了旁边黑白相间的磨盘石下，又从磨盘石中间的孔洞中长出了自己的芦头。在微弱的光线下，录事发现，那从石磨扇孔中钻出的芦头已有二十厘米高，但足有十厘米枯干的"疙瘩"（人称珍珠疙瘩，是判断人参年岁的物证），而干疙瘩之下，又有无数新的珍珠颗粒不断生出，已延续至磨盘石孔眼处，向下已看不到，新的珍珠疙瘩已伸入石中，无法再辨。更奇特的是，那突出在石上的芦头时而挺立于石上，时而趴卧于石上，挺立时有如老者扬头远眺，趴卧时，又如饱虎安歇睡眠。现在录事边听青兰在一旁指点边观看时，那奇参的芦头蔓似一饱虎卧于石上的黑色一侧，所以他难于发现。

啊，真是太奇了。秦栓柱叹了一口气想，他往来长安、契丹、新罗驿道多年，呈送各种贡物无数，却从未见过这样的奇参。又忍不住问踏娘青兰，它如何生长呢？是生在土里，还是长在石上呢？

"这正是我要告诉你的。"青兰说，此参本应长在土中，可是由于周边没有土，根须便扎入石中，上百年来，此参可离土，但无法离石。石动参必动，石走参必走，石挪参挪，参石不分。两石各两百斤。录事更加疑虑，一参"挑"两石，如何挑得动？

青兰告诉录事，要拿此参，必拿此石，这两石，一是参的根窝，一是参的枝头，而参的芦头正伸出黑白颜色的石盘，石盘上的孔眼正在黑白两色石的中间。如心中有何所求，或出门行走，或判断吉凶祸福与方位，要在两日前来向玄武石上浇两瓢山泉水，再在石前对参石默念心中企求，两日后于子夜再到石前观看。如参的芦头指向黑石，那是凶多吉少，如芦头指向白色石处，便可逢凶化吉。秦栓柱再一细看，只见那探出芦头的石盘正如一幅阴阳八卦图，在磨盘石的黑白中心，那伸出人参芦头的地方正似阴阳八卦的"鱼眼"，不由得心中暗自称奇，也相信了踏娘青兰的话。

走出参棚经过过道，见两位老者依然在饮酒。

秦栓柱弯腰施礼道别，老人猛饮一口酒，"咔吧"嚼了一颗豆，突然"呵呵"冷笑两声，那伐爷将海碗往木墩上一放，"咚"的一声，吓得秦栓柱赶紧退了出来。

青兰送秦栓柱出来，低声向录事解释，你心中别怪他们，他们都是"道"上的后人，他们的祖上，都在道上走丢了……

录事秦栓柱不怪罪他们，特别是当青兰道出两位的祖上都有人走丢在道上，他心下更加钦佩。驿道，朝贡道也有属于自己的神圣过往习俗，许多驿道人家称老"道"上的人家，其中最有地位的就是有祖上先人在道上走丢了，走没了。走丢了，走没了，是指他们一生一世当驮夫、驿夫、垛子手，从小到大在道上走，已走出了"道瘾"，又称道圣。他们最后的"老"（死）法很独特。在他们知道自己即将死去时，有一天，他们会突然嘱咐家人，几天以后，某时某刻，给我准备好，我要"上道"了。

家里人不敢怠慢，立刻给他备上穿戴、吃喝，他于是带上这些东西出门便走。他奔"道上"哪里走，哪个方位走，家人不许打听不许问。出门往往是在黎明。在太阳升起之前（被称为"日头冒红"）上道，从此，人再也不会回来了。这被叫作人在"道上"走了。究竟他是走哪儿去了，死哪儿了，谁也不知道。后人再也找不见人，都称为在道上走丢了，走没了。

道上的规矩，谁家有这样的老人，都被看作道上的先辈。对这样的家族，后人不但刮目相看，而且还很敬仰，这样的人家如有奇特贡物，更是值得尊崇之事。第二天一早，秦栓柱便去见呼尔塔。

早春，各路垛子往丰州集中，不同村屯的垛子驮着不同方物奔往丰州，等着从这里出发，奔往西京鸭绿府，再从望江楼（亭）下的江口起船或起排西渡大海，去往长安，但驮运不同方物的垛子是不同时节赶到丰州的。当年，运往长安的主要贡品就是长白山的人参，除此之外是虎皮、松子、白附子、昆布和儿女口。

人参、虎皮、松子，人们都习以为常，可对白附子、昆布、儿女口均感陌生。千里迢迢从北土运往遥远的长安的东西都是什么呢？白附子，是一种毒药。这是长白山里一种独特的草棍。此草有筷子般粗细长短，成熟以后呈白色，将其在霜降时采下，晾干，上锅熬后，化作白浆。此浆是一种剧毒，如涂抹在扎枪头或箭镞上，只要伤及人皮肉，便可毒死对方，它与产在海南岛上的见血封喉草一样是战争中使用的上好武器。唐王极喜此草，西亚一些阿拉伯商人往往以高价收购北土白附子，所以，每次渤海垛子到达长安，白附子是不可缺少的。白附子多产于柳河、辉南、濛水一带的山崖峭壁上，渤海有许多部落专采此草，亦称为白附子部，这些驮子要在每年冬雪落地前赶到丰州，再从这出发，以便在农历四月二十八鸭绿江开江前赶到临江搭船西去。

昆布，是一种海菜，是专门产于海参崴的一种海菜。海参崴，又称东海湾，这是指从辽东看这里，如从宁古塔望去，又称南海，这儿的海菜独特无比。东海海菜又称海布，是指它像家织的布匹一样又长、又宽、又厚、又软，散发着浓浓的大海气息，也称海带。

采这种海菜，被称为"拧"海带。人手如铁钳子一样，去掐，去拧。渤海时，渤海王专在海东诸岛设有很多部落，以拧海带为业。这些人勇猛无敌，一头扎入深海，据传说可一小时不出水面，他们从岩石上将海带根割断，再一条条背出水面，以船载往岸边，铺在草甸上将海带晾干，然后卷成一个一个海带卷，称为"昆布"卷。昆布卷往往以20斤、50斤、100斤为一卷，外以芦席捆扎，垛码在马背上，称为昆布垛子。这些昆布垛子必须在早春赶到丰州，以备结队再奔往临江上船，不得有误。这些垛子往往从夏秋便从海参崴一带启程，赶到丰州时正好是初冬。

儿女口，就是人。从前，唐王喜爱北土之人，特别是喜爱童男童女。儿女口，就是童男童女。他们被送到长安，多被达官人家收养，也有的被送到各司府学习琴、棋、书、画等，许多人后来成为名家，也有长大学成后重归北土，成为"留唐生"。儿女口多选自那些家庭人口齐全，教养有素，长相清俊，性情活泼，擅长歌舞的男童女童，每两对坐在垛子柳筐中，农历正月随马队出发，奔往临江，再登船过海，去往长安。

大山里，冬雪停飘之后，白色刺目，那嘎吱嘎吱的踩雪声让人联想起无数的垛子驮着林林总总的方物来到这里，盘安郡王责成从王位清点货物，又重新编排驮子，组合垛子，定好起程日期和时辰，分别去往四方……许多人的眼睛被雪晃瞎了。一进丰州，就有专人发放"罩眼布子"，将狍子卵子皮儿刮薄，两边以布缝接，各系一绳，人只需戴在眼睛上，便可不被雪晃瞎眼。驮子一进丰州，许多小孩子站在路口，挎篮背筐，出售狍子卵子。

来吧！柞树林的狍子卵子……

买吧！琉璃栱子沟的狍子卵子……

孩子们的喊声，沙哑而具有山林活力。各路驮子把头吆喝着停下垛子，站在寒风冷雪里挑选狍子卵子。谁也不愿被雪晃瞎眼睛。

从王位呼尔塔的大院子里日夜升腾着茫茫的白气。大院子门口有个大门洞，进了大门洞，两侧都是客房，一溜排开。里边是火炉和火灶，伙夫们在灶上日夜热酒炒菜，灶坑前两个小打（半大小子），专门拉风匣，让锅灶热热的，各种炒菜、热饭随时从灶上端出。"院心"，是专门负责点货、上单的管理丰州老库的把头。一见有垛子走进院子，他先查看货品，然后根据从王位呼尔塔的交代，指派你把货运进哪个库房，再由院心领着驮子把头去见呼尔塔。库房一律在后院，院心不安排，谁也迈不进那个门槛。

每来到一队驮子，院心就喊：

柳河白附子垛子到——！

漫江虎皮垛子到——！

东海昆布垛子到——！

松江河松子垛子到——！

大营子人参垛子到——！

敖东儿女口垛子到——！

……

呼尔塔从二道门木刻楞墙上的一个黑乎乎的小窗子，探出头来听声，他先要打量一下货和押垛子的把头。那些把头，都是他熟悉的爷们儿，他一是看货，二是看来历。柳河白附子垛子的把头是双龙、双全哥俩，呼尔塔眉头一皱，你爹呢？双龙说，爹去年秋天爬砬子采药，一脚踩空摔死了。呼尔塔不再问，接过哥俩递过的布包，往身后大柜里一扔，指派院心将货垛子押进东三库，并带双龙、双全安歇了。又见漫江虎皮垛子是陌生的把头，就问道，苏尔珊呢？那人低下头说，我二舅冬天下套子，老虎惊了，活活把二舅啃了。说完也拿出一个布包放下，被院心带去吃喝。东海昆布垛子今年也换了新把头，是个年轻英俊的小伙子，他递上了白布包，小声对呼尔塔说，晚间再仔细打开。呼尔塔会意，扔进大柜里，让院心领昆布垛子把头去北六号房，并喊道，把我刚沏上的高山茶给他倒上一碗。人参垛子和松子垛子都是老人，呼尔塔对院心嘱咐，把他沏上的茶给他们倒上一碗。押送儿女口的上京垛子把头孙二叔，是呼尔塔的老熟人，他今年带来四对"儿女口"，小声对呼尔塔说道，多带来一对，你不说今年送三对就够吗，这另外的一对，供你补用。说着，也递上一个白布包，神秘地笑笑。呼尔塔摸摸白布包，对院心喊道，把我刚沏上的那壶高山茶倒了，再重新沏一壶，孙二叔来了！院心爽声答应，带孙二叔进了后院库房旁的另一间木屋。

那些木屋，全是整根原木所搭，一木咬一木，粗大敦实。

屋里是用石泥砌的四方大炉子，日夜烧着熊熊的木炭火，一铺大炕，一张大炕桌上边摆满了冻梨、冻柿子、青黄瓜、山葡萄，一个大泥火盆的土灰上,烧着豆包、土豆、榛子、核桃等各种吃食，两个小打跑里跑外地忙活着。

这时，炕上已坐着几位老客，一位日本人，一位新罗人，还有两位波斯人，都是远道而来的货商。他们一听呼尔塔吩咐重新沏一壶，都对孙二叔刮目相看。客气一番后，几个人一对眼神，对呼尔塔说，大人有贵客到，我们先自告辞。呼尔塔一施礼，便吩咐院心领各位去客房安歇，他和孙二叔抬腿上炕，附耳交谈起来。

院外，骡马嘶鸣，库房点货的唱数声，大门关启的叮当声，马夫们饮马时木桶磕碰水井的咚咚声，还有街上"背坡"的伙子们的叫喊声，揽客的招揽声⋯⋯

背坡是丰州古驿上另一类重要的"垛子"。他们有自己的帮伙，分为南帮、北帮、东帮、西帮、江帮、水帮、沟帮、谷帮，分工细密。长白山驿道有许多地段，骡马上不去，就得靠人背，于是衍生出"背坡"帮伙。由于盘安郡派出的垛子是"官垛子"，而他们"背坡"帮属"私垛子"，所以常常不被人所看重，但在一些倒短（岔道）或货物陷在某沟某坡地段，不得不使用他们，因此他们也能招揽一些生意，特别是一有垛子到达丰州驿"大院"（指呼尔塔管辖的府、库），这些背坡的人便蜂拥而至。他们背着空架子堵在街头路口，往往因抢生意发生口角，或引发械斗。有一年，丰州驿两伙"背坡帮"发生冲突，双方各死伤二十多名"狗子"（对背坡人的称谓），那种场景惨不忍睹。

听到外面吵嚷声不绝于耳，呼尔塔猛地推开木窗，对道上背坡的伙子们喊道："都给我闭嘴，不然，我让你们吃屎都吃不着热乎的……"

背坡的冬狗子都惧怕呼尔塔，不敢得罪他，一旦他下令不用他们的垛子（指背坡的夹子），他们就难以揽到活计，所以听呼尔塔一吼，一个个老老实实地蹲在道旁。

这时，录事秦栓柱走了进来。他一看，从王位呼尔塔与垛爷孙二叔在谈话就想退出去，却被呼尔塔喊住了。呼尔塔对孙二叔说，你先到二号库客房去喝茶，过后咱再唠。看看上京垛爷出了房门，秦栓柱拉住呼尔塔说："大人，有了一个奇特之物……"于是他把在踏娘青兰家看到的"告舌参"之事一五一十地说了一遍，又加了一句："这可是贡道上从来没贡过的奇物。"

呼尔塔一听，先是一喜，接下来又沉默不语。录事秦栓柱知道呼尔塔在想啥。这是件升迁的好事，但也是死罪的祸端，如此人参，首尾连着两块巨石，如何送运？一旦在千里迢迢路上垛子稍有上下错劲，人参棵一断，此货便一钱不值，这不是没事找事吗？

正当二人一筹莫展时，踏娘青兰和两个老人家一起来了。录事认出正是青兰爷爷和伐爷。呼尔塔斥退院心，亲自泡了一壶山婆婆丁根鲜茶，端至两位老人面前。青兰上前施礼，对秦栓柱说："爷爷决意出山，上道去……但，只有一个请求。"

录事眼睛一亮，走近从王位低首耳语："大王，只要他出山可就好了。此参是他和儿子从老山林子里发现的，想必他能驮运至长安。但不知他求什么。"

呼尔塔说："问问他。"

秦栓柱应诺。他走近二老一施礼："不知老人有何求？"

青兰爷爷说："吃饱。"

伐爷说："喝饱。"

呼尔塔一听，哈哈大笑起来，这算什么所求？

青兰上前深打一躬道："大人哪，你们有所不知，他们可不是一般吃法，只要背上石货，为了赶路，他们一天只吃一顿饭，可一顿要吃上二十斤烤牛肉！"

呼尔塔和秦栓柱互相望望，连连说："那就依你，那就依你！"

青兰说："还有，你们要当众挑选他们当'背坡'的，给一个名分，以掩耳目。不然，石参难过别亮子沟和老道槽子……"

提起这两个地名，呼尔塔"唰"的一下站起来，他顿时感到不安起来，就是在这两个地方，三队官垛子被土匪劫了，至今下落不明。"不过，"青兰又说道，"只要爷爷他们上道，还请大人放心。"呼尔塔与秦栓柱互相望望，他又亲自给两位老人倒上新沏的山婆婆丁根老茶，问道："一应条件都答应你们，果真能将'告舌参'运往长安？不，不用到达长安，只要顺利过了别亮子和老道槽子，就足矣，从西京鸭绿府上船奔海，就足矣。"

二位老人低头喝着山婆婆丁根茶，又"咕咚咕咚"咽下，却不回话。呼尔塔急了，他们这是答不答应啊？不答应来做什么？青兰瞅一眼秦栓柱，录事急忙附耳对呼尔塔说道："他们不喜言语，不出声便是应诺。"二位老人扬脖喝尽海碗中的茶，把碗往桌子上一放，起身便走。呼尔塔感激地点点头，秦栓柱心上的一块石头才落下地来。当晚，呼尔塔又随青兰去观看了告舌参。

踏娘青兰家的窝棚里温暖如春，一株枯干的参秧上吐出嫩绿叶芽。踏娘说，这是告舌参在等你。她轻轻剥开秧下浅土，只见一根参须展露出来。

只见那人参像长在两块石头上一般，无数细小根须穿过石头生长着，其主根扎入地下，不知多深，芦头却有两个，中间有主秧连接，其芦头一东一西，各卧在一块石头上。西边的那个芦头，上面结满了珍珠疙瘩，而且在石上微微翘起，恰似一人醉卧石上，低首沉睡。此时，月牙钻出浓雾，把银光洒满窝棚，只见那卧在石上的两个芦头渐渐地扬起了头，像人一样对呼尔塔张望！呼尔塔惊得"啊呀"一声，坐在地上。

踏娘禁不住以袍袖掩口一笑，说道，大人不必惊恐，那是告舌参在说话呢。从王位心想，它都会说些什么呢？踏娘似早已得知呼尔塔心中所想，于是说，驿道从这里西去长安，什么时候动身，路上会遇到何样阻碍，有福有难，有雨有雪，它都可未卜先知。但只有一样，要诚心来见识它，要将真话说与它……

我们一行来到抚松新安，大雪还在飘落，脚下的原野铺着厚厚的白雪。我们站在由白山市政府1988年所立的"丰州古驿保护单位"的石碑前，抬眼望去，后山已隐在朦朦胧胧的风雪中。古村的地理地貌奇特，两边是高岗，中间是平原，可从高处观察垛子马队。人居高处，马棚、车店、作坊和铺子在低平处，一眼望去，马和驮垛尽收眼底，便于观察。古驿村村民张洪顺、齐振科、王寿喜、刘金瑞、孙成顺、刘万银指点着说，当年马背上插着去往长安、新罗、契丹、北海、俄罗斯等处的彩旗，在风中哗啦啦地飘动，垫杠（一种挂货物的横杠）在马背上摇动，就像茫茫的森林，在人眼前出现，像海市一样在晃动。

到抚松不提起人参就像到长白山没提起天池一样不可思议。人们又不知不觉地提起了踏娘青兰家的告舌参。众老人指点着风雪中的后山争抢着谈论起来，那"告舌"只不过是人肉眼观它像人的"舌头"一样，其实它是被山石环境"逼"出来的长相。由于它的根不能顺利扎于土下，而是"盘"坐在石上，须根要穿越各种石头，所以看上去细如丝线的须，其实是根，而它的"芦头"为了吸收阳光，往往长出许多头，每一个头都长得一模一样，就像女人生了双胞胎或多胞胎，它有很强预测自然变故的能力，能预测大风、大水、大雪、大雨、地震。刘金瑞说，告舌参旁准有一条大蛇。

提起蛇，人们都惊恐地睁大了眼睛，仿佛有蛇从四面八方围过来，当想起眼下是隆冬，眼神才平缓下来。这让人感到山里人谈蛇色变，而蛇之所以是在驿道上不可或缺的话题，还有一个原因，在山里，不光人知道人参有营养，动物也知道，动物是识药的能手。山里人都知道，山鼠子喜欢吃人参籽，有人参的地方，山鼠就多，而蛇又喜欢食山鼠，有人参的地方必有蛇，有蛇的地方，必会有人参，所以山里人管大蛇叫"护参宝"，这样，蛇也就与人参结下了不解之缘。

在这条道上提起人参，人们发现人参的记忆已湮没了古道，尽管光阴流逝，已过了两千多年，但是贡道上与人参有关的事情太多。把头，叫人参把头；姑娘，叫人参姑娘；小孩，叫人参娃娃。还有人参蜜、人参酒、人参米、人参面、干饭参、药参、灯笼参、扁担参、四合参、人参嫁女、人参剃头、棒槌喊山、龙参、鹿参、毛驴参、火参、刺参、葫芦参、骑鹿挖参、巴掌参、拧劲参、驴皮口袋参、虎参、狗参、青年参、莲花参、童子参、夫妻参、老头参、老太太参、小猪倌儿参、汗衫娘子参、磨参、碾子参、犁杖参、锄头参……还有大量地名，如一张皮、一把叶、二甲子、灯参子、五品叶沟、老把头沟、棒槌砬子、棒槌窝棚、珠宝屯、万良（开始叫万两，是指一个人挖到一棵八两重的山参——古人说：七两为参，八两为宝，卖了一万两白银，于是这个屯子就叫"万两"，后来叫白了，就叫成了"万良"了；而珠宝屯，也是如此，有的说是伐木挣下值万两银子的珠宝，有的说是挖人参放山挣下的大价钱），在这条道上，真是什么"名"都能"靠"到人参上，就有如人们对越王勾践墓地的认知。一开始，人们从古书上知道越王的墓在一个叫"木客山"的地方，可是，在越王的家乡没有这个山名。但当人们按照记忆文化和语言文化的规律去寻找时，却发现当地一座山，山后有一个村子叫"木栅村"，栅与客，当地人的发音相同，此处正是越王勾践之墓。一种东西或文化在久远的传承过程中，语言、民族、习惯、习俗有时会出现一些差异，但是本质上的特征没变，只有人到达这个地方，走进这个地方的民间记忆中，从前的本真才会被认知。渤海时期贡送长安的主要是人参，吉林长白山的人参，后来叫"辽参"（这是清时对人参的称谓）。我们站在这条古道的村落里，已经被人参文化深深地打动了。

我们是在冬天来考察这条贡道的，那时垛夫出发是在春天，残雪已经化净，人和驮子开始上路了。可驮子从各家出来到丰州必须是冬季，要顶风冒雪来到丰州集合，往往要走上一两个月，需在丰州分垛、组货，所以出门时依然是风雪弥漫的时日。可以想见在两千多年前的那些个深冬和早春，长白山老林的各条雪道上，从千村万屯结伴出行的人们，牵着牲口，在冰雪上移动，常常因挤在一条道上，或上下坡被堵塞而"斗杠"。

斗杠，就是双方卸下或抽出垫在骡马背上或货架子上的木杠决斗，常常有两败俱伤的垛子栽倒在雪坑里，直到第二年春天或夏天才被经过的猎手发现。而且，当你顺利到达了丰州，装上了货，还要提防各种意外发生。在古道上有一句话，叫"宁得罪大人，也不得罪铁匠"，意思是他让你走多远你就走多远。

铁匠们喜欢吃炭火烤的野猪卵子，一般的驮子从家里一出发，女人们就要给丈夫准备好一包包礼，称为"白布包"，里边装有野猪心、熊胆、野猪卵子……有的送给从王位，有的送给录事，野猪、狍子的卵子专门送给铁匠。

道上有一句话：打铁烤煳了卵子——看不准火候。其实这提醒了每一个去往长安的垛夫。

铁匠手里握着一把片牲口蹄壳的片刀，他往往看你是否孝敬给他山里的野猪卵子，然后他会根据礼物价码和你的恭敬程度，下手去片牲口蹄壳。刀在蹄壳上往外一偏，钉上掌后，牲口走三十多里就掉掌歇蹄；刀在蹄壳上往里一偏，钉上掌后，牲口只能走十五里。许多驮队的牲口还没上官道岭蹄掌就掉下来了。

我们去看官道岭。这个地方正好进入清水香。越往里走雪越深，这是一道峡谷，官道岭在峡谷上头。过去古道都要选沟谷，上岭岗，再从岭岗到谷地，避开河流是因为没有桥，而且驿道还要由从王位指派各部落选出专门"压道"的人，每天在道上挖石头，除冰雪，垫平被山水和桃花水冲出的一条条沟。

能上道被码上垛的人参都叫干货。干，是一种对人参保鲜处理的方式，因路途遥远，要几年才能到达长安，"三宝"（人参、貂皮、乌拉草）会烂掉。其实每一个挖参人同时又都是保存人参的能手，进山挖参除必带一根棍子（又叫索拨棍，以助上山爬岭，拨草寻参和打草惊蛇）外，还要带一个盘子，叫"火盘"。《鸡林旧闻录》载：山里人挖到人参，要带回窝棚，立即将人参置沸水中焯过，再以小毛刷将表皮刷净，并用白线小弓之弦将人参纹理中的泥土清除，然后用火盘去烤干，称为"掏皮参"或"白皮参"。如制红参或糖参，则将冰糖融化，把人参浸入糖汁中1至2天，再煮熟，取出用火盘烧干，这是"糖参"。还有"生晒参"。古人讲究"贵红贱白"，是因红参有抗磨损保留充分营养之功能，而挖参人身上携带的"火盘"是一种珍贵的物品。火盘有泥制、石制、木制等各种不同质地，上绘有各种图案，如火神、山神、水神、冰神、雪神，或各种花边、云卷，是挖参人生活的写照。背火盘的人是把头。把头一定要把火盘放在贴心的位置上，使它不被损坏或玷污。那是一种圣洁的艺术品。在林子里，火盘可以作为供奉山神爷的托盘，上面摆满供果，但一定要防止它被风吹刮起来。一旦春季风大，火盘不慎被风刮起，就会像山坳里石坑中点点的冰壳一样，刮向空中，随之飘飘远去，那是一种不祥之兆。有一年春天，起风了，把许多火盘卷上天空，天空现出五颜六色的光芒，果然那一年山里突发桃花水，把人畜冲得七零八落，这水人喝人死，畜饮畜亡。桃花水之所以称"桃花"，是由于它呈现五颜六色，是一种毒雪水，由冰、雪、岩石及土层中含有的毒素形成，所以五颜六色，并且色彩迷人……

　　垛子上捆绑的每一捆干参其实捆绑的都是故事。那一年，据说从王位给唐王贡了一棵"树参"（长在树上的人参）。关于它的来历，其中还有一个离奇的故事呢。一个孩子，从生下来脖子就歪，歪向左肩后上方，看不着地面。这一年，他长到18岁啦，按屯里习俗，人到这个年龄如果没"放"（挖）过参，就不是汉子，成不了家。于是他就备好索拨棍、火盘、小米子站在十字路口，专等人带他上山挖参。可是每一伙把头都嫌他是歪脖子，能看到地的好人都难以挖到呢，谁也不肯带他，后来有一伙的把头看他可怜就带上他走了。谁知上冈后这伙人三天"不开眼"（没有发现一棵人参），大伙以为不吉利（偏偏带上个歪脖子），歪脖子也知道自己给他们带来了不祥，于是决定自己在山林里自生自灭。方法很简单，第二天大伙拉山（每人按自己的趟子走），他故意拖后，等大伙走远，他便会饿死或被蚊虫咬死，林子里也就多一副白骨架而已。谁知这时，他突然看到树上有一棵大人参！那是一棵被雷火劈折的千年大青杨，有几个人粗，树从中间折断，由于年深日久，树心腐烂成土，大概是人参鸟（又叫王干哥鸟）叼一颗人参籽落在上面，于是长出一棵人参，几百年来生在那里，可是正常人都看不见，只有脖子歪的人才能发现。歪脖子"喊山"（发现人参后的一种仪式）叫来了把头师傅，这伙从此都发了大财，歪脖子也娶上媳妇了。

大伙在夸歪脖子有福的同时，都夸这把头心眼好使。呼尔塔也就是给唐王贡送了这棵生在树上的人参才当上了从王位。

去往官道岭的那条峡谷又深又长，可以想见当年在这条茫茫的老林和峡谷中，一支支朝贡的驮队，千百年来艰难穿行其间，这支庞大的商旅中驿马、驮队、垛子绵延不绝，悠扬悦耳的铃声在这片古老的山林中回荡，他们运载着特产人参和种种珍贵的长白山物产，从丰州新安古城出发，又避开头道松花江沿北沟沟谷穿行，由今日抚松的抽水河、沿江等处，或过敦化的大蒲柴河到达渤海旧国敖东城，或往北，进入通往鄂霍次克海的北丝绸之路，或向东、向南，进入俄罗斯、朝鲜半岛的东丝绸之路，或经"神州"（临江）顺江奔往渤黄海到达蓬莱，再登岸奔往山陕，抵达长安，或再从那儿启程奔往塔克拉玛干和帕米尔高原去往西亚和中亚。抚松与世界丝绸之路相连，把人参和人参文化带向那遥远的地方。

从前，西亚和中亚的人以为中国的丝绸长在树上（其实也对，丝来自于蚕），人参埋在土里，所以又叫"地精"，穿在身上的终不如吃在肚里的，它会使人长生不老。历史上唐王曾封诸多贡奉人参的人为从王位。而正史和传说中往往把一些主要的记载漏掉了，是因为百姓愿意记一些奇闻逸事。如北去契丹道和西去长安道上的一些故事，远不如《梁山伯与祝英台》脍炙人口。而人参、丝绸之路故事年深日久，那是一些被风雪驿道所掩埋的记忆。

越往清水香峡谷走，越是荒冷沉寂。官道岭在峡谷深处的大岭之顶，当地人又称"官道顶子"，渐渐地，看见有一户人家立在道旁。

我们已走到了路的尽头，这户人家用栅栏拦住了通往官道岭的道。丁县长告诉我们，这是县旅游部门派出专门守护这条古道的人，是两口子，带着狗，在这里修了三间木屋，养牛养鸡住了下来，守护远古历史甘愿与寂寞为伴。

长白山老林，不但夜里寂寞，白日也寂寞得吓人，四周没有一丝声息，眼看着松鼠将树上的大雪块蹬落下来，但那雪块子是飘然落下，没有任何声息。人和一切生命在这里其实是盼着听到声音或遇见生命，可是严寒中寂寞的冬季仿佛被世界遗忘。只是到了腊月里山里就会出现"气息"，那是大山严寒制造的气息。严寒，常常使鸟儿飞着飞着，便一下子从天上掉下来，冻死了；野熊会被冻得"喔喔"哭、"嗷嗷"叫；大树会在夜里突然发出"咔吧咔吧"的巨响，树会被冻得从中间裂开，像春雷在冬夜里炸响，老人们说，这叫打桦子。打桦子本是山里人家以开山斧劈柴时的说法，斧子落在木头墩子上，发出"叭——叭——"的脆响。可是寒冬会有严寒"打桦子"，这是长白山大自然的"绝活"，仿佛有一柄巨大的天斧从上砍下来，几人合围的巨树，"咔嚓"一声便折成两截或从中间开裂，那巨大的撕裂声在寂寞的冬夜里久久回荡，让一切生命为之惊心动魄。

还有最可怕的是"猪骨堆"。严冬季节，野兽已没有任何吃食，于是大野猪领着小猪拱开一房深的雪，去找土层里的草根吃，等吃完了，也冻死了。第二年春天，雪化了，山场子开始变得泥泞了，打猎的人才会在灰蒙蒙的泥土里，发现一堆堆野猪骨架。这里是成片的野猪被冻死的驿道。

冬季，常常有炸雷在夜里响起，那是严寒制造的雷声，又有许多生命在严寒里终结了。

守望朝贡道的男女分别叫高俊成、刘思云，他们热情地打开拦道木栅让我们进去，并告诉我们，他们是莫言的老乡山东高密东北乡人。这几天，他们已从小广播里得知莫言获得了诺贝尔文学奖，自己也高兴得合不拢嘴，这使人感受到，其实文化存活在自然和生活的一切细节里。说莫言是以民间故事和魔幻现实主义表现手法创作的作品获得的诺贝尔文学奖，还不如说西方真正找到了文化的源头，于是在对莫言刮目相看的同时也对那些来自高密东北乡的人也刮目相看了。加上莫言老乡这层关系，而且他们守望的是文化，我们就更亲近了。

垛子出发前都举行悲壮的仪式。夜里，丰州古驿北山下的祭坛点起了熊熊的祭火，十二座祭坛自东至西依次排开，说明从这里去往长安西行一万两千里，观星识风向的巫师早已穿戴齐全，他手持法鞭立在中间那座最大的祭坛上，四周六十面巨大的皮鼓"咚咚"地敲响，威严地震撼着四方。天，快亮了。

西去长安的垛子已编好，此次朝贡人员共116人，垛马500匹。人马站在祭坛下寒风中等待呼尔塔的检阅，另有200名背坡的伙子跟随，真是浩浩荡荡。在背坡的人群中，呼尔塔特意选了青兰爷爷，并让他背上告舌参走在背坡人的行列里，这也是秦栓柱的主意。这么浩浩荡荡的驮队，不能不引起"吃路饭"的帮伙的注意，他们必然会对垛子下手，特别是大营子一带的别亮子沟和西京鸭绿府的老道槽子沟，这两个"沟"是去往鸭绿府最险恶的道卡子，年年有劫垛子的，不少官垛子都是在这两个地方被劫，许多垛夫被害，驿马被抢，垛子失踪。为防这一手，呼尔塔早已派边兵去往别亮子沟，事先扫清障碍，保护垛子安全过别亮子。为了提防万一，把贡送的告舌参专门放在青兰爷爷的"背架子"上，是有道理的。因为背坡的人都和当地人熟悉，就是土匪往往也得让"背坡"的一手，不能抢尽杀绝，他们还要在地面上吃饭。这让呼尔塔悬着的心终于放下来了。

就在昨夜，他与秦栓柱亲自到青兰家，见老人将告舌参捆绑在背架子上，上面苫盖住青苔，一切万无一失；而伐爷的背架子上背着的是四百斤牛肉，专门在路上烤着吃。他又派秦栓柱带人先到西京鸭绿府的老道槽子沟，扫清那里的道路，然后带垛子上船，去往长安。这一次，呼尔塔特命一个叫乌宽的院心随秦栓柱去送贡，由丰州到达神州（临江）西京鸭绿府，全由乌宽主持。而一切重要安置，全由呼尔塔拿主意。

爷爷远行，青兰来送行。背坡的老头队伍杂七杂八，那些人穿戴不整，表面上看一个个弯腰驼背，老弱不堪，但每一个人都精神抖擞。青兰扶着爷爷，还是哭了，毕竟爷爷已是八十岁的人啦，要西去长安，不知能否平安回乡，孙女止不住的泪水流下来。老人一见孙女流泪，就大声叫道："止住！不兴这样！"

于是，青兰强忍泪水，给爷爷整整棉帽子。那是一顶獾子皮老帽子，獾针从毛丛中露出，闪着黑亮的光泽。老人爱抚地拍着孙女的肩说着安慰的话。呼尔塔走到青兰爷爷身旁，又掀开青苔看了看那磨盘参说："老人家，你一路保重。实话告诉你，你这一背，比那五百垛子都金贵，这可是咱渤海多年来不见的宝物，唐王见了，说不定咋乐呢！平安贡送到长安，回来我定有重赏……"老头二话没说，只是摸起挂在胸前的一个葫芦头，猛地喝了一口。

又一通鼓声响起，该到上路的时候啦。太阳已升出林子头，正是日头冒红的时辰，所有的驮子把头依次跪倒朝祭坛施大礼，又朝西施大礼，最后朝正南对大山施大礼。呼尔塔站在祭台上大呼一声："起垛子——！"所有大鼓一齐擂响，法号共鸣，西去长安的垛队便浩浩荡荡地上路啦。五百垛队拥上官道，顿时雪粉飘荡，尘土四扬，马铃声渐渐远去，消失在崇山峻岭之中。

夜晚来临了，头一天垛子走的是平安道。按脚程算，第三天正午垛子才过别亮子。当圆月升在崇山峻岭之上，呼尔塔兴奋地打开了自己的白布包，包里都是各地方驮子把头孝敬他的"宝贝"，有东路昆布驮头专门在上等补品中留下来的"海狗肾"，有北路驮头专门孝敬给他的"虎鞭""鹿鞭"，还有上京府驮子把头挑选的"冬虫夏草"。本来，正当壮年的他也不必大补，可又架不住那些日夜缠绕着他的"踏娘"，但是，有了这些补物，所有踏娘都将一一拜倒在他的胯下，所以他的"白布包"是一个神奇的小包。每一次送贡编垛，他的小包都被填得满满的，而且，是男人都羡慕他的小布包。现在，他打开小包，清点他的宝贝，陪他留守的那些波斯商人都眼馋地围拢过来，呼尔塔没法子，只好分给他们一点，那些人乐得嗷嗷叫着。其实，就在驮队出发的头三天，丰州的踏娘已分别被送往别的驿地，也不知波斯客商还有什么门道，反正他们乐呵呵地走出驿院，消失在夜色茫茫的丰州古驿村屯里了。

突然，呼尔塔想起了青兰。爷爷走了，秦栓柱也在路上，她一定很寂寞。

呼尔塔以温泉土烧（一种小作坊烧制的酒）就"海狗肾"一起服下，顿感浑身燥热，似有炉火烘烤，他推门便走了出去……

春夜，长白山被浓浓的夜雾遮盖着，银色的大月亮已成了橘红，时而隐进浓雾中，时而钻出来，以橘红色的光洒在山林之上。青兰家，呼尔塔早已熟悉，自那次他在秦录事陪同下去查看告舌参，就对青兰难以忘怀，她家的门庭、狗窝、卧室，他都记得一清二楚，现在是轻车熟路，不会摸错。

走着走着，突然，前边的房舍里传来"嘤嘤"的哭泣声，正是青兰。

亲人远征，骨肉思念，想必也属人之常情。此时正该有人去安慰她呀。一想到此，呼尔塔加快了脚步，来到青兰家院门口，往里一听，不对，还有一个男人的声音。

"兰，我守不住啦！我会一辈子对你好，你答应我吧……"

是波斯客商。原来这小子也摸到青兰家来了。

呼尔塔一步跨进屋子，只见青兰被捆绑在炕上，而波斯人则跪在炕沿前，正对青兰发誓。听到身后有脚步声，波斯客商一回头，呼尔塔已挥拳打来，只听"呼"的一声，脸上挨了重重的一拳。这个波斯人，本来力大无穷，正在欲火燃烧之际，怎肯放掉到手的姑娘。被对方一搅，又挨了一拳，他禁不住怒火中烧，于是二人你一脚、我一拳地对打起来。可是，他哪里是呼尔塔的对手。这个曾在长白山二十三道沟当过木把，又在十四道沟亲手掐死过老虎的呼尔塔，曾跟长白山宝马城一个武术道士学过"老白山戳脚"（一种独传的功法），三下两下，就把波斯人打翻在地。呼尔塔上去一脚踏在他身上，吼道："滚！你这个浑蛋！"波斯客商嗷嗷地叫着，抹着脸上的血逃走了。

夜色深沉之际，在距离丰州四十五里远的大营子，有一支队伍正匆匆地开向别亮子沟，为首的是沈大虎、沈二虎哥俩。他们靠抢劫官道上朝贡的垛子为生，这伙人有据点，就在离大营子五里远的沈家窝棚，那里深崖壁垒、沟岔四通，抢回的所有货物全部平分，所有人都靠"道"上做"生意"来生活，官兵明知这伙人干非法营生，可谁也不敢动手。沈家老大、老二名扬天下，他们不但垄断从丰州到大营州（临江）界这段路的优先抢劫权，而且与临江到达望江楼的齐家哥仨也是"道上"的"曲曲"（朋友），齐家哥仨控制着临江的"老道槽子"山口，沈家哥俩控制着丰州别亮子山口。一旦这边跑了，那边一定堵上（也叫关门），他们互相配合，南北夹击，最后所得还要分给神州（临江）鸭绿府一带的总航把子黑二爷。

在道上，驮子、垛子的人一提起别亮子山口，都会浑身起鸡皮疙瘩。沈家哥俩，那是杀人不眨眼，当地百姓都去过沈家哥俩的"响马屯"，那里山坡下挖着一排排土卧子，全是土牢。沈家哥俩每当在别亮子劫下贡车驿马，就打发当地百姓把它们送进响马屯。谁敢不去？不但要给人家好好地赶驮子，还得给人家清点好，不然他们会把你绑在响马屯的山坡上，活活冻死、饿死，让蚊虫叮死，或"看天"（把一棵小树的树头削尖，插进人的屁眼子里，然后一松手，人就"坐"在树尖上）。这次，哥俩早就听说此次朝贡有"大货"，正是他们发财之时机，所以当丰州垛子出发的头三天，他们就带领人马布控在别亮子山口了。

乌宽头一回带垛子出使长安，心下又喜又怕。他是老敖东猎户人家出身，以精明强悍被呼尔塔看中，此次正想借送贡而青史留名，他带领护兵走在垛子前头，丝毫不敢怠慢，夜里宿营，他守着火堆坐着都不敢眨眼睛。

赶走波斯客商，呼尔塔上前解开青兰身上的绳子，见青兰只穿一件贴身小袄，他便脱下大皮袄给青兰搭在肩上，忍不住顺势搂住了她。

青兰使劲推呼尔塔，但已推不开。

青兰说道："大人，我是秦栓柱的人……"

呼尔塔说："你是踏娘。"

青兰说："你们答应过，垛子一起，我就不是踏娘。再说，爷爷老了，还给你们背坡。看在他老人家的面上，大人，你也不能这样啊……"

呼尔塔早已不听青兰的任何述说，他一下就把青兰压下去，青兰无奈地哭了，她张开胳膊，紧紧地勾住呼尔塔，闭上了眼睛。天上，橘红的大月亮刚刚钻出长白山春夜的浓雾，现在又渐渐地钻了进去，群山朦胧，四野沉静，春夜漫漫，夜风游荡。

自古以来，当朝贡的垛子一出发，发出上道令的从王位就万分担心，什么时候传来人马货物安全平顺抵达长安了，他的心才如一块石头落了地。可是这样的时候不多，每一次都会出事，出一些简直让人做梦都想不到的事。这不，当丰州的垛子刚一进入别亮子山口，就有一队人马从道旁的黑松林里闪出来，为首的大喊："停下连子——！串串垛子——！"

这是道上的行话：连子，就是马；串串垛子，就是翻看一下垛子，看看都有什么货物。意思就是：马队站下，货卸下来，我们要查验。

乌宽对"道"上的规矩也懂。虽然带着护兵，但他抬眼一望，别说这队响马带着诸多"炮手"（山里专门护院、打猎的好手），就是四周的山林里、草窠子里，也被沈家哥俩布置了伏兵。

乌宽上前施礼，说道："这位舵爷（道上对土匪、胡子、劫道的首领的统一称呼），请您不要停马卸垛子好吗？呼尔塔大人已交代过，我们要忙着赶路，这是货物清单，还请舵爷过目。"说完，他把此次朝贡的货单递给了沈大虎，又一拍手，说："上项——！"

立刻，有两位押垛子的边驿兵丁抬上一个用红布盖的木盘子。"这是两千两白银，留给兄弟们上酒。"乌宽边说边慢慢揭开红布，只见白亮亮的银锭子在寒风中闪着刺眼的光泽。

沈大虎扫了一眼木盘子，点了点头，说："这点玩意儿哪够，弟兄们多着呢。不行，我得先挑一挑串（翻一翻垛子）……"

乌宽说："舵爷，那你轻一点，别惊了牲口。"

"这你就不必担心啦。"沈大虎说道，"上手——！"

立刻有几个汉子走到了他跟前。沈大虎看着清单对他们说："头一垛子过去，这是儿女口。咱们不要，还得供吃喝。宁要裂纹的，不要喘气的。哈哈……"他冷冷地笑起来。一个柳条筐里的小女孩吓得哭起来，被乌宽喝住。在这伙人的监视下，儿女口垛子顺利过了别亮子山口。这时，沈大虎带人查验昆布垛子和虎皮垛子。

他们查垛子有一种高招，叫"挑杠"。就是先将马上货物的垛子一侧摘下来，挂货的垫杠就会一头高一头低，货物"哗啦"一声从马上落下来，往往把货摔得滚落一地。果然，两个土匪走到一个垛子前，解下一头货，那垫杠一翘，"哗啦"一声，货物撒了一地。有一匹马被这突如其来的响动惊吓，一下子毛了，扬蹄抬腿向前蹿去。在一片混乱之中，乌宽赶紧一拍手，驮子、垛子、背坡的人赶紧起动。不过，沈大虎还是劫下了二十垛子，丰州朝贡队才算过了别亮子山口。

这一夜，响马屯的沈家哥俩召集屯子里的乡亲们一起开庆功会，喝祝捷酒，突然有崽子（哨兵）来报，神州鸭绿府地面的"卧底"来了，说有要事求见。来人是临江地面老道槽子齐家三哥派来的，要与沈老大单独说话。来人相报，这次朝贡垛子里有重货，是千年不遇的人参。沈大虎说垛子都验了，不见哪。那人说，那是你们漏验了。沈大虎立刻把弟弟沈二虎喊来，沈二虎想了想说："哥，是不是大货没在垛子上，而是在背坡人身上。"沈大虎一想，对呀，咱们光顾着验马驮垛子，却忘了查验"背坡"的货，让他们混过去了。不过，不要紧，他们还有七天才能到达老道槽子。这一段山路重重，沟岔不断，他们跑不了多远。沈二虎说，大哥，既然这样，还吃什么饭，连夜追吧。于是，哥俩一下子掀翻了饭桌子，对手下的人下令说："弟兄们，咱们瞧走眼啦！有大货落掉了。快，给我追，发财的日子在后头。"于是,这些人冲出响马屯上了道。三天的光景,垛子确实没走多远。这一切,青兰爷爷心里有数。约在第二天头响儿,在歇垛途中,大伙正吃饭,青兰爷爷对乌宽说:"我有一种预感,那沈老虎绝不会放掉咱们的,我想背着告舌参穿林子奔临江!"

乌宽想想说:"老人家,我也是这么想的,只是太辛苦你了。"

青兰爷爷说:"不这样办,别无他法呀!"

于是,乌宽派出十名驿兵陪护,由青兰爷爷和老伐头引领,从大营子西仙人桥的林子头钻进了山谷。

就在第四天头上,沈大虎的人马在石人岭追上了垛队。这回他们把马垛子上下翻了个遍,又仔细查找了所有"背坡"人,最后发现少了青兰爷爷。

"哈哈!"沈大虎狂笑道,"这老东西,果不其然,另择其路。但是,他跑不掉。走,各位进干饭盆!"

干饭盆,是指大山谷,那里往往是一些又大又圆的盆地,大者百十多里,小者也有一二里地,人一进去往往迷失方向,许多采参、狩猎的人,有了收获却走不出去,最后成为一具具白骨。而且,从丰州去往临江鸭绿府穿越干饭盆是抄近道,所以青兰爷爷的打算被沈大虎猜个正着。

唐太宗贞观五年(631),到达长安的波斯人数量增多,唐太宗为与之交好,盼望渤海贡驮带去上好贡品。那时,唐王朝攻破突厥,曾安置突厥贵族一万户在长安定居。把敌人的俘虏安排在身边,这本身就需要非凡的胆识。如果按每户五至八人计算,单是长安的突厥人就有七八万,另有寓居长安的中亚昭武九姓诸国人、日本人、高丽人、契丹人、西域人。他们中既有王公贵族，又有商人僧侣。西亚的波斯是沟通中西文化最活跃的国家，波斯王卑路斯被大食驱逐后，携子到长安定居。

唐，一个开放的国度，引胡人文化到唐，这是大唐盛世的精神和气度。"五陵年少金市东，银鞍白马度春风。落花踏尽游何处？笑入胡姬酒肆中。"（李白《少年行》）大唐的创造从无禁忌。热情的胡姬与奇妙的胡乐成了欢宴盛会最精彩的节目。当年的"踏锤"舞和"踏娘"的风格是否有大唐之风？岁月在久远的风尘中渐渐远去，而这根扎扎实实的人参和坚硬的贡道却从东向西延伸、延伸，远远地延伸而去。如今，留下的最难忘的就是记忆了。

那时，干饭盆在早春已经开始绿起来了，四周虽然铺着厚厚的残雪，但干饭盆里闷热难当，青兰爷爷他们正在拢火烤肉，沈大虎的人马就包抄上来。双方战在一处，最后青兰爷爷被擒。清点人数和货品，只有伐爷一人不知去向。

沈大虎喝令青兰爷爷背着告舌参返回响马屯。消息传开，道上的防禁就松多了，乌宽的垛队十天后顺利通过老道槽子，到达神州鸭绿府临江，又等二十多天，江开冰解，人马垛子又从那儿奔往蓬莱，踏上去往长安的路了。

唐太宗贞观六年（632），唐王宣布渤海国朝贡使团到达长安，并收得千年渤海奇参。原来，青兰爷爷已与伐爷合好计，他背的是假告舌参，只不过两块磨盘石一模一样，这种把戏对一辈子在山里和"道"上跑的是老手法，而伐爷背的才是真正的告舌参。在干饭盆，青兰爷爷早已算好沈大虎的人马快到了，于是他故意坐下生火做饭，却让伐爷背上告舌参从老道槽子（今双松岭雪村）西南的秃顶子过去，日夜兼程奔往神州鸭绿府。果然，沈大虎中计，把背着假参的青兰爷爷押回大营子响马屯。

消息立刻传遍整个丰州。呼尔塔气疯了。本来，他是要靠贡送此参当上丰州府盘安郡郡王，现在一切都落了空，他恨青兰一家。他夜夜去青兰家，夜夜折磨她，青兰欲哭无泪。而更让她痛心的是，不久又传出沈大虎发现这盘告舌参是假的，沈大虎决定处死青兰爷爷。处死青兰爷爷那年是秋冬之季，沈大虎为了解恨，决定给青兰爷爷"片亮子"。

片亮子，是把人关在一个木头笼子里，只有头从笼子上方的一个四方小孔里探出来，木笼子架在牛车上，以牛拉着，走向远方。走着走着，木笼子上边已经上好劲儿的一把老片刀一下子片下来，人头一下子蹿射向天空，那人头环视四周，叫"观景"，然后和着人脖子里喷出的血落在地上。

消息传来，青兰哭了一宿，她含泪给爷爷做了一身红棉袄、红棉裤。

天亮后，她背着红棉袄、红棉裤去往大营子。

抚松大营子，是个环形山口，中间一片占地几十平方公里的平地，松花江和汤河在此交汇，又浩浩荡荡地向远方流去了。这时节，四野山林一片枯黄。天上，秋雁嘎嘎叫着，行行远去。地上，寒风卷着枯叶，四处飞扬；芦花、草叶子漫天飞舞。青兰爷爷已被木笼子关好，老人满头白发，胡须又白又长，被风刮起，犹如一团白雪块子，飘动在荒野上。

"爷爷——！爷爷——！"

青兰抱着红棉衣，哭喊着奔上去，却被沈大虎的人拦住。

牛车那时已松开。牛拖着古老的木车子，木车子上舞动着木笼子，木笼子里锁着白发苍苍的青兰爷爷。天，狂风四起了。牛车向远处走去，突然，片刀的机关触动了，只见老人的头，和着鲜红的一腔热血，一下子升上天空，青兰爷爷的头颅仿佛转过脸打量了一下自己的孙女，然后慢慢地飘下来，飘下来，最后"咕咚"一声，重重地落在地上。

634年春，乌宽、秦栓柱带领朝贡队从长安返回丰州（抚松）。因献宝参有功，乌宽被渤海王封为录事，秦栓柱被封为从王位。后来，呼尔塔被处死。那一天，丰州城欢腾起来，四方踏娘又云集盘安郡。夜里，欢腾的踏锤舞震撼着山坡，秦栓柱推门走出了院子……

在北山下的屋院里，青兰在等他。见了他，青兰说："大人，青兰又看到你了。这一下，你的愿望也实现了。什么时候上任呢？"

秦栓柱说："我不当从王位。"

青兰问："当郡王？"

秦栓柱说："不。俺上道去……"

"当垛夫？"

"嗯。"

秦栓柱说完就走了，从此，人们再也没见到他。后来，青兰也不见了。若干年后，人们传说青兰被波斯人领走了，有说被新罗人领走了，有说被日本人领走了……总之，走在"道"上了。在丰州，谁最后没了，人们都说是走在"道"上呢。那"道"，是一条没有尽头的道。

守望朝贡道的莫言的老乡两夫妻陪我们往峡谷中走，去往那远方的官道岭，从这里就可以奔往长安，这真是一件不可思议的事情。驿道上会留下许多文化的记号，高、刘二位守望人可能看出了我们的心思，于是他们领我们来到官道岭口处一个地方。他们告诉我们说，有一年春夏之交，一伙垛子经过这里，可突然间天降大雪，把一队长长的垛子埋上了，人马从此消失了，直到第二年又一伙垛子才发现了失踪的这一伙垛子，人马尸骨早被山鼠和蚂蚁啃个精光。这个地方就叫清水香官道谷，再往上就是官道岭……

这一带盛产冬虫夏草，就像两千多年前的春夏之时突降暴雪冻死朝贡道上的垛手和骡马，只不过到现代，暴雪在春季和夏季突然落下又突然化去，而从前是突然降下，不肯化去。是自然变化了？冬虫夏草是留在朝贡驿道上的最真切的植物，从前驮队人马的消失已经转换成一个新的物种了，人变成了冬虫夏草，再过两千年，又会出现什么样的物种呢？

静静的，覆盖着白雪的驿道在抚松冬季的山冈和老林里默默地伸向远方，把一连串的故事流传下来，从这里向西，穿越千山万水、江河海洋、沙石黄土，一直向西，奔向人心底向往的地方。